EL VENENO PERFECTO

Amor y Aventura

EL VENENO PERFECTO

Amanda Quick

Traducción de Joan Soler

VERGARA
GRUPO ZETA

Barcelona • Bogotá • Buenos Aires • Caracas • Madrid • México D.F. • Montevideo • Quito • Santiago de Chile

Título original: *The Perfect Poison*

Traducción: Joan Soler

1.ª edición: junio 2010

© 2009 by Jayne Ann Krentz
© Ediciones B, S. A., 2010
      Para el sello Vergara
      Consell de Cent 425-427 - 08009 Barcelona (España)
      www.edicionesb.com

Printed in Spain
ISBN: 978-84-666-4292-7
Depósito legal: B. 15.013-2010

Impreso por NOVAGRÀFIK, S.L.

*Éste es para mi fantástica cuñada, Wendy Born.
Con cariño y agradecimiento por la
Ameliopteris amazonensis.*

*Y para Barbara Knapp, con mi más
profundo agradecimiento por, entre otras cosas,
haberme presentado al señor Marcus Jones.*

*Doy las gracias a las dos por abrirme una ventana
al maravilloso mundo de la botánica del siglo XIX.*

1

A finales del reinado de la reina Victoria...

Lucinda se paró a escasa distancia del hombre muerto, tratando de pasar por alto la violenta tensión de fondo que se respiraba en la elegante biblioteca.

El condestable y los miembros de la afligida familia sabían muy bien quién era ella. La miraron con una mezcla de fascinación macabra y horror apenas disimulado. Ella no podía culparlos. Como mujer que en otro tiempo había aparecido en la prensa implicada en un escándalo morboso y la historia de un asesinato espeluznante, no era bien recibida en la buena sociedad.

—No puedo creerlo —exclamó la atractiva mujer recién enviudada—. Inspector Spellar, ¿cómo se atreve a traer a esa mujer a esta casa?

—Sólo será un momento —dijo Spellar, que inclinó la cabeza hacia Lucinda—. Le agradecería que me diera su opinión, señorita Bromley.

Lucinda procuró mantener la expresión distante y serena. Más tarde, los miembros de la familia no dudarían en cuchichear a amigos y conocidos que ella se había mostrado fría como el hielo, tal como la habían descrito los periódicos y las revistas sensacionalistas.

Pues daba la casualidad de que, sólo de pensar lo que estaba a punto de hacer, se sentía realmente aterida de frío. Habría preferido mil veces estar en su invernadero, envuelta en los aromas, los colores y la energía de sus queridas plantas. Pero, por alguna razón que no sabía explicar, de vez en cuando se veía arrastrada a hacer trabajos para Spellar.

—Desde luego, inspector —dijo—. Por eso estoy aquí, ¿no? Creo poder decir, sin temor a equivocarme, que no me han invitado a tomar el té.

Brotó un grito ahogado de la hermana solterona de la viuda, una mujer de mirada severa que había sido presentada como Hannah Rathbone.

—Indignante —soltó Hanna—. ¿No tiene usted sentido del decoro, señorita Bromley? Ha muerto un caballero. Lo menos que puede hacer usted es comportarse de manera decente y abandonar esta casa lo antes posible.

Spellar dirigió a Lucinda una mirada velada, suplicándole calladamente que vigilara sus palabras. Ella exhaló un suspiro y cerró la boca. Lo último que quería era hacer peligrar la investigación de Spellar o que éste se lo pensara dos veces antes de solicitar su asesoramiento en el futuro.

A primera vista, resultaba ciertamente difícil adivinar la profesión de Spellar. Era un hombre claramente corpulento, con un semblante benigno y alegre, poblado bigote y un fino anillo de pelo canoso, todo lo cual contribuía a que los demás no advirtieran la perspicacia y la inteligencia reflejadas en sus ojos verdeazulados.

Pocos de los no familiarizados con él imaginarían que poseía una gran capacidad para percibir siquiera las pistas más insignificantes en una escena del crimen. Era un don psíquico. Sin embargo, este talento tenía límites. En los casos de envenenamiento, sólo detectaba lo más obvio.

El cadáver de Fairburn yacía en medio de la inmensa alfombra. Spellar dio unos pasos al frente y estiró la mano para apartar la sábana con la que alguien había tapado al muerto.

Lady Fairburn estalló en una nueva cascada de sollozos.

—¿Es de veras necesario? —gritó con la voz quebrada.

Hannah Rathbone la estrechó entre sus brazos.

—Vamos, vamos, Annie —murmuró—. Cálmate. Ya sabes que estás delicada de los nervios.

El tercer miembro de la familia presente en la habitación, Hamilton Fairburn, mostraba profundas arrugas en su bien modelada mandíbula. Hombre apuesto de unos veinticinco años, era el hijo que tuvo Fairburn en su primer matrimonio. Según Spellar, había sido Hamilton quien había insistido en llamar a un detective de Scotland Yard. Tras reconocer el nombre de Lucinda, no obstante, se había quedado horrorizado. De todos modos, aunque podía haberle negado la entrada en la mansión, no lo había hecho. Él quería que la investigación avanzara, pensaba ella, incluso al precio de tener en su casa a una mujer de mala fama.

Lucinda se acercó al cadáver, preparándose para las angustiosas sensaciones que siempre acompañaban al encuentro con los muertos. Ninguna clase de preparativo podía eliminar del todo la perturbadora sensación de absoluto vacío que la invadió cuando bajó la vista a la figura tendida en el suelo. Al margen de quién o qué hubiera sido Fairburn en vida, esa esencia había desaparecido.

Con todo, ella sabía que los rastros de pruebas que pudieran procurar pistas sobre el tipo de muerte seguían todavía en el lugar. Desde luego Spellar encontraría la mayor parte. Sin embargo, si había algún indicio de veneno, era cometido de ella detectarlo. Los residuos físicos de las sustancias tóxicas permanecían no sólo en el cuerpo sino en cualquier cosa que el individuo hubiera tocado en sus últimos instantes de vida.

A menudo aparecían también otras pruebas, muy desagradables y mucho más evidentes. Sabía por experiencia que la mayoría de las personas que morían tras ingerir veneno vomitaban antes de expirar. Siempre había excepciones, naturalmente. Por regla general, una dieta larga, lenta y regular de arsénico no producía al final tan trágicos resultados.

Pero no se apreciaba señal alguna de que lord Fairburn hubiera sufrido accesos de náusea antes de morir. Cabía atribuir la muerte a una apoplejía o un ataque cardíaco. La mayoría de las familias que frecuentaban ciertos círculos elevados, como en el caso de los Fairburn, habrían preferido aceptar un diagnóstico así y evitar, por tanto, la publicidad que inevitablemente conllevaría la investigación de un asesinato. Lucinda se preguntó por qué Hamilton Fairburn había mandado llamar a Scotland Yard. Sin duda él tendría sus sospechas.

Durante unos instantes, ella se concentró en señales visuales, pero de ahí sacó poco. La piel del muerto se había convertido en una sombra rígida, cenicienta. Tenía los ojos abiertos, mirando al vacío. Los labios estaban separados en un último jadeo. Lucinda observó que era al menos dos décadas más viejo que su esposa. No se trataba de una circunstancia infrecuente cuando un viudo rico se volvía a casar.

Se quitó con parsimonia los finos guantes de piel. No siempre hacía falta tocar el cadáver, pero el contacto físico directo ayudaba a captar matices y leves trazas de energía que de otro modo quizá se le escaparían.

Lady Fairburn y Hannah Rathbone emitieron otra tanda de sobresaltados gritos ahogados. Lucinda sabía que todos habían visto el anillo en su dedo, el que según la prensa sensacionalista había utilizado ella para ocultar el veneno con el que había matado a su prometido.

Se inclinó y rozó con las yemas de los dedos la frente del fallecido. Desplegó sus sentidos al mismo tiempo.

El ambiente de la biliteca cambió enseguida de manera sutil. Los aromas que emanaban de la gran vasija de pebete la rodearon en una ola densa, una combinación de geranios secos, pétalos de rosa, clavo, piel de naranja, pimienta de Jamaica y violetas.

Los colores de las rosas de dos altos y majestuosos jarrones se intensificaron de forma espectacular, exhibiendo extraños matices para los que no había nombre. Mientras los pétalos eran todavía brillantes y aterciopelados, era claramente detectable el inconfundible hedor de la descomposición. Lucinda no entendía por qué todo el mundo quería decorar las habitaciones con flores cortadas. Quizá fueran bonitas durante un breve tiempo, pero estaban, por definición, muriéndose. En lo que a ella respectaba, el único sitio adecuado para esas flores era el cementerio. Si uno deseaba preservar la potencia de una planta, una flor o una hierba, era mejor secarla, pensó irritada.

El diáfano helecho de aspecto triste atrapado tras el cristal del terrario se estaba muriendo. A juicio de Lucinda, el pequeño y delicadísimo *Trichomanes speciosum* quizá no duraría el mes entero. Tuvo que reprimir el impulso de rescatarlo. Casi todas las casas del país presumían de tener un helecho en el salón, se recordó a sí misma. No podía salvarlos todos. Los helechos estaban muy de moda desde hacía ya varios años. Esto incluso tenía un nombre: *pteridomanía*.

Recurrió a su experiencia y suprimió fácilmente la distracción de la intensidad y los colores de la vida vegetal de la habitación para concentrarse en el cadáver. Se deslizó a través de sus sentidos un leve residuo de energía perniciosa. Con su talento era capaz de detectar casi cualquier clase de veneno por el modo en que las sustancias tóxicas impregnaban la atmósfera. De todos modos, donde ella era realmente competente era en la esfera de los venenos cuyo origen estaba en el reino vegetal.

Supo al instante que, en efecto, Fairburn había bebido veneno, tal como Spellar había sospechado. Lo que la dejó pasmada fueron los rastros casi imperceptibles de una especie de helecho muy poco común. Notó que la atravesaba un escalofrío de pánico.

Se demoró algo más de lo necesario con el cadáver fingiendo concentrarse en su análisis. En realidad, aprovechó para recobrar el aliento y tranquilizarse. «Cálmate. No reveles ninguna emoción».

Cuando estuvo segura de haber recuperado el control, se puso derecha y miró a Spellar.

—Sus sospechas estaban justificadas, señor —dijo con lo que esperaba que fuera un tono profesional—. Poco antes de morir, comió o bebió algo venenoso.

Lady Fairburn emitió un grito agudo de angustia dintinguida.

—Lo que me temía. Mi amado esposo se quitó la vida. ¿Cómo me pudo hacer esto?

Se desplomó en un grácil desmayo.

—¡Annie! —exclamó Hanna.

Hanna cayó de rodillas junto a su hermana y sacó una fina ampolla de la decorativa castellana de su cinturón. Quitó el tapón y agitó la vinagreta bajo la nariz de lady Fairburn. Las sales aromáticas surtieron efecto al instante. La viuda parpadeó.

La expresión de Hamilton Fairburn se endureció hasta reflejar sombría indignación.

—¿Está usted diciendo que mi padre se suicidó, señorita Bromley?

Ella replegó sus sentidos y lo miró a través de la gran extensión de la alfombra.

—No he dicho que bebiera el veneno de forma deliberada, señor. Es la policía la que ha de determinar si lo tomó por casualidad o por deseo propio.

Hannah le clavó una mirada feroz.

—¿Quién es usted para afirmar que la muerte de su señoría es un caso de envenenamiento? Usted desde luego no es médico, señorita Bromley. De hecho, todos sabemos exactamente qué es. ¿Cómo se atreve a venir a esta casa y lanzar acusaciones?

Lucinda notó que se ponía de mal humor. Éste era el aspecto fastidioso de su labor de asesora. La gente le tenía pánico al veneno por culpa de la prensa sensacionalista, que en los últimos años había cultivado un encaprichamiento malsano sobre el tema.

—No he venido aquí a acusar a nadie —dijo Lucinda, procurando por todos los medios no alterar la voz—. El inspector Spellar ha solicitado mi opinión, y yo se la he dado. Y ahora, si me permiten, debo irme.

Spellar dio un paso adelante.

—La acompañaré a su carruaje, señorita Bromley.

—Gracias, inspector.

Salieron de la biblioteca y llegaron al vestíbulo delantero, donde les esperaban el ama de llaves y el mayordomo, ambos presa de la ansiedad. El resto del a todas luces numeroso personal de la casa permanecía discretamente fuera de plano. Lucinda no se lo reprochaba. Cuando había un problema de veneno, los sirvientes eran a menudo los primeros sospechosos.

El mayordomo se apresuró a abrir la puerta. Lucinda salió a las escaleras. Spellar la siguió. Se encontraron con un muro de color gris. Era media tarde, pero la niebla era tan densa que no dejaba ver el pequeño parque del centro de la plaza y velaba las elegantes casas del otro lado. El carruaje privado de Lucinda aguardaba en la calle. Shute, el cochero, holgazaneaba por ahí cerca. Cuando la vio, se apartó de la baranda y le abrió la puerta del vehículo.

—No le envidio el caso, inspector Spellar —dijo con calma.

—Así que fue veneno —dijo Spellar—. Ya me lo figuraba.

—Me temo que nada tan simple como arsénico, por desgracia. Quizá no pueda aplicar el test del señor Marsh para demostrarlo.

—Lamento decir que últimamente el arsénico ha perdido un tanto el favor del público, ahora que se sabe que hay un método para detectarlo.

—No desespere, señor, es un viejo recurso y siempre será popular aunque sólo sea porque es muy fácil de conseguir y, administrado con paciencia durante un período prolongado, origina síntomas que fácilmente pueden atribuirse a diversas enfermedades fatales. Al fin y al cabo, hay una razón por la que los franceses lo llaman el polvo de la herencia.

—Muy cierto. —Spellar hizo una mueca—. Sólo cabe asombrarse ante el gran número de padres ancianos y cónyuges molestos que han visto acelerado su tránsito al otro mundo por este medio. Bueno, pues si no es arsénico, ¿qué es? No he percibido olor de almendras amargas ni he notado ninguno de los otros síntomas del cianuro.

—Estoy segura de que el veneno tiene origen vegetal. Se basa en el ricino, que, como sabrá usted sin duda, es muy tóxico.

Spellar frunció el entrecejo.

—Tenía la impresión de que el envenenamiento con ricino producía un vómito violento antes de matar. Lord Fairburn no presenta ninguna señal de ello.

Lucinda escogió sus palabras con cautela, deseosa de transmitirle a Spellar cuanta verdad fuera posible.

—Quien preparó el veneno refinó los aspectos más letales de la planta de tal modo que consiguió una sustancia muy tóxica, sumamente potente y de acción muy rápida. El corazón de lord Fairburn se paró antes de que su cuerpo hubiera tenido siquiera la oportunidad de expulsar la poción.

—Parece usted impresionada, señorita Bromley. —Las pobladas cejas de Spellar se juntaron—. ¿Debo entender que la destreza necesaria para preparar este veneno sería inhabitual?

Durante unos instantes, le chispeó en los ojos su capacidad para la observación perspicaz. Desapareció casi al punto bajo la fachada anodina y ligeramente torpe que solía lucir. Pero sabía que ahora debía ser muy cuidadosa.

—Sumamente inhabitual —dijo Lucinda con tono enérgico—. Sólo un científico o un químico de gran talento pudieron preparar la pócima.

—¿Talento psíquico? —preguntó Spellar en voz baja.

—Es posible. —Exhaló un suspiro—. Le seré sincera, inspector. No me había encontrado nunca ningún veneno con esta mezcla concreta de ingredientes. —Y eso, pensó Lucinda, era simple y llanamente la pura verdad.

—Ya veo. —Spellar adoptó un gesto resignado—. Supongo que deberé comenzar con los boticarios. Para lo que va a servir... En estos establecimientos, siempre ha habido un activo comercio clandestino de venenos. Una aspirante a viuda puede comprar una sustancia tóxica con cierta facilidad. Cuando el marido se cae muerto, ella afirmará que fue un accidente. Que compró aquello para matar las ratas. Que fue simple mala suerte que su esposo bebiera un poco sin querer.

—En Londres hay miles de boticas.

Spellar dio un resoplido.

—Por no hablar de los establecimientos que venden hierbas y específicos. Pero quizá pueda reducir la lista de posibilidades si me concentro en tiendas cercanas a este domicilio.

Ella se puso los guantes.

—Entonces está convencido de que fue asesinato, no suicidio.

Los ojos de Spellar emitieron de nuevo el brillo súbito.

—Es un asesinato, seguro —dijo en voz baja—. Lo intuyo.

Lucinda tuvo un escalofrío, sin dudar de la intuición de él ni por un instante.

—Uno no puede menos que observar que a lady Fairburn el luto le sentará muy bien —dijo ella.

Spellar sonrió ligeramente.

—Lo mismo he pensado yo.

—¿Cree que ella lo mató?

—No sería la primera vez que una esposa joven, desdichada y deseosa de ser libre y rica envenena a su avejentado esposo. —Se balanceó sobre sus talones una o dos veces—. Pero en esta casa hay más posibilidades. Primero he de encontrar el origen del veneno.

A Lucinda se le hizo un nudo en el estómago. Se esforzó por eliminar el miedo de su expresión.

—Sí, desde luego. Buena suerte, inspector.

—Gracias por venir. —Spellar bajó la voz—. Le pido perdón por las groserías que ha tenido que aguantar en casa de los Fairburn.

—No es en absoluto culpa suya. —Lucinda sonrió tímidamente—. Los dos sabemos que estoy habituada a conductas así.

—No por esto es más tolerable. —La expresión de Spellar se volvió inusitadamente sombría—. El hecho de que esté dispuesta a exponerse a situaciones así para ayudarme de vez en cuando hace que me sienta más en deuda con usted.

—Tonterías. Compartimos un objetivo. Ninguno de los dos queremos que haya asesinos sueltos. Pero me temo que esta vez el trabajo está hecho a medida para usted.

—Eso parece. Que tenga un buen día, señorita Bromley.

La ayudó a subir al pequeño y elegante coche de caballos, cerró la puerta y dio un paso atrás. Ella se acomodó en los cojines, se abrigó con los pliegues de la capa y se quedó mirando el mar de niebla.

Los restos de helecho que había detectado en el veneno la habían turbado más que nada desde la muerte de su padre. En toda Inglaterra sólo había un ejemplar de *Ameliopteris amazonensis*. Hasta el mes anterior había estado creciendo en su invernadero privado.

2

Los coloreados carteles del teatro lo anunciaban como *El Asombroso Misterio, Señor de las Cerraduras*. En realidad se llamaba Edmund Fletcher, y era muy consciente de que su actuación no era especialmente asombrosa. Podía entrar en una casa cerrada tan imperceptiblemente como la niebla. Una vez dentro, era capaz de localizar las cosas de valor del propietario, con independencia de lo escondidas que estuvieran. La verdad es que tenía buenas aptitudes para el allanamiento de morada. Los problemas comenzaron cuando decidió una vez más intentar llevar una vida honrada. El intento, como todos los esfuerzos anteriores en esa misma dirección, fracasó de manera estrepitosa.

Había decidido actuar ante públicos reducidos, pero pasaban las semanas y cada vez acudía menos gente. Esa noche, casi tres cuartas partes de los asientos del pequeño teatro estaban vacíos. A este ritmo, muy pronto se vería obligado a volver a su otra actividad para poder pagar cada mes el alquiler.

Se decía que el crimen no compensaba, pero desde luego era mucho más rentable que la profesión de ilusionista.

—Para convencer a todos los presentes de que aquí no hay ningún truco, me gustaría contar con un voluntario del público —dijo en voz alta.

Hubo un silencio incómodo. Al final se levantó una mano.

—Me presento voluntario para cerciorarme de que no nos hace trampa —dijo un hombre de la segunda fila.

—Gracias, señor. —Edmund hizo un gesto hacia la escalera del escenario—. Tenga la bondad de situarse aquí conmigo, bajo el proyector.

El fornido espectador, vestido con un traje mal entallado, subió los escalones.

—¿Su nombre, señor? —preguntó Edmund.

—Spriggs. ¿Qué quiere que haga?

—Coja esta llave, por favor, señor Spriggs. —Edmund le entregó el pesado trozo de hierro—. En cuanto yo esté dentro de la jaula, usted cierra la puerta. ¿Están claras las instrucciones?

El hombre soltó un bufido.

—Supongo que sabré usar esto. Venga, vamos, entre.

Edmund pensó que probablemente no era una buena señal que el voluntario del público le diera a él las indicaciones. Entró en la jaula y miró a la silenciosa multitud a través de los barrotes. Se sintió como un idiota.

—Puede cerrar la puerta, señor Spriggs —dijo.

—Muy bien, pues. —Spriggs cerró la puerta de un portazo y giró la vieja llave en la enorme cerradura—. Está cerrado a cal y canto. A ver si puede salir.

Hubo crujidos de sillas. El público estaba impacientándose. A Edmund no le sorprendía. No tenía ni idea de cómo percibían el paso del tiempo quienes le miraban, aunque el número de personas que se habían marchado indicaba algo; en todo caso, desde su perspectiva, la actuación parecía interminable.

Una vez más, su mirada se dirigió a la figura solitaria de la última fila. Bajo la luz tenue del candelabro de pared, sólo alcanzaba a ver la silueta oscura en el asiento junto al pasillo. Los rasgos del hombre estaban cubiertos de sombras. No obstante, había en él algo vagamente peligroso, incluso amenazador. No había aplaudido ninguna de las fugas de Edmund, pero tampoco había silbado ni abucheado. Estaba allí repantingado sin más, muy quieto y silencioso, captando todo lo que pasaba en el escenario.

Edmund experimentó otra leve sensación de desasosiego. Tal vez alguno de sus acreedores había acabado la paciencia y enviado a alguien con malas pulgas a cobrar. También se le pasó por la cabeza otra idea aún más alarmante. Quizás algún detective excepcionalmente perspicaz de Scotland Yard había dado por fin, en la escena del crimen de Jasper Vine, con una pista que lo había conducido hasta él. Bueno, ésta era la razón por la que incluso el más humilde de los teatros tenía, entre bastidores, unas oportunas puertas que daban a oscuros callejones.

—Damas y caballeros —dijo con entonación. Fingió ajustarse la pajarita para coger el trocito de metal allí oculto—. Miren con atención. Abriré esta puerta sólo tocándola con los dedos.

Elevó sus sentidos y al mismo tiempo rozó la cerradura con la mano. La puerta de la jaula se abrió de golpe.

Se oyeron algunos aplausos apagados.

—A ciertos magos callejeros les he visto hacer trucos más finos —chilló un hombre de la segunda fila.

Edmund no le hizo caso. Dedicó a Spriggs una profunda inclinación de cabeza.

—Gracias por su gentileza. —Se puso derecho, sacó un reloj de bolsillo y lo hizo oscilar delante de Spriggs—. Creo que esto es suyo.

Spriggs se sobresaltó y arrebató a Edmund el reloj de las manos.

—Deme esto. —Bajó los escalones a toda prisa y salió del teatro pisando fuerte.

—No es usted más que un carterista bien vestido —gritó uno.

La situación degeneraba por momentos. Iba siendo hora

de acabar la función. Edmund se desplazó al centro del escenario, asegurándose de estar justo debajo del reflector.

—Y ahora, amigos —dijo—, es hora de decirles adiós.

—¡Adiós y hasta nunca! —gritó alguien.

Edmund hizo una profunda reverencia.

—Quiero que me devuelvan el dinero —chilló un hombre.

Ignorando el abucheo, Edmund agarró los bordes de su capa, los levantó y luego dejó que los negros pliegues de satén se cerraran, con lo que quedó oculto al público. Agudizó de nuevo los sentidos generando más energía, y ejecutó su asombroso número final.

La capa cayó arrugada al suelo dejando ver un escenario vacío.

El público tardó un rato en emitir un grito ahogado de asombro. Los silbidos y abucheos cesaron de golpe. Edmund escuchaba desde el otro lado de la andrajosa cortina de terciopelo rojo. Necesitaba idear más trucos llamativos y atractivos como aquél. Sin embargo, había dos problemas. El primero era que el atrezo elaborado y adecuadamente espectacular que podía impresionar a una multitud era caro.

El segundo problema era que él no tenía carácter exhibicionista. Prefería pasar inadvertido. Detestaba el reflector y todo lo que conllevaba. Ser el centro de todas las miradas lo incomodaba de todas todas. «Reconócelo, Fletcher, tú naciste para una vida criminal, no para los escenarios.»

—Vuelve aquí y explica cómo lo has hecho —gritó alguien a través de la cortina.

El murmullo de sobresaltado asombro que se había extendido entre el público se metamorfoseó de inmediato en indignación malhumorada.

—Un truco medio decente —se quejaba un hombre—. Es todo lo que sabe hacer.

Tras los bastidores, Edmund echó a andar hacia su camerino. Murphy, el propietario del teatro, surgió entre las sombras. Su regordete perrito, *Pom*, estaba a sus pies. Con sus cabezotas y sus narices aplastadas, los dos guardaban un asombroso parecido. *Pom* enseñó los dientes y soltó un gruñido agudo.

—Público difícil —señaló Edmund.

—No voy a culparles —dijo Murphy con una voz que se parecía mucho a la de *Pom*. Su cara rojiza se tensó en un gesto desabrido—. Cualquier mago que se precie de tal puede escapar de una jaula cerrada o librarse de unas esposas. Este último truco no ha estado mal del todo, pero no es precisamente excepcional, ¿verdad? Keller el Grande y Lorenzo el Magnífico desaparecían todas las noches. Y hacían desaparecer también muchas otras cosas, atractivas señoritas incluidas.

—Contrate una señorita atractiva y la haré desaparecer —dijo Edmund—. Ya hemos hablado de esto, Murphy. Si usted quiere números más sugerentes, debe invertir en atrezo más caro y ayudantes guapas. Con lo que me paga, desde luego yo no puedo permitírmelo.

Pom gruñó. Murphy también.

—Ya estoy pagándole demasiado —soltó Murphy bruscamente.

—Sacaría más conduciendo un coche de caballos. Apártese, Murphy. Necesito un trago.

Continuó por el pasillo hasta el diminuto cuarto que utilizaba como camerino. Murphy seguía detrás afanosamente. Edmund oía el ruidito seco de las patas de *Pom* en las tablas de madera.

—Un momento, espere —dijo Murphy—. Hemos de hablar.

Pom ladró.

Edmund no aminoró la marcha.

—Más tarde, si no le importa.

—Ahora, maldita sea. Doy por terminado el compromiso. Esta noche ha sido su última actuación. Coja sus cosas y márchese.

Edmund se detuvo de golpe y giró sobre sus talones.

—No puede despedirme. Tenemos un contrato.

Pom se paró tras un resbalón y retrocedió a toda prisa. Murphy se irguió todo lo que pudo, con lo que su cabezota calva quedaba a la altura de los hombros de Edmund.

—En el contrato hay una cláusula según la cual si la recaudación desciende por debajo de un cierto mínimo durante tres funciones seguidas, soy libre de poner término al mismo. Para que lo sepa, la recaudación lleva más de quince días por debajo del mínimo.

—Yo no tengo la culpa de que usted no sepa anunciar y promocionar el espectáculo de un mago.

—Y yo no tengo la culpa de que usted sea un ilusionista mediocre —replicó Murphy—. Está muy bien abrir cajas fuertes y hacer desaparecer y reaparecer algunas cosas, pero esto son historias pasadas de moda. El público quiere números nuevos y más misteriosos. Quieren verle levitar. Como mínimo esperan que usted convoque a algunos espíritus del Más Allá.

—Nunca he dicho que fuera médium. Soy mago.

—Uno con un par de trucos en la manga. Admito que domina usted el arte de la prestidigitación. Pero a los públicos actuales esto no les basta.

—Deme unas cuantas noches más, Murphy —dijo Edmund con tono cansado—. Prometo hacer algo convenientemente espectacular.

—Bah. Es lo mismo que dijo la semana pasada. Lamento su falta de ingenio, Fletcher. No le daré más oportunidades, no puedo permitírmelo. Tengo facturas que pagar y una esposa y tres hijos que alimentar. Nuestro contrato queda rescindido.

Así que, después de todo, volvía a la vida criminal. Bueno, al menos sería más rentable, si bien un tanto más peligroso. Una cosa era ser despedido por una mala actuación en el escenario, y otra muy distinta ser enviado a la cárcel por haber sido sorprendido robando en una casa. De todos modos, en el arte de forzar una entrada había cierta emoción, emoción que al parecer él no era capaz de experimentar de ninguna forma legítima.

Agudizó los sentidos a propósito, cargando el ambiente con un murmullo de energía. Murphy no tenía ningún grado perceptible de talento psíquico, pero todas las personas, incluso los propietarios de teatro más vulgares e irritantes, poseían algo de intuición.

—Me iré por la mañana —dijo Edmund—. Ahora váyase y llévese el perro con usted o los haré desaparecer a los dos. Para siempre.

Pom chilló asustado y se escondió detrás de su amo. A Murphy se le crisparon los pelos del bigote y los ojos se le abrieron como platos. Dio un rápido paso atrás, acertando a pisar a *Pom*. El perro dio un aullido. Murphy hizo lo propio.

—Eh, oiga, usted no puede amenazarme —dijo Murphy tartamudeando—. Llamaré a la policía.

—No se apure —dijo Edmund—. Hacerlo desaparecer requeriría tanto esfuerzo que no vale la pena. A propósito, antes de que usted y el animal se larguen, quiero mi parte de la recaudación.

—¿Es que no me ha oído? Esta noche no ha habido ganancias.

—En el público he contado treinta personas incluyendo el hombre que ha entrado tarde y se ha sentado en la fila de atrás. Nuestro contrato especifica que usted me dará la mitad del total que cobre en taquilla. Si pretende engañarme, llamaré al condestable. —Era una amenaza vana, pero no se le ocurría nada más.

—Por si no se ha dado cuenta, una buena parte de la gente se ha ido antes del final —remarcó Murphy—. He tenido que devolver casi todo el dinero.

—No creo que haya devuelto ni un penique. Es usted un lince para los negocios.

La cara de Murphy enrojeció de indignación, pero el empresario metió la mano en el bolsillo y sacó algo de dinero. Lo contó con cuidado y entregó debidamente la mitad.

—Tome —dijo refunfuñando—. Bien gastado, si es para librarse de usted. Procure llevarse todas sus pertenencias. Cualquier cosa que se deje pasará a ser propiedad mía.

Murphy cogió a *Pom*, se lo colocó bajo el brazo y con paso airado se fue a su despacho, situado en la parte delantera del teatro.

Edmund entró en su camerino, encendió la lámpara de gas y calculó a toda prisa. Había suficiente para comprar otra botella de clarete y aún quedaría algo para comer al día siguiente. En todo caso, no había duda alguna de que su actividad como miembro de la clase criminal debería reanudarse enseguida; mañana por la noche a más tardar. Haría la maleta y saldría del teatro por el callejón por si el hombre desconocido de la última fila estuviera esperándole en la puerta.

Sacó la estropeada maleta de debajo del tocador y a toda prisa arrojó dentro todas sus posesiones. La espectacular capa de satén aún se encontraba en el escenario. No debía olvidársela. Seguramente ya no la iba a necesitar más, pero es posible que la pudiera vender a otro mago que luchara por abrirse camino.

Un golpe en la puerta lo dejó paralizado. «El hombre de la última fila.» Su intuición estaba estrechamente ligada a su talento. En situaciones así jamás le fallaba.

—Maldita sea, Murphy, le he dicho que por la mañana ya estaría fuera —dijo en voz alta.

—¿Por casualidad estaría interesado en otro contrato?

El hombre hablaba en voz baja y con educación. La voz resonaba con ecos de control frío y fuerza bruta. No era el típico cobrador de deudas, pensó Edmund, aunque por alguna razón no encontró esto especialmente tranquilizador.

Agudizó los sentidos, cogió la maleta y abrió la puerta con cautela. El hombre del pasillo se las había arreglado de algún modo para estar justo fuera del alcance del débil resplandor de la lámpara. La misteriosa figura tenía un aire flaco, duro, depredador.

—¿Quién diablos es usted? —preguntó Edmund, que se preparó para ejecutar una pequeña diversión.

—Su nuevo patrón, espero.

Tal vez el regreso a la vida criminal podía aplazarse un tiempo, después de todo.

—¿Quiere contratar a un mago? —inquirió Edmund—. Pues resulta que estoy esperando ofertas.

—No necesito ningún mago. Los magos usan juegos de manos y atrezo para montar sus números. Yo quiero alguien que posea de veras un talento sobrenatural para entrar y salir a escondidas de habitaciones cerradas con llave.

La inquietud se apoderó de Edmund.

—No sé de qué me está hablando —dijo.

—Usted no es un mago de los escenarios, señor Fletcher. Usted no depende de las trampas, ¿verdad?

—No entiendo a qué se refiere, señor.

—Usted tiene una capacidad psíquica muy poco común, que le permite ir tanteando el terreno con las cerraduras más complicadas. Esto también le permite crear pequeñas ilusiones que distraen la atención de los que están alrededor mientras trabaja. No puede usted atravesar paredes, pero es fácil creerle capaz de una proeza así.

—¿Quién es usted? —quiso saber Edmund, intentando disimular su estupefacción.

—Me llamo Caleb Jones. Hace poco he abierto una pequeña agencia de investigación, Jones y Cía, que efectúa pesquisas de una forma absolutamente privada y confidencial. Y estoy viendo que, de vez en cuando, necesito la ayuda de asesores con aptitudes particulares.

—¿Asesores?

—Actualmente estoy llevando a cabo una investigación que precisa de sus excepcionales capacidades, señor Fletcher. Será compensado como es debido, se lo garantizo.

—Ha dicho que se llama Jones. Me suena mucho. ¿Alguna conexión con la Sociedad de Arcanos?

—Le aseguro que hay días en que la conexión es mucho más íntima de lo que a mí me gustaría.

—¿Qué quiere que haga por usted?

—Quiero que me ayude a entrar en un edificio cerrado a cal y canto y muy vigilado. Una vez dentro, robaremos cierto artefacto.

A pesar de todo, Edmund notó que se le aceleraba el pulso.

—Preferiría evitar la actividad delictiva —dijo.

—¿Por qué? —exclamó Caleb Jones muy serio—. Al fin y al cabo, tiene usted talento para la profesión.

3

La dificultad insuperable, de lo más fastidiosa, que surgía al intentar poner en marcha una agencia de investigación psíquica era que el negocio conllevaba forzosamente tener clientes.

Caleb se apeó del coche de caballos y subió la escalera principal del número doce de Landreth Square. Alzó la pesada aldaba de latón y la dejó caer un par de veces.

Los clientes eran el gran inconveniente de lo que, si no, habría sido una profesión interesante y sugerente. Siempre le había fascinado descubrir pautas y obtener respuestas, hasta el extremo de la obsesión según algunos. Todavía era nuevo en el mundo de las investigaciones, pero ya advertía que prometía estímulos. También era una grata distracción del otro asunto que por entonces le desazonaba.

Sin embargo, era una lástima que no hubiera modo de evitar el trato con los individuos que acudían con sus problemas a la agencia de Jones. Los clientes siempre se comportaban de una forma dramática. Se ponían emotivos. Tras contratar sus servicios, le agobiaban con mensajes en los que exigían saber los progresos que estaba haciendo. Cuando les respondía, los clientes solían encuadrarse en dos categorías. La mitad sufría ataques de furia. El resto rompía a llorar. Sea como fuere, casi nunca se mostraban satisfechos. En todo caso, por desgracia, parecían ser una parte necesaria de la empresa.

Al menos, en esta ocasión, estaba a punto de tener una entrevista con una potencial clienta que prometía decididamente ser algo fuera de lo común. Pese a su acostumbrada antipatía hacia los que acudían a la agencia en busca de sus servicios, no pudo reprimir un extraño sentido de expectación.

Como es lógico, reconoció el nombre en cuanto leyó la nota. Lucinda Bromley, conocida en la prensa sensacionalista como «Lucrecia» Bromley, era hija del famoso Arthur Bromley, destacado botánico que había viajado a todos los rincones del mundo en busca de ejemplares de plantas raras y exóticas. Su esposa y su hija le habían acompañado con frecuencia. Amelia Bromley había muerto hacía cuatro años, pero Lucinda había seguido viajando con su padre.

Las expediciones se habían interrumpido bruscamente unos dieciocho meses atrás, cuando el socio de toda la vida de Bromley, Gordon Woodhall, murió envenenado por cianuro. Arthur Bromley se suicidó inmediatamente después. Todos los periódicos de Londres sacaron en primera plana los rumores de que había habido una pelea entre los dos hombres.

De todos modos, los titulares que siguieron al suicidio-asesinato no fueron nada en comparación con los que fascinaron a la gente menos de un mes después, cuando el prometido de Lucinda Bromley, un joven botánico llamado Ian Glasson, murió envenenado.

El escándalo se agravó debido al sórdido chismorreo que giraba en torno a unos hechos acaecidos justo antes del fallecimiento de Glasson. Lucinda había sido vista abandonando a toda prisa un rincón solitario de los jardines de la Sociedad Botánica Carstairs, con el corpiño del vestido medio desabrochado. Al rato, salía Glasson andando del mismo lugar apartado abotonándose aún los pantalones. Unos días después estaba en el ataúd.

Según las morbosas historias de los periódicos, Lucinda había ofrecido a su prometido una taza de té envenenado. Decían que había escondido la dosis letal en un compartimento secreto del anillo que llevaba siempre puesto.

A raíz del envenenamiento de Glasson, la prensa empezó a llamar Lucrecia a Lucinda, en referencia a Lucrecia Borgia, de infausta memoria, que al parecer había envenenado a varias personas. A tenor de la leyenda, la dama ocultaba la sustancia mortal en un anillo.

Se abrió la puerta. Un ama de llaves de aspecto imponente lo miró como si sospechara que había venido a robar la plata.

—He venido a ver a la señorita Bromley —dijo Caleb, que dio su tarjeta a la mujer—. Creo que me espera.

El ama de llaves analizó la tarjeta con gesto de desaprobación y a renglón seguido dio un paso atrás a su pesar.

—Sí, señor Jones. Sígame, por favor.

Caleb pasó a un vestíbulo con baldosas de mármol. En la pared colgaba un gran espejo con un grueso marco dorado sobre una mesa auxiliar primorosamente taraceada. La bandeja de plata de encima, concebida para albergar tarjetas de visita, estaba vacía.

Creía que le harían pasar al salón. En vez de ello, el ama de llaves se dirigió a la parte trasera de la casa cruzando una biblioteca abarrotada de libros, mapas, globos terráqueos y papeles.

En el extremo de la estancia, la mujer abrió unas cristaleras. Caleb se encontró mirando un gran invernadero. La estructura de hierro y cristal, de imaginativo diseño, contenía una jungla verde. Lo invadió una calidez húmeda que llevaba consigo los aromas de un suelo rico y fértil y una vegetación lozana.

En el invernadero también fluían otra clase de corrientes. Percibió los inconfundibles susurros de energía. Era una sensación increíblemente estimulante. El ambiente del lugar era como un tónico para sus sentidos.

—Señorita Bromley, está aquí el señor Jones —anunció el ama de llaves con una voz lo bastante fuerte para ser oída en el otro extremo del invernadero.

El mar de verdor era tan espeso y denso que Caleb no se fijó en la mujer con delantal de jardinero y guantes de cuero hasta que salió de detrás de una cascada de orquídeas de color púrpura. Le recorrió una excitación furtiva que le tensó músculos y tendones. Se desplegó una inexplicable sensación de urgencia. Le vino a la cabeza de nuevo la palabra «estimulante».

Caleb no sabía qué había estado esperando, pero, con independencia de ello, Lucinda Bromley hizo una proeza sumamente rara: lo cogió totalmente por sorpresa.

Dada la reputación que la precedía, seguramente él había previsto encontrarse con una señora acicalada, sofisticada, con una fachada de encanto y refinamiento que acaso ocultara un corazón malévolo. Al fin y al cabo, Lucrecia Borgia tenía una fama bien ganada.

Sin embargo, Lucinda parecía más una despistada y erudita Titania, la reina de las hadas. Su cabello le hizo pensar en el estallido de una puesta de sol. La señorita Bromley había intentado domeñar los vaporosos rizos rojos con unas horquillas y un par de cintas, aunque sin mucho éxito.

La inteligencia iluminaba sus rasgos, transformando una cara que de otro modo habría sido descrita como pasable en otra para la que la única palabra adecuada era «fascinante». Caleb reparó en que no quería apartar la vista. Ella lo miraba detenidamente a través de los destellantes cristales de unas gafas con montura dorada. Sus ojos tenían un profundo, deslumbrante, tono azulado.

Lucinda llevaba un largo delantal de muchos bolsillos sobre un sencillo vestido gris. En una mano sostenía unas tijeras de podar. Las largas y afiladas hojas de la herramienta presentaban el aspecto de cierta arma medieval ideada para que la blandiera un caballero con armadura. Festoneaban su persona otros utensilios de apariencia igualmente peligrosa.

—Gracias, señora Shute —dijo Lucinda—. Tomaremos el té en la biblioteca, por favor.

Su voz no era como la de las hadas, resolvió Caleb, complacido. En vez del insufriblemente agudo tintineo de delicadas campanillas que adoptaban tantas mujeres, el tono de Lucinda era cálido, lleno de confianza y resuelto. Irradiaba energía en un aura invisible. Una mujer fuerte, pensó.

Había conocido a otras mujeres con grandes aptitudes. En los niveles superiores de la Sociedad de Arcanos no era tan infrecuente. Pero en su interior algo respondía a la energía de Lucinda de una forma nueva y extrañamente perturbadora. Tuvo que reprimir el impulso de acercársele más.

—Traeré el té, señorita —dijo la señora Shute, que se volvió y salió por la puerta.

Lucinda sonrió de manera fría, cortés, a Caleb, que notaba cierto recelo en su anfitriona. La mujer no estaba segura de haber hecho lo correcto al mandarlo llamar, comprendió el investigador. En muchos clientes surgían reservas tras concertar la cita.

—Gracias por venir —dijo ella—. Debe de estar muy ocupado, señor Jones.

—No ha sido una molestia en absoluto —dijo, rechazando mentalmente la larga lista de proyectos y cometidos urgentes que de otro modo habrían ocupado su atención—. Estaré encantado de poder ayudarla. —Era sin duda la primera vez que decía esto a un cliente. Y tuvo la impresión de que sería la última.

—¿Vamos a la biblioteca?

—Como guste.

Lucinda se desató el delantal manchado de tierra y se lo quitó por la cabeza. Sonó con estrépito el variopinto surtido de herramientas y utensilios de los bolsillos. Caleb la vio quitarse los guantes de jardinero de piel gruesa. Advirtió, en efecto, un anillo, tal como había informado la prensa, de oro macizo, primorosamente trabajado y decorado con lapislázuli oscuro y una piedra preciosa de color ámbar. Parecía viejo y de un estilo vagamente renacentista. Y desde luego era lo bastante grande para ocultar un pequeño compartimento, pensó, intrigado.

Ella se paró delante de él y le dirigió una mirada interrogativa.

Caleb cayó en la cuenta de que le obstaculizaba el paso, mirando sin más. Con gran fuerza de voluntad, recobró la compostura y se apartó para dejarla entrar en la biblioteca. Cuando Lucinda pasó por su lado, él agudizó adrede los sentidos y disfrutó de la pequeña ráfaga de energía que removió el ambiente. Oh, sí, una mujer fuerte, sin duda alguna.

Lucinda se sentó tras una desordenada mesa de caoba y le señaló una silla frente a ella.

—Tome asiento, por favor, señor Jones.

Lucinda estaba definiendo muy claramente la relación entre ambos, advirtió él, divertido: a todas luces, ella se percibía a sí misma como dueña de la situación e intentaba mantener el dominio. Caleb consideró que el desafío sutil, tácito, era tan estimulante como su aura.

Se sentó en la silla tal como ella le había indicado.

—En la nota que recibí mencionaba usted que el asunto era urgente.

—Lo es. —Se cogió las manos con fuerza encima del cartapacio y fijó en Caleb una mirada firme—. ¿Se ha enterado por casualidad de la reciente muerte del lord Fairburn?

—He leído algo en los periódicos de la mañana. Suicidio, me parece.

—Es posible. Aún hay que determinarlo. La familia, o al menos un miembro de la misma, el hijo de Fairburn, ha pedido a Scotland Yard que investigue.

—Eso no lo sabía —dijo él.

—Como es lógico, la familia prefiere que la investigación discurra de forma discreta.

—¿Cómo sabe usted esto?

—El detective encargado del caso me pidió mi opinión. He asesorado en varias ocasiones al señor Spellar.

—Conozco a Spellar. Es miembro de la Sociedad de Arcanos.

—En efecto. —Lucinda le dedicó una leve sonrisa desafiante—. Igual que yo, señor Jones.

—Lo sé. Seguramente, nadie ajeno a la Sociedad sabe que la agencia Jones existe siquiera, no digamos ya cómo establecer contacto conmigo.

Ella se ruborizó.

—Sí, claro. Perdóneme. Me temo que de vez en cuando tiendo a ponerme un tanto a la defensiva. —Se aclaró la garganta—. Mi familia tiene cierta fama. Está al corriente de los chismes, seguro.

—Me han llegado algunos rumores —argumentó él con tono neutro.

—No me cabe duda. —Sus dedos se tensaron visiblemente hasta que tuvo las manos apretadas, no sólo agarradas—. ¿Afectarán estos rumores a su decisión de aceptar o no mi caso?

—Si así fuera, no estaría aquí. Creo que esto es evidente, señorita Bromley. Como sin duda sabrá, la Sociedad de Arcanos no siempre se atiene a las reglas que rigen en el mundo social. —Se calló un instante—. Y yo tampoco.

—Comprendo.

—Imagino que también usted habrá oído habladurías sobre mí.

—Así es, señor Jones —admitió ella con calma—. Ésta es una de las razones por las que le pedí que viniera hoy. Entre otras cosas, se dice que a usted le intrigan muchísimo los misterios.

—En extremo, según me dicen. Pero en mi defensa diré que sólo me intrigan los misterios muy interesantes.

—Sí, bueno, no tengo muy claro que usted vaya a considerar mi situación muy interesante, pero le aseguro que para mí es de lo más inquietante.

—Hábleme un poco más de su misterio, por favor.

—Desde luego. —Lucinda se puso derecha y cuadró los elegantes hombros—. Como quizá sepa, tengo ciertas aptitudes relacionadas con la botánica, entre ellas la de detectar veneno. Si el veneno se basa en hierbas o plantas, por lo general puedo determinar la naturaleza exacta de los ingredientes de la sustancia tóxica.

—¿Dedujo usted que lord Fairburn fue envenenado?

Ella le sonrió con ironía.

—Saca usted realmente las conclusiones acertadas, por lo que veo. Sí, lo más seguro es que bebiera algún brebaje letal. La única duda es si se trata de suicidio o asesinato. Para serle sincera, creo muy improbable que el inspector Spellar sea capaz de demostrar que se trata de lo segundo.

—Es muy difícil acreditar un asesinato por envenenamiento incluso cuando hay pruebas convincentes, como en el caso del arsénico o el cianuro. Resulta muy fácil convencer al jurado de que fue un accidente o de que la víctima se quitó la vida.

—Sí, lo sé. Pero si hay circunstancias atenuantes... —Lucinda se calló de golpe.

—¿Por qué le preocupa tanto el resultado de este caso, señorita Bromley? Es responsabilidad de Spellar, no de usted, decidir si fue asesinato o no.

Lucinda aspiró hondo y se preparó a todas luces para algo. Estaba intentando disimular su tensión, pero Caleb alcanzó a detectar el trasfondo con tal claridad como si pudiera verle el aura. Ella no sólo estaba preocupada por el desenlace del caso Fairburn; estaba asustada.

—Cuando ayer el inspector Spellar me mandó llamar para que viera el cadáver en la casa de los Fairburn —explicó despacio—, confirmé que...

—¿Vio usted el cadáver?

Ella arrugó la frente con gesto burlón.

—Sí, claro. ¿De qué otra manera podría valorar yo la posible presencia de veneno?

Él estaba pasmado.

—Cielo santo. No tenía ni idea.

—¿Ni idea de qué?

—Me ha dicho que de vez en cuando Spellar solicitaba sus servicios, pero no pensaba que estuviera usted obligada a examinar físicamente los cuerpos de las víctimas para dar su opinión.

Lucinda alzó las cejas.

—¿Cómo creía usted que realizaba yo mis informes?

—De ninguna manera, supongo —admitió él—. Que no lo pensé, vamos. Habré dado por sentado que Spellar le procuraba algunas pruebas. Tal vez la copa del veneno, o la ropa de la víctima.

—Me parece que, según usted, lo que yo hago para el inspector Spellar no es un trabajo adecuado para una dama.

—No he dicho esto.

—No hace falta. —Lucinda hizo un gesto con la mano para rechazar el intento de Caleb de justificarse—. Le aseguro que no es usted el único que opina así. A nadie, excepto el inspector Spellar, le parece bien lo que hago. De hecho, no creo que a Spellar le parezca del todo bien tampoco, pero está plenamente dedicado a su profesión y, por tanto, se muestra más que dispuesto a aprovechar cualquier ayuda que yo le pueda proporcionar.

—Señorita Bromley...

—Dado mi historial familiar algo fuera de lo común, estoy bastante habituada a la desaprobación.

—Maldita sea, señorita Bromley, no ponga en mi boca palabras que no he dicho. —Caleb estaba ya de pie antes de reparar en lo que estaba haciendo, las manos planas sobre la mesa—. No estoy juzgándola. Sí, me ha asombrado saber que su trabajo de asesoramiento conlleva ver los cadáveres de las víctimas. Y admitirá que esta clase de ocupación es, por regla general, algo un tanto inhabitual tratándose de una dama.

—Vaya. —Separó las manos y se reclinó al punto—. ¿Y entonces quién cree usted que se encarga normalmente de atender a los que caen enfermos de gravedad y mueren en casi todas las casas? La mayoría de las personas no van a morir a los hospitales, señor. La mayoría de las personas mueren en casa, y son las mujeres las que están junto a su cabecera en la hora suprema.

—Estamos hablando de personas que han sido asesinadas, no de las que expiran por causas naturales.

—¿Cree usted que una muerte es más violenta que la otra? Entonces es que no lo han invitado a presenciar muchos fallecimientos. Se lo aseguro, una muerte supuestamente natural puede ser mucho más atroz, más dolorosa, más prolongada, que la causada por la acción rápida del veneno o una bala en la cabeza.

—Al diablo. No puedo creer que esté liado en esta discusión ridícula. No he venido aquí a hablar de su trabajo como asesora. Propongo que sigamos con lo nuestro.

Ella le lanzó una mirada penetrante.

—Ha sido usted quien ha empezado.

—Y un cuerno.

Lucinda parpadeó y ladeó la barbilla.

—¿Siempre usa esta clase de lenguaje cuando está en compañía de una dama, señor? ¿O quizá se siente libre para emplear este pintoresco vocabulario debido a la particular dama que está casualmente con usted en este momento?

Él esbozó una sonrisa forzada.

—Le ruego me disculpe, señorita Bromley. Pero me sorprende que una dama que asesora en escenas del crimen se escandalice al oír un poco de lenguaje grosero.

Ella correspondió a la sonrisa de Caleb; pero la suya fue fría.

—¿Insinúa usted que no soy una dama como es debido?

Él se puso derecho bruscamente, se volvió y caminó hasta la ventana.

—Hacía siglos que no tenía una conversación tan extraña.

Y también tan carente de sentido. Si fuera tan amable de indicarme por qué me ha hecho venir, quizá podríamos continuar la entrevista.

Le interrumpió un fuerte golpe en la puerta. Se volvió para ver al ama de llaves entrar en la estancia llevando una bandeja con el servicio de té. La señora Shute lo fulminó con la mirada, haciéndole saber, en términos silenciosos pero inequívocos, que había oído indiscretamente la acalorada discusión.

—Gracias, señora Shute —dijo Lucinda con voz suave, como si no estuviera nada molesta con la visita—. Puede dejar la bandeja en la mesa. Ya lo serviré yo.

—Sí, señorita.

Tras otra mirada de reproche a Caleb, el ama de llaves se marchó y cerró la puerta sin hacer ruido.

De hecho, el lenguaje de Caleb había sido vergonzoso. Cierto que no se le conocía por sus modales de salón. Las sutilezas sociales le agotaban. De todas maneras, no era tan insensible al decoro como para maldecir en presencia de mujeres, al margen de su clase o condición social.

Lucinda se levantó y fue a sentarse en el sofá. Cogió la tetera.

—¿Azúcar y leche, señor? —preguntó, tranquila y serena, como si no hubiera habido discusión alguna. No obstante, tenía las mejillas algo sonrojadas, y en sus ojos se apreciaba un brillo belicoso.

Cuando todo lo demás falla, sirve una taza de té, pensó él.

—Nada, gracias —dijo con un tono todavía algo áspero.

Caleb trató de analizar la nueva y brillante intensidad que emanaba de Lucinda. No resplandecía exactamente, pero parecía un poco más vigorizada.

—Más vale que se siente —dijo ella—. Aún tenemos mucho de qué hablar.

—Me sorprende que aún quiera usted solicitar mis servicios, dada mi forma de hablar.

—No estoy precisamente en condiciones de pedirle que se marche, señor. —Lucinda sirvió té con una mano llena de gracia—. Sus servicios son únicos, y yo tengo necesidad de ellos. —Dejó la tetera en la mesa—. Así que, al parecer, debo cargar con usted.

Caleb sintió que, pese a su mal humor, empezaba a curvársele el borde de la boca. Cogió la taza y el platillo y se sentó en un sillón.

—Y yo, señorita Bromley, al parecer debo cargar con usted también —dijo.

—No exactamente, señor. Usted tiene libertad absoluta para rechazar mi solicitud. Ambos sabemos que no necesita los exorbitantes honorarios que sin duda pretenderá cobrarme.

—Desde luego podría prescindir del dinero —admitió él—. Pero no de este caso.

La taza de ella se detuvo a medio camino de sus labios. Lucinda abrió los ojos de par en par.

—Pero yo aún no le he dicho qué quiero que investigue.

—Da lo mismo. No es el caso lo que me interesa, señorita Bromley —dio un sorbo de té y bajó la taza—, sino usted.

Ella no hizo ningún movimiento.

—¿A qué viene esto?

—Es usted una mujer de lo más inusual, como seguro que bien sabrá. No he conocido a nadie igual. La encuentro —se calló, en busca de la palabra apropiada—... interesante. —«Fascinante» habría estado más cerca de la verdad—. Espero, pues, que su misterio resulte igualmente estimulante.

—Comprendo. —Lucinda no parecía complacida, pero tampoco ofendida. Si acaso, resignada, quizá también un poco decepcionada, pero disimuló bien la reacción—. Dada la extraña profesión que escogió, supongo que se entiende.

A él no le gustó cómo sonaba eso.

—¿En qué sentido?

—Es usted un caballero a quien le atraen los rompecabezas. —Lucinda dejó la taza con cuidado sobre el platillo—. En este momento, yo soy para usted una especie de misterio porque no me atengo al modelo de conducta femenina que se considera en general aceptable en la sociedad. Por eso siente curiosidad por mí.

—No es eso —dijo él, irritado. Se calló un instante, consciente de que en cierto modo Lucinda tenía razón. Ella *era* un misterio para él; un misterio que se sentía obligado a explorar—. No exactamente.

—Sí, exactamente eso —replicó ella—. Pero está usted bebiendo el té que le acabo de servir, así que no se lo tomaré en cuenta.

—¿De qué demonios está hablando?

Ella le dirigió otra sonrisa fría.

—Muy pocos caballeros tienen el valor de tomar el té conmigo, señor Jones.

—No me cabe en la cabeza por qué algún hombre podría titubear. —Sonrió ligeramente—. Es un té excelente.

—Se dice que el veneno que mató a mi prometido estaba en una taza de té que yo le serví.

—¿Y qué es la vida sin un poco de riesgo? —Caleb tomó otro buen sorbo y dejó la taza en la mesa—. Bien, hablando del asunto que debo investigar, ¿le importaría darme los detalles? ¿O prefiere discutir un poco más? La verdad es que no tengo ningún inconveniente con lo segundo. Es una actividad muy agradable.

Ella lo miró fugazmente, los ojos inescrutables tras los cristales de las gafas. De pronto soltó una carcajada. No era la risita ahogada de los salones de baile ni la risa grave y seductora de una mujer de mundo. Sólo risa verdadera, femenina. Lucinda tuvo que dejar la taza y secarse los ojos con la servilleta.

—Muy bien, señor Jones —logró decir por fin—. Es usted tan fuera de lo común como me habían hecho creer. —Arrugó la servilleta y recobró la compostura—. Tiene usted razón. Ya toca hablar del asunto que nos ocupa. Como he dicho, el inspector Spellar me llamó para que viera el cadáver de lord Fairburn.

—Y usted llegó a la conclusión de que Fairburn había sido envenenado.

—Sí. Eso le dije a Spellar. También le expliqué que la base del veneno era el ricino. Pero el caso presentaba algunos aspectos singulares. El primero, que quienquiera que hubiese preparado el brebaje letal tenía que ser alguien muy versado en cuestiones de botánica y química.

—¿Por qué lo dice?

—Porque sabía cómo obtener una versión del veneno muy refinada, potente y de efecto rápido. Lord Fairburn no tuvo tiempo de caer enfermo; murió antes. En el caso de los venenos derivados del reino vegetal, esto es muy raro. Por lo general, la víctima presenta primero diversos síntomas físicos muy visibles. No hace falta entrar en pormenores.

—Convulsiones, vómitos, diarrea. —Caleb se encogió de hombros—. Ya he dejado claro que prefiero no andarme con rodeos.

Ella parpadeó de un modo que él llegaría a reconocer como un indicación de que la habían pillado desprevenida. Se trataba de una señal pequeña, pero reveladora.

—En efecto —confirmó Lucinda.

—Dice que la velocidad de acción del veneno la llevó a pensar que había sido preparado por un científico o un químico.

—Sí, eso creo. Como sin duda sabrá, en las boticas hay a la venta diversas sustancias potencialmente venenosas. Es posible comprar arsénico o cianuro sin dificultad alguna. Y vaya usted a saber lo que hay en algunos de estos pésimos específicos de tanto éxito. De todos modos, el veneno utilizado para matar a lord Fairburn no es de los que se pueden comprar tan fácilmente. Y prepararlo tampoco fue sencillo.

—¿Está diciendo que la sustancia se fabricó en un laboratorio, no en la trastienda de un boticario? —La mente de Caleb iba acelerada.

—Estoy diciendo algo más que eso, señor Jones. Creo saber quién preparó el veneno que mató a lord Fairburn.

Él se quedó inmóvil, sin apartar los ojos de ella. «Interesante» no era ni mucho menos la palabra, pensó. Ni siquiera «fascinante» conseguía describir a Lucinda Bromley.

—¿Cómo es que sabe esto, señorita Bromley...? —preguntó.

Lucinda respiró hondo.

—Además de los restos de ricino, identifiqué otro ingrediente del veneno. Deriva de un helecho muy raro que en otro tiempo creció en mi invernadero. Creo que el mes pasado el envenenador entró en esta casa y lo robó.

Entonces él comprendió de pronto la verdadera naturaleza del asunto.

—Maldición —soltó muy bajito—. No informó a Spellar sobre la visita ni el robo, ¿verdad?

—No. No me atreví a hablarle de los restos de *Ameliopteris amazonensis* que detecté en el veneno tomado por lord Fairburn. Se habría visto obligado a llegar a la conclusión obvia.

—Que era usted quien había preparado el veneno —dijo Caleb.

4

En el aura de Caleb había una tensión perturbadora. Ella la notó en cuanto él entró en el invernadero. En un hombre más débil, un desequilibrio energético así se habría traducido en una enfermedad grave de carácter psíquico. Lucinda tuvo la impresión de que Caleb Jones estaba controlando inconscientemente la falta de armonía mediante la pura fuerza de voluntad. Dudaba de que él fuera siquiera consciente de las extrañas y malsanas corrientes que palpitaban a su alrededor.

La salud psíquica de él no era problema de ella, se recordó a sí misma, a menos que eso le impidiera llevar a cabo una investigación meticulosa. Su intuición le decía que no sería el caso. Del aura de Caleb emanaban con mucha más fuerza la determinación y la resolución que las corrientes contra natura. Caleb Jones era un hombre que llevaría a término cualquier cosa que se propusiera, a cualquier precio.

Ese encuentro era lo que menos deseaba, pero no se le había ocurrido ninguna otra alternativa. Su situación era grave, y el problema era de naturaleza psíquica, razón por la cual necesitaba una agencia de investigación que pudiera ocuparse de lo paranormal. Y la única que conocía era la recién creada por Jones.

Por desgracia, implicarse con la agencia significaba tener que tratar con un miembro de la familia Jones, un grupo peligroso y excéntrico a decir de todos. La Sociedad de Arcanos era una organización con fama de hermética, y los poderosos miembros del clan Jones —descendientes del fundador— estaban siempre en el núcleo directivo. Corría el rumor de que eran muy eficaces a la hora de proteger los secretos oscuros de la Sociedad —y los suyos propios.

Lucinda había conjeturado que Caleb Jones sería tremendamente hábil en el cometido de descubrir la verdad. Se decía que todos los integrantes de la familia tenían grandes capacidades, de una u otra clase, y ella contaba con que Caleb demostraría pericia en su insólita profesión.

Lo que la asombraba era el escalofrío de intensa curiosidad, mejor dicho de rotunda fascinación, que experimentó al percibir su presencia por primera vez en el invernadero. Los emocionantes estremecimientos de conciencia que burbujeaban ahora a través de ella sólo podían describirse como de naturaleza alarmantemente sensual. Las sensaciones eran inquietantes y turbadoras; la clase de emociones que se podrían haber perdonado en una joven inocente de dieciocho años pero que eran del todo impropias en una mujer de veintisiete; una mujer de mundo.

«Por Dios, me he quedado oficialmente para vestir santos, soy una solterona. Y él es un Jones. ¿Qué demonios me está pasando?»

En Caleb Jones había una fuerza cautivadora, pero también un aire adusto, melancólico. Era como si hubiera examinado la vida con los plenos poderes de su inteligencia y su talento y hubiera llegado a la conclusión de que aquélla tenía poco que ofrecerle en el terreno de la dicha, pero que aun así perseveraría. Aunque ella no hubiera sabido que él era descendiente directo de Sylvester Jones, fundador de la Sociedad, habría reconocido en Caleb una inmensa lucidez.

Algo más había ardido también en él, una intensidad devoradora, una determinación que, sabía ella, sería un arma de doble filo. Lucinda sabía por experiencia que a menudo era

45

muy fina la línea entre la capacidad para concentrarse con inteligencia en un objetivo y la obsesión enfermiza. Tenía la sensación de que Caleb había cruzado esa línea más de una vez. Eso, unido a la falta de armonía en su aura, resultaba inquietante, pero ahora Lucinda tenía pocas opciones. Jones podía ser muy bien todo lo que quedaba entre ella y una acusación de asesinato.

Se abrochó y ciñó el invisible corsé de la compostura y se preparó para hacer avanzar su plan.

—Ahora ya entiende por qué le pedí que viniera hoy, señor Jones —dijo ella—. Quiero que investigue el robo de mi helecho. Estoy convencida de que cuando descubra al ladrón, descubrirá también que fue él quien preparó el veneno que mató a lord Fairburn. Lo encontrará y lo entregará al inspector Spellar junto con las pertinentes pruebas de culpabilidad.

Caleb arqueó las cejas.

—Todo eso sin mencionar su nombre, supongo.

Ella frunció el ceño.

—Bueno, sí, claro. En esto estriba contratar a alguien como usted para llevar a cabo una investigación privada, ¿no? Cabe contar con cierta garantía de confidencialidad en estas cosas.

—Eso dicen.

—Señor Jones...

—Aún soy un poco nuevo en esta actividad de las investigaciones privadas, pero he descubierto que algunos clientes parecen pensar que debo seguir ciertas reglas. A mi juicio, esta suposición es fastidiosa e irritante.

Lucinda estaba consternada.

—Señor Jones, si ha venido hoy usted aquí de manera fraudulenta, tenga por seguro que me dirigiré al nuevo Maestro de la Sociedad para presentarle una queja sobre sus servicios en los términos más duros que sea posible.

—Seguramente es mejor no molestar a Gabe en este momento. Está muy ocupado intentando reorganizar el Consejo de Gobierno. Por lo visto, cree que puede librarse realmente de algunos de esos viejos estúpidos que aún juegan a alquimistas. Le he advertido que unos cuantos pueden volverse peligrosos si se enteran de que van a ser sustituidos, pero él insiste en que falta algo de democracia para poner la Sociedad en el camino del nuevo siglo.

—Señor Jones —dijo ella con tono severo—, estoy tratando de discutir mi caso con usted.

—Cierto. ¿Dónde estábamos? Ah, sí, la confidencialidad.

—Entonces, ¿qué? ¿Está usted dispuesto a mantener en secreto todo lo concerniente a este asunto?

—Señorita Bromley, quizá le sorprenda esto, pero yo mantengo en secreto la mayoría de las cosas. No soy un hombre sociable. Pregúntele a cualquiera que me conozca. Detesto las conversaciones de salón y, aunque siempre escucho las habladurías porque a menudo son una fuente de información útil, nunca participo en ellas.

A Lucinda no le costó creer eso.

—Comprendo.

—Tiene mi promesa de que guardaré sus secretos.

—Gracias —dijo ella aliviada.

—Con una excepción.

Lucinda se quedó paralizada.

—¿Cuál?

—Aunque los servicios de mi agencia están disponibles para todos los miembros de la Sociedad de Arcanos, cabe entender que mi primera responsabilidad es proteger los secretos de la organización.

Ella hizo un gesto de impaciencia.

—Sí, sí, ya lo dejó claro Gabriel Jones cuando anunció la creación de su agencia. Se lo aseguro, mi problema no tiene nada que ver con los secretos de la Sociedad de Arcanos. Es un simple asunto de robo de planta y asesinato. Mi único objetivo es no ir a la cárcel.

En los ojos de Caleb titiló un regocijo gélido.

—Una ambición sensata. —Sacó una pequeña libreta y un

lápiz de un bolsillo interior de su bien entallado abrigo—. Háblame del robo.

Lucinda dejó a un lado la taza y el platillo.

—Hace un mes, vino a visitarme un tal doctor Knox. Decía que le enviaba un viejo amigo de mi padre. Yo soy como usted, señor Jones, no hago vida social. Sin embargo, de vez en cuando disfruto de la compañía de personas interesadas, como yo, en la botánica.

—Entiendo que Knox era muy aficionado a las plantas raras.

—Sí. Me pidió un recorrido por el invernadero. Dijo que había leído todos los libros y documentos de mi padre. Se mostró muy entusiasta y entendido en la materia. No vi motivos para negarme.

Caleb alzó la vista de sus notas.

—¿Ofrece usted normalmente recorridos así?

—No, desde luego que no. Esto no es Kew Gardens ni la Sociedad Botánica Carstairs.

La atravesó la vieja ira. Logró a duras penas no dejar que se reflejara en su semblante, pero podía sentir la mandíbula ligeramente apretada. Sospechó que el muy perspicaz señor Jones había advertido el pequeño movimiento.

—Comprendo —dijo él.

—En cualquier caso, tras la muerte de mi padre y de mi prometido, ha habido pocas peticiones de ésas, créame.

Lucinda tuvo la sensación de vislumbrar en la expresión de Caleb algo parecido a la compasión, pero se desvaneció al punto. Decidió que se había confundido. Era improbable que Caleb Jones reconociera una sensibilidad delicada así aunque tropezase con ella.

—Por favor, prosiga su relato, señorita Bromley —dijo él.

—El doctor Knox y yo pasamos casi dos horas en el invernadero. Muy pronto fue patente que él tenía un especial interés en las hierbas y las plantas medicinales.

Caleb interrumpió de nuevo su escritura y le dirigió una mirada penetrante, escrutadora.

—¿Cultiva usted plantas medicinales?

—Son mi especialidad, señor Jones.

—No lo sabía.

—Mis padres eran grandes botánicos, pero lo que más atraía a mi madre era el estudio de las propiedades medicinales de las plantas y las hierbas. Yo heredé esa afición. A su muerte, seguí acompañando a mi padre en sus expediciones en busca de plantas. El ejemplar que despertó la curiosidad del doctor Knox era un helecho muy raro que descubrí durante nuestro último viaje al Amazonas. Lo llamé *Ameliopteris amazonensis* por mi madre. Se llamaba Amelia.

—¿Descubrió usted ese helecho?

—No exactamente. El mérito hay que reconocérselo a la gente de una pequeña tribu que vive en esa parte del mundo. En todo caso, tras regresar de la expedición no encontré referencias en ningún libro ni documento. Esta biblioteca está muy bien provista, no le quepa duda.

Caleb miró los repletos estantes con expresión pensativa.

—Ya lo veo.

—Una curandera de la tribu me enseñó el helecho y me explicó sus propiedades. Lo llamaba por el nombre que le había dado su gente, que se traduce aproximadamente como Ojo Secreto.

—¿Para qué se usa el helecho?

—Bueno, la tribu lo utiliza en ciertas ceremonias religiosas. Pero dudo mucho que el doctor Knox sea un hombre religioso, no digamos ya que observe los ritos sagrados practicados sólo por un reducido grupo de personas que viven en un pueblo desconocido de Suramérica. No, señor Jones, él utilizó mi helecho para, por algún motivo, hacer que el veneno actuara con más rapidez y disimulara el gusto y el olor.

—¿Sabe usted qué efecto tiene el helecho cuando se usa en las ceremonias de los habitantes de ese pueblo? —inquirió Caleb.

La pregunta sorprendió a Lucinda. La mayoría habría rechazado enseguida las creencias de una gente que vivía en una tierra remota.

—Según la curandera de la tribu, una tisana preparada con el helecho podía abrir lo que su gente denominaba el ojo secreto del individuo. Estoy segura de que aquellas personas creen que esto es lo que pasa si uno toma el brebaje, pero esto es lo que sucede también con la religión, ¿no? La creencia lo es todo.

—¿Tiene alguna idea de qué quería decir la curandera cuando hablaba de abrir el ojo secreto?

El profundo e inesperado interés de Caleb en las propiedades del helecho, más que en el robo, empezaba a preocuparla. Algunos rumores que le habían llegado sobre Caleb Jones daban a entender que podía ser algo más que un simple excéntrico.

Era demasiado tarde para echarle, pensó ella. Ya le había contado su secreto. En todo caso, no podía sustituirlo. En Londres había muchísima gente que decía poseer poderes psíquicos. De hecho, lo paranormal hacía furor. Pero, como sabían todas las personas sensatas de la Sociedad de Arcanos, la inmensa mayoría de esos diletantes eran unos farsantes y unos charlatanes. Lucinda necesitaba desesperadamente el talento de Caleb Jones.

—No pretendo ser una experta en las creencias religiosas de la curandera —dijo ella con cuidado—, pero, según ella, «ojo secreto» era la expresión utilizada por los habitantes del pueblo para referirse a lo que usted y yo denominamos estado de sueño.

A Caleb Jones le invadió una alarmante quietud.

—Hijo de puta —soltó con voz escalofriantemente suave—. Basil Hulsey.

Ella lo fulminó con una mirada de desaprobación.

—¿Más lenguaje impropio de un caballero, señor Jones? Pero bueno, ¿tanto le asombra que fuera de Inglaterra haya gente con una comprensión de lo paranormal? No somos los únicos en poseer una parte psíquica en nuestra naturaleza.

Lucinda se calló bruscamente porque Caleb se había levantado de la silla con la fuerza de un volcán en erupción, tras lo cual se acercó al sofá, la agarró y la puso en pie.

—Señorita Bromley, no sabe usted lo mucho que me ha ayudado. La besaría como muestra de gratitud, se lo juro.

Ella estaba tan atónita que ni siquiera fue capaz de articular una protesta fina. De sus labios brotó algo parecido a un sobresaltado chillido, y lo siguiente que supo fue que la boca de Caleb cubría la suya y una energía febril comenzaba a relumbrar en el ambiente.

5

Lucinda entendió por intuición que el beso pretendía ser un gesto rápido, sin sentido, originado por el entusiasmo totalmente inexplicable que al parecer se había apoderado del a todas luces contenido señor Jones. De todos modos, sabía que debía haberse sentido conmocionada en lo más hondo por tal violación de los buenos modales.

Los besos robados eran propios de los sinvergüenzas que se aprovechaban de muchachas inocentes, o de los amantes audaces que conseguían escabullirse de los caldeados salones hasta las sombras nocturnas de los jardines. En el círculo de los respetablemente casados, esos besos llevaban el sello de las relaciones ilícitas.

Para la mujer que permitía a un caballero tomarse estas vergonzosas libertades había una palabra: «perdida».

Ah, pero la habían llamado cosas peores, pensó Lucinda.

En cualquier caso, no se trataba de un momento clandestino de pasión del que podrían disfrutar dos personas enamoradas, sino tan sólo de un destello de euforia desacostumbrada en un hombre que, sospechaba ella, casi nunca se permitía pasiones fuertes.

El beso debería haber terminado tan de súbito como había empezado, dejando entre ellos poco más que una incomodidad momentánea. En vez de ello, como el plomo transmutado en oro en un crisol de alquimista, en un instante turbador el abrazo pasó de sobresaltar a abrasar.

Él le apretó bruscamente los brazos con las manos. La acercó más e intensificó el beso. La boca de Caleb era ahora cálida y pesada, embriagadora. Era como si él le ofreciera un elixir irresistible con una buena dosis de promesas peligrosas y oscuras.

La recorrió un escalofrío de alarmante claridad. Se abrió una puerta en algún sitio, lo que procuró una visión fugaz de un fabuloso jardín lleno de plantas exóticas, increíblemente radiantes, hierbas y flores que hasta ahora habían existido sólo en sus sueños. Era un mundo de energía y vida lozana, un lugar de misterio y hechizo.

El asombro inicial de Lucinda se evaporó y fue sustituido por un acaloramiento deliciosamente perturbador. La emocionante calidez que la inundaba no era la única sensación en el ambiente. Todos sus sentidos, tanto los físicos como los psíquicos, resplandecieron de pronto en el espectro. Experimentó una conciencia electrizante centrada exclusivamente en Caleb Jones.

Él masculló algo que ella no entendió; palabras que sin duda pertenecían a la noche; palabras demasiado excitantes para ser pronunciadas a la luz del día. La respiración de Caleb se volvió áspera. A Lucinda la sacudió otra ráfaga de vertiginosa excitación cuando él la exhortó a abrir los labios con los suyos. Luego las manos de Caleb se movieron, deslizándose alrededor de ella para inmovilizarla con la totalidad de su duro cuerpo.

Ahora Lucinda temblaba, no de miedo sino ante lo inminente. El jardín mágico hizo señas, lleno de un verdor exuberante que despedía una energía prodigiosamente seductora. Echó los brazos al cuello de Caleb y se dejó hundir en el abrazo y en las peligrosas corrientes que se arremolinaban en torno a ellos.

Así que esto es la pasión, pensó ella. «Oh, Dios mío. No tenía ni idea.»

Caleb la soltó con una sacudida tal que Lucinda se tambaleó dando un paso hacia atrás.

—Maldición. —Él la miró totalmente incrédulo. Si hacía un momento había sido presa del deseo, nunca se sabría. Su férreo control se cerró alrededor de él como los barrotes de una celda—. Perdóneme, señorita Bromley. No sé qué me ha pasado.

Ella tardó unos segundos en encontrarse la lengua.

—No tiene importancia —logró decir finalmente en lo que esperó fuera un tono displicente, de mujer de mundo—. Ya sé que no quería usted ofenderme. Estaba sin duda aquejado de entusiasmo profesional.

Hubo una breve pausa. Caleb no apartaba la mirada de Lucinda.

—¿Entusiasmo profesional? —repitió él en un tono extrañamente neutro.

Ella cayó en la cuenta de que tenía las gafas torcidas. Se concentró en ponérselas bien.

—Lo entiendo perfectamente, desde luego.

—¿Ah, sí? —Caleb no parecía contento.

—Sí, en efecto. Me ha pasado más de una vez.

—¿En serio? —Ahora Caleb parecía fascinado.

—Afecta a los nervios, ya sabe.

—¿Qué afecta a los nervios?

Lucinda se aclaró la garganta.

—Un ataque repentino de entusiasmo profesional. Vamos, que puede apoderarse de un hombre con su evidente capacidad de autodominio. —Fue detrás de la mesa y más o menos se desplomó en la silla, tratando todavía de recobrar el aliento y reducir las pulsaciones—. Como es lógico, el, eeh, exceso de estímulos que ha experimentado hace un momento ha estado inspirado por alguna señal que yo le he enviado sin darme cuenta. Confío en que esto sea un buen presagio para la investigación.

Caleb estuvo unos incómodos segundos sin hacer un solo

movimiento. Se quedó mirándola como si hasta ese momento ella hubiera sido cierto espécimen desconocido que él hubiera encontrado en el estudio del señor Darwin.

Justo cuando ella creía que ya no podría soportar más el escrutinio, él se volvió hacia las cristaleras y contempló la concentrada vegetación del otro lado.

—Una observación muy perspicaz, señorita Bromley —dijo—. Efectivamente, usted me ha enviado una señal. Durante dos malditos meses he estado buscando una conexión como ésta.

Lucinda volvió a agarrarse las manos sobre la mesa e intentó poner un poco de orden en sus dispersos sentidos. Le parecía que aún alcanzaba a sentir una energía sensual que daba vueltas en la estancia. Desde luego, el beso había sobreestimulado su imaginación.

—¿Tiene esto algo que ver con una persona llamada Basil Hulsey? —preguntó ella.

—No me cabe duda. Pero, sólo para estar más seguro, ¿podría describirme al hombre que conoce usted como Knox?

—Era más bien bajito. Bastante calvo. Algo desarreglado y desaliñado. Recuerdo que llevaba la camisa manchada de productos químicos. Usaba gafas. —Lucinda vaciló—. Se veía como debilucho.

—¿Debilucho?

—Me recordó a un insecto grande.

—Esto encaja con la descripción que yo tengo. —En sus palabras se apreciaba la satisfacción.

—Le agradecería una explicación, señor Jones —dijo ella.

Caleb se volvió hacia ella. Todos los aspectos del semblante y la postura de Caleb volvían a ser fríamente serenos y resueltos. Sin embargo, Lucinda percibió la expectación del cazador justo por debajo de la superficie.

—Es una larga historia —dijo él—. Ahora no tengo tiempo de entrar en detalles. Basta con decir que, hace unos dos meses, un científico endemoniadamente brillante y de gran talento psíquico, el doctor Basil Hulsey, causó muchos problemas a la Sociedad, asesinato incluido. Tal vez leyó usted en la prensa las crónicas del Monstruo de Medianoche.

—Sí, naturalmente. En Londres todo el mundo siguió ese espantoso caso en los periódicos. Fue un alivio conocer la noticia de la muerte del Monstruo. —Hizo una pausa, buscando en la memoria—. Pero no recuerdo ninguna mención al doctor Hulsey.

—La situación fue mucho más complicada de lo que pensaban la prensa o Scotland Yard. Debe creerme cuando le digo que Hulsey estaba implicado. Por desgracia, huyó antes de que pudieran detenerlo. Lo he estado buscando, pero se habían borrado las huellas. Hasta ahora.

—Buscar a Hulsey debería ser tarea de la policía.

—No tiene sentido pasar el caso a las autoridades hasta que yo haya encontrado al cabrón y alguna prueba de sus crímenes —dijo Caleb—. Sin embargo, incluso cuando lo localice, quizá no sea posible obtener el tipo de pruebas que podría estimar un tribunal.

—Pues entonces, ¿qué va a hacer? —preguntó ella, confusa.

Caleb la miró sin ningún resto de emoción.

—Ya se me ocurrirá algo.

La recorrió otro escalofrío. Esta vez la sensación no tenía nada que ver en absoluto con la pasión. Llegó a la conclusión de que sería mejor no presionar a Caleb sobre sus planes relativos a Hulsey. Era un asunto de la Sociedad de Arcanos. Ella tenía sus propios problemas. Seguramente sería mejor cambiar de tema.

—¿Por qué robó el doctor Hulsey mi helecho? —inquirió.

—Es precisamente la clase de espécimen que le interesaría. Hulsey es un experto investigador sobre los sueños. Hace un tiempo preparó un brebaje que provocaba pesadillas letales. La mayoría de sus víctimas murieron.

Lucinda se estremeció.

—Qué horror.

—Después de que Hulsey desapareciera, descubrí algunos de sus cuadernos. No hay duda de que lleva ya algún tiempo cautivado por los sueños. Está convencido de que, en el estado de sueño, el velo entre lo normal y lo paranormal es muy fino, casi transparente. Su objetivo es aprender a manipular este estado. De todos modos, los principales problemas del doctor Hulsey parecen ser de índole económica.

—¿Qué quiere decir?

Caleb empezó a ir y venir por la estancia, sus marcados rasgos engastados en profundas arrugas de intensa concentración.

—Todo apunta a que Hulsey venía de familia pobre. No creo que tenga relaciones sociales ni fortuna propia. Montar un laboratorio bien equipado es caro.

—En otras palabras, necesita a alguien que le financie las investigaciones.

Caleb miró hacia atrás sobre su hombro, complacido por la conclusión a la que había llegado ella. «Es como si yo fuera una niña brillante o un perrito inteligente que hubiera superado una prueba —pensó ella—. Qué fastidio.»

—Exacto. —Caleb seguía rondando por la biblioteca—. Aunque sus últimos patrocinadores no estaban especialmente interesados en los sueños. Tenían en mente otro objetivo. Lo utilizaron para volver a crear la fórmula del fundador.

Se calló y la miró atentamente, esperando a todas luces alguna reacción. Ella no sabía qué esperaba él, así que se limitó a asentir.

—Prosiga —dijo cortésmente.

Caleb frunció el ceño.

—No parece usted sorprendida, señorita Bromley.

—¿Debería estarlo?

—La mayoría de los miembros de la Sociedad creen que la fórmula no es más que una leyenda asociada a Sylvester el Alquimista.

—Recuerdo a mis padres especulando en diversas ocasiones sobre la posible composición de esa fórmula. ¿Tan raro es? La droga del fundador, si llegó a existir, habría tenido naturaleza vegetal, y mis padres eran botánicos de gran talento. Es perfectamente lógico que tuvieran interés en ello.

—Maldición. —La voz de Caleb enronquecía de frustración—. Tanto alardear de los secretos más profundos y oscuros de la Sociedad...

Ella aguardó, pero esta vez no hubo disculpas por el lenguaje grosero. Supuso que sería mejor acostumbrarse a la falta de modales sociales de Caleb.

—Por si le sirve de consuelo, al final mis padres llegaron a la conclusión de que cualquier fórmula que pudiera incrementar las aptitudes psíquicas de un individuo sería peligrosísima e intrínsecamente impredecible —explicó ella—. Y es que no sabemos lo bastante sobre los sentidos psíquicos para arriesgarnos a juguetear con ese aspecto de nuestra naturaleza.

—Sus padres eran muy juiciosos —dijo Caleb, en cuyas palabras se apreciaba un sentimiento profundo.

—También estaban convencidos de que era muy improbable que Sylvester llegara a alcanzar su objetivo de crear un elixir así. Al fin y al cabo, vivió a finales del siglo diecisiete, época en la que la gente aún creía en la alquimia. No contaba con las ventajas de la ciencia moderna.

—Por desgracia, sus padres estaban equivocados —dijo Caleb con gravedad—. Sylvester sí llegó a preparar esa receta. La puñetera cosa funciona, pero, tal como imaginaban el señor y la señora Bromley, hay algunos efectos secundarios atroces.

Estupefacta, sólo pudo mirarlo un momento.

—¿Está seguro?

—Sí.

—¿Cuáles son estos efectos secundarios? —inquirió ella, intrigada de pronto pese a no ser su intención. Después de todo, era botánica.

Caleb se paró en el otro extremo de la estancia y la miró.

—Entre otras cosas, la droga es muy adictiva —dijo—. Lo poco que sabemos de sus efectos procede de los viejos diarios de Sylvester y las notas de los que intentaron volver a crear la fórmula.

—¿Hulsey no fue el primero en intentar preparar la droga?

—Desgraciadamente no. Hace un tiempo, un hombre llamado John Stilwell también llevó a cabo experimentos. Murió en el proceso. Sus diarios y papeles fueron confiscados por el nuevo Maestro de la Sociedad.

—Gabriel Jones, su primo.

Caleb inclinó la cabeza para reconocer el hecho y prosiguió:

—Estos documentos están ahora a buen recaudo en el Gran Sótano de la Casa de los Arcanos. Los he examinado. Enseguida advierte uno un par de cosas. Según Stilwell, en cuanto una persona empieza a tomar la droga, ya no puede parar. Y si para, se vuelve loca.

—Un veneno de lo más peligroso, es verdad. —Lucinda reflexionó sobre la información—. ¿Y dice usted que surte efecto?

Caleb vaciló, como si quisiera negar una evidencia.

—Por supuesto —dijo por fin—. Aunque en qué medida y durante cuánto tiempo son cuestiones todavía pendientes. Nadie que haya tomado la droga ha vivido lo suficiente para aportarnos información útil.

Lucinda tamborileó con los dedos en el brazo de la silla.

—Nadie que usted conozca personalmente, querrá decir.

Él le lanzó una mirada penetrante, escrutadora.

—Sin ánimo de ofender, señorita Bromley, pero dadas las circunstancias, este comentario resulta bastante extraño.

—¿Y qué hay del fundador, Sylvester Jones?

Al principio, Caleb pareció sobresaltado y luego, con gran asombro de ella, acabó sonriendo un poco. Fue, resolvió Lucinda, una sonrisa encantadora. Lástima que no se permitiera la expresión más a menudo. Pero claro, estaban hablando de asesinatos y otros temas afines que, por lo general, no suscitaban regocijo.

Caleb cruzó la estancia y se detuvo justo frente a la mesa de Lucinda.

—Le contaré un secreto de la familia Jones, señorita Bromley. Todos estamos convencidos de que seguramente fue la droga lo que mató a nuestro antepasado. De todos modos, él era ya entonces una persona de edad avanzada; es imposible demostrar que no muriera por causas naturales.

—Ummm...

—Sí sabemos que, cuando le llegó la muerte, el viejo alquimista se estaba bebiendo la fórmula, pues esperaba que ésta le regalara varias décadas más de vida. Podemos decir sin temor a equivocarnos que la sustancia no logró ese objetivo, pero no se ha determinado si lo mató o no.

—Ummm...

—Su interés en el tema está empezando a preocuparme —dijo Caleb con tono guasón—. Quizá debería recordarle que estamos hablando de un asunto que, según el Maestro y el Consejo, es el secreto mejor guardado de la Sociedad.

—¿Está amenazándome, señor Jones? Si es así, deberá aguardar su turno. De momento me preocupa mucho más la posibilidad de ir a la cárcel que las consecuencias de ofender al Maestro y al Consejo.

A Caleb se le alzaron las comisuras de la boca, y sus ojos brillaron divertidos.

—Sí, ya comprendo.

—Hablemos de Hulsey —apuntó ella.

—Sí, Hulsey. Como he dicho, estaba obsesionado con su investigación. Destruimos su viejo laboratorio, y ahora resulta que los que financiaron sus experimentos ya no están en condiciones de seguir pagando. Pero sospeché que no estaría inactivo mucho tiempo. No va con su carácter.

Lucinda se preguntó que había pasado exactamente con

los antiguos patrocinadores de Hulsey, pero decidió que era más prudente no comentar nada. En cambio, preguntó:

—¿Cree que ha encontrado otro patrocinador?

—O que le ha encontrado a él alguien que está intentando preparar la droga.

Lucinda entendió.

—No habrá dudado en llegar a un acuerdo fáustico con su nuevo benefactor.

—Hulsey será un científico moderno, pero después de leer sus cuadernos puedo asegurarle que en el fondo piensa como un alquimista. Hay hombres que negociarían con el diablo para conseguir oro. Hulsey vendería su alma a cambio de un laboratorio bien provisto.

—Ha dicho que buscaba a Hulsey pero se habían borrado las huellas.

Caleb se frotó la parte posterior del cuello en un gesto que resaltaba su frustración.

—En los cuadernos de Hulsey aparecían muchas de las drogas, hierbas y especias raras que utilizaba en sus experimentos. He intentado vigilar los boticarios y herbolarios de Londres pensando que tarde o temprano él iría a adquirir los productos que necesitaba. Pero la tarea no está al alcance de mi pequeña agencia. ¿Tiene usted idea de cuántos establecimientos de esta ciudad venden pociones medicinales, hierbas y especias? Literalmente cientos, si no miles.

Ella sonrió pesarosa.

—Hace poco tuve una discusión parecida con el inspector Spellar. Son miles, señor. Y no se olvide de los que venden específicos. Algunos ofrecen tinturas y elixires muy raros y exóticos. Por no hablar de los herbolarios.

Caleb cuadró la mandíbula.

—Como usted sin duda imaginará, hasta ahora no he descubierto ninguna pauta de compras que apunte a Hulsey.

—¿Por qué está tan seguro de que ese tal doctor Hulsey es el que robó mi helecho?

—Quizá me esté agarrando a un clavo ardiendo. Aunque en todo este asunto hay una lógica bastante clara. Quienquiera que haya robado su helecho ha de ser consciente de sus excepcionales propiedades psíquicas. Y, por supuesto, también debe poseer un buen nivel de conocimientos científicos. En cuanto a las probabilidades, en este momento no puede haber en Londres muchos hombres que respondan a esta descripción. Y es el momento oportuno. Han pasado poco más de ocho semanas desde que desapareció Hulsey. Ha tenido sobradas oportunidades para vender sus servicios a otro patrón.

—Supongo que así es.

Caleb sacó su reloj de bolsillo y frunció el ceño al ver la hora.

—Maldita sea.

—¿Qué pasa ahora, señor Jones?

—Tengo muchas más preguntas que hacerle, señorita Bromley, pero deberán esperar a mañana. Esta noche hay otra investigación urgentísima que requiere mi atención. Debo hacer preparativos. —Guardó de nuevo el reloj en el bolsillo—. Cuando este asunto haya concluido, podré concentrarme enteramente en Hulsey.

Echó a andar hacia la puerta sin propósito alguno de despedirse de forma educada.

Alarmada, Lucinda se levantó de golpe.

—Señor Jones. Un momento, por favor.

Él se volvió, la fuerte mano en el pomo, y alzó una ceja impaciente.

—Dígame, señorita Bromley.

—Dejemos clara una cosa importante, señor —dijo con firmeza—. Le contrato para que investigue el robo de mi helecho. Si resulta que fue Hulsey, su desequilibrado científico, quien lo robó y preparó el veneno ofrecido a lord Fairburn, pues muy bien. Pero desde luego no estoy contratándole para que detenga a cualquier alquimista pirado que esté tratando de perfeccionar la fórmula. Su misión consiste en evitar que yo vaya a la cárcel. ¿Estamos de acuerdo?

Caleb le dedicó la primera sonrisa completa.

—Lo estamos, en efecto, señorita Bromley —dijo antes de abrir la puerta.

—Insisto además en que me haga llegar informes frecuentes y regulares sobre sus progresos —señaló ella a su espalda.

—No tema, señorita Bromley, tendrá noticias de mí. Y pronto.

Caleb salió al vestíbulo.

A Lucinda se le cayó el alma a los pies. «Estoy condenada.»

No tenía ninguna duda de que, en lo que a Caleb Jones respectaba, los intereses de la Sociedad de Arcanos tendrían prioridad. Lucinda sólo podía rezar para que su desesperado intento por evitar una acusación de asesinato coincidiera con los planes de Caleb de capturar a Hulsey. Si él se veía forzado a escoger entre los dos objetivos, Lucinda sabía que ella sería la segunda opción.

6

La fetidez de la malsana excitación que emanaba de las hileras de hombres vestidos con hábitos era tan fuerte, que parecía oscurecer el propio ambiente de la antigua cámara de piedra. A Caleb, con sus sentidos agudizados, las cambiantes sombras proyectadas por los faroles le parecían entidades vivas, que respiraban, palpitaban y vibraban con ritmos tremendos, extraños animales de presa esperando atracarse de la sangre que les ha sido prometida.

Con una gran fuerza de voluntad, eliminó los monstruos imaginados. No fue fácil. Tenía el don de percibir pautas peligrosas y conexiones oscuras donde otros veían sólo azar. También era su maldición. Aunque su capacidad para efectuar enormes saltos intuitivos a partir de sólo unos cuantos indicios y pistas era desde luego útil, también tenía algunos desafortunados efectos secundarios. Últimamente había comenzado a preocuparle el hecho de que los deslumbrantes y multidimensionales laberintos que construía en su mente cuando trabajaba en un problema fueran no el fruto de su gran talento sino más bien verdaderas alucinaciones creadas por un cerebro febril.

Desde su posición en la segunda fila tenía una visión clara del altar y de la puerta arqueada y con cortinas del lado más alejado. Un chico de unos doce o trece años yacía estirado sobre una losa, las muñecas y los tobillos atados con cuerdas. Estaba despierto pero aturdido, debido al miedo o a una dosis fuerte de opio. Probablemente lo segundo, pensó Caleb, que se sintió aliviado por esa pequeña bendición. El muchacho estaba tan amodorrado que no era consciente del peligro.

Él no quería llevar así el caso, pero cuando recibió el mensaje de su informante era ya demasiado tarde para idear otro plan. Tal como estaban las cosas, no había apenas tiempo para intentar un rescate.

Los primeros rumores de la existencia del culto le habían llegado hacía sólo unos días. Cuando se dio cuenta de que el hombre que lo había creado tenía un gran talento y estaba quizá peligrosamente trastornado, consultó enseguida con Gabe. Ninguno de los dos encontraba justificado notificarlo a la policía, sobre todo antes de que se hubiera producido violencia grave. Llegaron a la conclusión de que la agencia Jones no tenía otra salida que actuar.

Las salmodias bajas comenzaron en la hilera delantera de figuras encapuchadas y se extendieron rápidamente a la segunda y la tercera. Era una mezcla de latín deformado y la ocasional palabra griega incluida para causar efecto. Caleb dudaba de que alguno de los que estaban ahí de pie con él entendiera realmente algo. Los acólitos eran todos chicos adolescentes que, a juzgar por su acento, venían de la calle.

Había hecho un recuento rápido de cabezas cuando entraron todos en fila en la cámara. Había quince figuras dispuestas en hileras de cinco frente al altar. Otros dos acólitos estaban en los dos extremos de la losa. Uno era un poco más alto y de complexión más robusta que el otro. Un hombre, no un joven. El jefe y sus colegas más próximos no habían aparecido todavía.

El áspero murmullo del cántico se hizo más fuerte y sonoro. Caleb tradujo distraídamente mientras miraba la puerta con cortinas.

... *Gran Charun, oh Espíritu Demoníaco, buscamos el po-*

der que tú prometes a aquellos de nosotros que seguimos el camino verdadero...

... Alabado sea nuestro maestro, el Siervo de Charun, que está al mando de las fuerzas de la oscuridad...

Las cortinas de terciopelo negro que cubrían la puerta arqueada fueron descorridas bruscamente. Entró solemnemente en la estancia un joven con una túnica gris larga y suelta que le venía grande. Agarraba con ambas manos la empuñadura de una enjoyada daga. La luz del farol parecía brillar un poco más. Destellaba en el arma maligna. El poder siseó y se deslizó entre los sentidos de Caleb.

Está clarísimo, pensó; el grupo había encontrado el puñal utilizado en el culto de los antiguos etruscos. Un repugnante artefacto paranormal, caso de existir alguno.

Se hizo el silencio entre los presentes. En la cámara se intensificó la energía perniciosa de la lujuria pecaminosa. Caleb deslizó las manos entre los pliegues de su túnica y asió la culata de su revólver. El arma no serviría de mucho contra el numeroso grupo de jóvenes duros. Podría disparar uno o dos tiros, pero los acólitos enseguida se le echarían encima. Ciegamente cautivados por su jefe, se sacrificarían por él, sin duda. Aparte de esto, lo último que quería hacer esa noche era disparar sobre algún pobre chico que había tenido la desgracia de caer bajo la hipnotizadora influencia del maestro del culto.

—Contemplad al Siervo de Charun y rendidle honor —entonó el chico de la daga con la voz algo quebrada—. Esta noche atravesará el Velo para convocar grandes poderes.

Apareció otra figura en la puerta, el alto y delgado cuerpo envuelto en un traje talar negro. En los dedos destellaban grandes anillos. La capucha ocultaba sus rasgos.

Incluso desde su posición en la segunda hilera, Caleb percibió la energía dañina alrededor del Siervo.

Los acólitos se pusieron de rodillas. Caleb hizo lo propio a regañadientes.

El Siervo de Charun miró al chico que sostenía el puñal.

—¿Está preparado el sacrificio?

—Sí, mi señor —contestó el chico.

La futura víctima salió del estupor causado por las drogas.

—¿Qué es esto? —masculló arrastrando las palabras—. ¿Dónde demonios estoy?

—Silencio —ordenó el chico que sostenía el puñal.

La víctima parpadeó varias veces, aún desorientada.

—¿Eres tú, Arnie? ¿Qué haces vestido con esta túnica ridícula?

—Silencio —gritó Arnie, cuya voz sonaba muy joven y asustada.

—Ya basta —decretó el jefe—. Teníais que haberle vendado los ojos y amordazado. No está bien que la víctima mire a la cara al Siervo de Charun.

Siempre es difícil contratar personal eficiente, pensó Caleb. Casi le compadecía. Había perdido la cuenta de cuántas amas de llaves había tenido en los últimos años.

—Sí, mi señor —dijo Arnie a toda prisa—. Me encargaré de ello.

Vaciló, sin saber muy bien qué hacer con la daga. La dejó sobre el altar.

—Dámela —ordenó el Siervo de Charun.

El más alto de los dos acólitos encapuchados que había de pie junto al altar se movió ligeramente para coger la daga y entregársela al jefe. Su mano rozó el arma. La atmósfera alrededor de la hoja se volvió algo borrosa, como si estuviera envuelta en niebla. Al siguiente instante, el artefacto desapareció del todo.

Durante unos segundos no se movió nadie. Todos, incluidos el Siervo de Charun, se quedaron en su sitio, mirando fijamente el lugar donde había estado el puñal un instante antes. Caleb aprovechó la confusión colectiva para ponerse en pie y precipitarse al altar.

Aún desconcertado, el Siervo de Charun alzó la vista y vio

a Caleb que se le acercaba. De repente pareció comprender que la situación se había complicado.

—¿Quién eres? —chilló. Acto seguido retrocedió con una mano levantada como para protegerse de un demonio.

Caleb le enseñó el revólver.

—En la actuación de esta noche va a haber un pequeño cambio.

El Siervo miró el arma del intruso.

—No. Imposible. Charun no permitirá que me hagas daño.

El chico de la losa se incorporó con aspecto grogui. La cuerda con que tenía atados los tobillos y las muñecas había sido cortada.

—¿Qué pasa? —dijo.

El puñal reapareció en la mano del acólito más alto.

—Nos vamos —dijo el acólito, que levantó al chico, se lo echó al hombro y desapareció por la puerta con cortinas.

—Detenedlo —gritó el Siervo de Charun.

Se produjo un tremendo barullo cuando varias figuras encapuchadas intentaron pasar a la vez por la abertura.

Ruido de vidrio haciéndose añicos contra la piedra. Caleb reparó en que uno de los faroles había caído al suelo. Se oyó como un rugido siniestro. Las llamas se elevaron a gran altura, mordiendo ansiosas las túnicas cercanas.

—¡Fuego! —gritó un muchacho.

En la cámara retumbaron gritos roncos, aterrados, que hicieron eco en los muros de piedra. Se oyó un gran estruendo de pies y zapatos mientras los asustados acólitos corrían a atascar las dos únicas salidas.

Un aterrorizado joven decidido a huir chocó con Caleb. El impacto dejó a éste despatarrado. El arma voló de su mano y resbaló por el suelo hasta quedar fuera de su alcance.

—Hijo de puta —farfulló Caleb. La cosa no iba bien. Se puso en pie tambaleándose, a tiempo de ver al Siervo precipitarse a la puerta con cortinas. Saltó hacia delante y consiguió agarrarle de la capucha. Tiró de ella con fuerza.

El Siervo de Charun no se fue al suelo, pero chocó contra el altar dando tumbos. Desprendida la capucha, se reveló el rostro aquilino de un hombre de treinta y pocos años que introdujo la mano entre los pliegues del hábito y sacó una pistola.

—Maldito seas —bramó—. Te enseñaré a no inmiscuirte en los asuntos del Siervo de Charun.

Apretó el gatillo, pero como estaba desequilibrado y fuera de sí, no fue extraño que fallara. Antes de poder intentarlo por segunda vez, ya tenía a Caleb encima.

Los dos impactaron en el implacable suelo de piedra con un ruido sordo de castañeteo de huesos. Las túnicas, con su efecto amortiguador y enmarañador, suponían un gran estorbo para propinar golpes fuertes. Bajo la luz de las crecientes olas de fuego, Caleb vio en el suelo la pistola de su adversario.

El jefe del culto se defendía, de hecho, como un hombre poseído por el demonio. Pero en sus esfuerzos no había ciencia, sólo una buena dosis de golpes y chillidos alocados. Y también muchas maldiciones extrañas.

—*Arderás en las mazmorras de fuego de Charun, infiel.*
»Por el poder de Charun, te ordeno que mueras.

El hombre estaba loco de veras, pensó Caleb. No era sólo otro criminal listo y peligroso que se había hecho jefe de una secta. El Siervo creía realmente en el señor demonio que él había creado en su mente enferma.

—Hemos de salir de aquí —dijo Caleb tratando de encontrar algún resto de cordura en el trastornado cerebro del hombre.

—Es Charun. —El jefe se incorporó a duras penas, fascinado de pronto por las llamas—. Está aquí. —Bajo la fulgurosa luz, en su rostro se apreciaba sobrecogimiento y asombro eufórico—. Ha venido a liberarme. Ahora pagarás con tu alma por haberte atrevido a atacar a alguien que está al servicio del demonio.

Las llamas habían llegado a una mesa cubierta con mantel.

La negra tela se encendió enseguida. Un humo denso volvió turbio el aire. El jefe parecía totalmente transfigurado por aquel infierno envolvente.

Caleb cogió su arma y descargó la culata con fuerza contra la parte posterior del cráneo del otro.

El jefe se desplomó de bruces.

Caleb guardó el arma en el bolsillo. Permaneciendo en posición baja para evitar lo peor del ambiente lleno de humo, sacó un pañuelo grande con el que se tapó la nariz y la boca. Un rápido vistazo alrededor le reveló que en la cámara sólo quedaban dos personas.

Volvió a agarrar la capucha del Siervo y se valió de ella para arrastrar al hombre inconsciente por el suelo de piedra.

Cruzó con su carga la cortina de terciopelo negro. En el otro lado de la puerta, el aire era mucho más limpio, pero el pasadizo estaba a oscuras. La negrura se perfilaba amenazadora.

Dejó caer el pañuelo y puso la mano plana en el muro del túnel de piedra. A su espalda se oyó otro rugido violento al tiempo que se incendiaba la cortina. No miró atrás. Mediante las viejas piedras y el aroma de aire fresco como guía, se abrió paso hasta el otro extremo arrastrando al jefe.

Delante brilló un farol que apartó la oscuridad. Un instante después surgió una figura. La deslumbradora luz amarilla iluminó una cara conocida.

—Imaginaba que te encontraría aquí, primo —dijo Caleb.

—¿Por qué demonios has tardado tanto? —Gabriel Jones alargó la mano para ayudar a tirar del hombre inconsciente—. El plan era que salieras con Fletcher y el chico.

—No quería arriesgarme a perder a este cabrón. —Caleb aspiró aire limpio—. Y luego ha habido un pequeño problema con un incendio.

—Sí, ya veo. ¿Quién es?

—Aún no sé su nombre. Se hace llamar Siervo de Charun. Sea quien sea, está como una cabra. ¿Qué tal Fletcher y el muchacho? ¿Se encuentran bien?

—Sí, nos esperan fuera. Y también Spellar y algunos condestables. Han apresado a varios miembros del culto.

—No tiene sentido detenerlos. Son sólo chicos jóvenes de la calle, crédulos. Estoy totalmente seguro de que ya se ha desvanecido cualquier creencia que tuvieran en los poderes de su señor demonio.

Al salir del túnel se encontraron con varios acólitos asustados y un cierto número de condestables pululando por el patio de la vieja posada abandonada que había servido de templo a la secta. Varios faroles iluminaban la caótica escena.

Edmund Fletcher corrió hacia él. El chico que había rescatado le seguía detrás.

—¿Está usted bien, señor? —preguntó Edmund.

Irradiaba un entusiasmo exultante. Caleb reconoció los efectos secundarios que a menudo acompañan a un encontronazo directo con el peligro, sumado esto a la intensa emoción que deriva de elevar el talento al grado más alto. También él empezaba a sentir una similar avalancha de sensaciones.

No era la primera vez que experimentaba esta especie de intoxicación a flor de piel. Lo que no entendía era por qué de repente se puso a pensar en Lucinda Bromley.

—Estoy bien —dijo Caleb. Empezó a toser, pero logró darle a Edmund unas palmaditas en la espalda—. Has hecho un trabajo estupendo. Nos has metido dentro sin llamar la atención de nadie, por todas estas puertas cerradas, y has sacado al chico sin novedad. Una actuación excelente.

Edmund sonrió burlón.

—¿Cree que habrá otras misiones para mí?

—No te preocupes. Estoy seguro de que la agencia Jones tendrá de vez en cuando algún cometido para un hombre de tus aptitudes.

El muchacho alzó la vista y lo miró.

—Disculpe, señor, pero el señor Fletcher y yo hemos estado hablando sobre su agencia de detectives. Parece un trabajo interesante. ¿Necesitan a un agente con mis habilidades?

Caleb bajó la vista.

—¿Cómo te llamas?

—Kit, señor. Kit Hubbard.

—¿Qué clase de destrezas posees, Kit Hubbard?

—Bueno, no puedo hacer desaparecer cosas como hace el señor Fletcher aquí presente —dijo Kit con tono serio—, pero soy muy hábil buscándolas.

—¿Qué quieres decir?

—Es una facultad que empecé a notar hacia el año pasado. Antes no era capaz de algo así, al menos no del modo en que lo hago ahora.

Por lo general, las capacidades físicas sólidas aparecen en la pubertad.

Caleb intercambió una mirada con Gabe. Hasta hacía muy poco, la pertenencia a la Sociedad de Arcanos había estado limitada, en gran medida, a los que habían nacido en ella o se habían casado con ella. La discreción había sido crucial durante siglos para la supervivencia de la organización. En épocas anteriores, quienes afirmaban poseer poderes físicos eran acusados de brujería. Debido a este peligro, el grupo no solía reclutar a personas de fuera con talento, fuesen de la clase social que fuesen.

Pero el mundo estaba cambiando. Ya se vivía en la edad moderna, y el nuevo Maestro de la Sociedad era un hombre de ideas progresistas.

Gabe observó al muchacho.

—Parece una capacidad muy interesante, Kit.

Kit hizo un gesto en dirección a la daga enjoyada todavía en manos de Edmund Fletcher.

—Yo soy el que encontró esta daga para el señor Hatcher, ese de ahí.

Todos miraron al jefe encapuchado, que justo empezaba a moverse.

—¿Así se llama? —dijo Caleb—. ¿Hatcher?

—Así le llamaba Arnie —dijo Kit—. Arnie trabaja para él,

¿sabe? Me dijo que si llevaba este puñal al señor Hatcher, recibiría más dinero del que yo había visto en mi vida. Bueno, se lo encontré sin problemas. Estaba en una vieja casa de Skidmore Street. El propietario murió hace mucho tiempo y nadie había vaciado ni limpiado nunca el sótano. Después sólo recuerdo que desperté en esa losa y Arnie sostenía el maldito puñal sobre mi cabeza.

—Me gustaría saber más sobre tus aptitudes, Kit —dijo Caleb—. Estoy casi seguro de que mi agencia podría utilizar a un joven como tú.

Kit sonrió enseñando los dientes.

—¿Paga usted bien, señor?

—Muy bien. Pregunta aquí al señor Fletcher.

Edmund rio y alborotó el pelo de Kit.

—Un trabajo para la agencia Jones permitiría pagar varios meses de alquiler y aún sobraría algo para que compraras a tu madre un bonito sombrero nuevo.

—A mamá le gustará esto —declaró Kit lleno de júbilo.

—Probablemente creerá que estás llevando una vida criminal —dijo Caleb—. Lo que quizá no se aleje tanto de la verdad.

Spellar emergió de las sombras. Hizo un gesto con la cabeza en dirección a Gabe.

—He pensado que era mejor advertirle de que ya corren rumores por la calle, señor —dijo—. Los caballeros de la prensa llegarán de un momento a otro. Dentro de un día o así, esta historia va a causar sensación en los periódicos. No querrá usted que los nombres de la Sociedad o de los Jones estén implicados si es posible evitarlo.

Era la edad moderna, pensó Caleb, pero aún había motivos para tener unas relaciones cautas con la prensa.

—Gracias, inspector —dijo Gabe—. Evidentemente, ya es hora de que los miembros de la agencia Jones se despidan. —Miró a Kit y a Edmund—. Vosotros dos venid con nosotros. Os llevaremos a vuestra casa. Supongo que la madre de Kit estará más que preocupada por él.

Kit miró a Hatcher.

—¿Qué pasará con él? ¿Irá a la cárcel?

Hatcher escogió ese momento para empezar a balbucear algo a Spellar.

—Charun vino a salvarme —dijo—. Provocó una gran tormenta de fuego. Pero un espíritu del Otro Lado se atrevió a detenerlo. —Miró a Caleb con los ojos muy abiertos y febrilmente brillantes de rabia—. Tiembla de miedo, fantasma. Pronto sentirás la ira del Demonio.

Spellar miró a Kit.

—En mi opinión, lo más probable es que este caballero acabe pronto en un manicomio.

Se desvaneció parte de la embriagadora energía que había estado resonando a través de Caleb. Ocupó su lugar un escalofrío gélido.

—Un destino peor que la muerte —dijo con calma.

7

Caleb entró en el vestíbulo delantero de la casa en sombras y subió las escaleras. Cuando llegó al rellano, tomó el pasillo y abrió la puerta de su laboratorio-biblioteca. Una vez dentro, encendió las lámparas de gas y contempló la inmensa estancia que era o bien su refugio, o bien su infierno privado, según cuáles fueran las circunstancias o su estado de ánimo. Últimamente, cada vez se parecía más al infierno.

La mayor parte de la colección de reliquias y artefactos paranormales de la Sociedad se guardaba en la Casa de los Arcanos, una remota mansión ubicada en el campo. No obstante, muchos de los documentos antiguos de la organización, algunos de los cuales se remontaban a finales del siglo diecisiete, cuando fue fundada la Sociedad, estaban aquí. Su rama de la familia había sido responsable de velar por ellos durante generaciones.

Las piezas más valiosas de la colección, incluidos varios diarios privados de Sylvester Jones, estaban a buen recaudo en una gran cámara empotrada en el muro de piedra de la vieja casa.

El laboratorio contiguo a la biblioteca contaba con lo último en aparatos. Caleb no era un científico psíquicamente dotado, sus verdaderas facultades correspondían a otra esfera, pero era perfectamente capaz de llevar a cabo numerosos experimentos. Sabía arreglárselas con los diversos instrumentos y artilugios dispuestos en el banco de trabajo.

Siempre le habían atraído los misterios de lo paranormal. Últimamente, sin embargo, lo que en otro tiempo había sido un vivo interés intelectual se había convertido, como consideraban sus parientes y amigos más íntimos, en una obsesión enfermiza.

Murmuraban que lo llevaba en la sangre, que en esa generación de Jones, él era el auténtico heredero del brillante aunque misteriosamente excéntrico Sylvester. Les preocupaba que el ansia del fundador por el conocimiento prohibido se hubiera transmitido a través de la rama de Caleb del árbol genealógico, una semilla oscura esperando arraigar en terreno fértil.

La peligrosa planta no florecía en cada generación, decían. Según una leyenda familiar, había aparecido sólo una vez después de Sylvester, en Erasmus Jones, bisabuelo de Caleb. Erasmus había nacido con una capacidad como la de su biznieto. Sin embargo, apenas transcurridos dos años después de casarse y tener un hijo, comenzó a exhibir una conducta cada vez más extravagante. Acabó volviéndose loco y quitándose la vida.

A juicio de todos los miembros pertenecientes al clan Jones, sabía perfectamente Caleb, los cambios que estaban presenciando en él habían comenzado con el descubrimiento de la tumba de Sylvester y los diarios de secretos alquímicos que contenía. No obstante, sólo él y su padre sabían la verdad. Incluso en la amplia y psíquicamente poderosa familia Jones, aún era posible guardar un secreto si se ponía el empeño suficiente.

Cruzó el laberinto de estantes que albergaban los viejos libros encuadernados en cuero y se detuvo frente a la chimenea apagada, junto a la cual había un catre y dos sillas. De vez en cuando dormía y comía ahí. Y ahí era donde recibía las esporádicas visitas. Casi nunca utilizaba las otras habitaciones. La mayor parte de los muebles de la casa estaban cubiertos con fundas para protegerlos del polvo.

En una mesita había una licorera y dos vasos. Se sirvió una medida de brandy y se dirigió a la ventana, a contemplar la hora más oscura de la noche.

Sus pensamientos lo hicieron retroceder a otra noche muy oscura y a lo que todos creían que era el lecho de muerte de su padre. Fergus Jones había mandado retirarse a todos los que le velaban —la enfermera, diversos parientes, los criados— menos a Caleb.

—Acércate más, hijo —dijo Fergus con voz apenas audible y ronca.

Desde el pie de la cama, Caleb fue a colocarse al lado de su padre. Todavía estaba bastante sorprendido por lo imprevisto de la crisis. Tres días atrás, su padre aún era un hombre con sesenta y seis años sano y en forma, sin el menor signo de debilidad a excepción de alguna leve molestia en las articulaciones, que trataba con salicina. Cazador como tantos hombres del linaje de los Jones, siempre había sido de complexión fuerte y parecía destinado a vivir muchos años, como antes su padre.

Caleb estaba colaborando con Gabe en una investigación sobre el robo de la fórmula del fundador cuando recibió un aviso urgente en el que se le informaba de que su padre había sucumbido a una repentina infección de los pulmones. Dejó que su primo siguiera solo con las pesquisas y se dirigió a toda prisa a la finca familiar.

Aunque estaba preocupado, a decir verdad imaginaba que su padre se recuperaría. Pero cuando entró en la solemne casa llena de colgaduras y escuchó el sombrío pronóstico del médico, comprendió la gravedad de la situación.

Con su padre siempre había tenido una relación estrecha; acentuándose más aún si cabe tras la prematura muerte de la madre, Alice, fallecida en un accidente de equitación cuando él tenía veintiún años. Fergus no se había vuelto a casar. Caleb era el único fruto de esa unión.

En la chimenea ardía un fuego que caldeaba en exceso la habitación del enfermo, pues aunque todo su cuerpo estaba caliente al tacto, Fergus se quejaba de escalofríos. La anormal sensación de frío, había explicado la enfermera con un tono de satisfacción morbosa, era una de las señales inequívocas de que la muerte se acercaba.

Fergus lo miró desde el montón de almohadas. Pese a que la mayor parte del día había estado sufriendo accesos de delirio, ahora sus ojos exhibían una claridad febril. Asió la mano de Caleb.

—Debo decirte algo —le susurró.

—¿El qué? —dijo Caleb, que apretó la mano caliente de su padre.

—Me estoy muriendo, Caleb.

—No.

—Confieso que había planeado abandonar este mundo como un cobarde. No creía ser capaz de contarte la verdad. Pero considero que, al fin y al cabo, no puedo dejarte en la ignorancia, sobre todo cuando quizás haya alguna posibilidad...

Le sobrevino una tos convulsiva. Cuando el acceso hubo acabado, se quedó tendido en silencio, respirando de forma entrecortada.

—Por favor, señor, no haga esfuerzos —suplicó Caleb—. Debe dosificarse.

—¡Por todos los demonios! Éste es mi lecho de muerte y gastaré toda la energía que me quede como yo quiera.

Caleb sonrió ligeramente pese a su abatimiento. Era extrañamente tranquilizador oír la familiar y brusca determinación en la voz de su padre. Todos los hombres y las mujeres de la familia Jones tenían un espíritu combativo.

—Sí, señor —dijo.

Fergus entrecerró los ojos.

—Tú y Alice fuisteis las dos grandes bendiciones que me fueron concedidas en la vida. Quiero que sepas que siempre he agradecido al buen Señor que se dignara permitirme pasar tiempo con los dos.

—Soy el más afortunado de los hijos por haberle tenido como padre, señor.

—Lamento decirte que no me darás las gracias por haberte engendrado después de decirte la verdad sobre ti. —Fergus cerró los ojos de dolor—. Pero a tu madre no se lo dije nunca. Fue mi regalo. Alice murió sin llegar a ser consciente del peligro que arrostrarás.

—¿De qué está hablando, señor? —Quizá Fergus volvía a tener alucinaciones.

—Aún tengo dudas sobre si contarte la verdad —susurró Fergus—. Pero eres mi hijo y te conozco bien. Me maldecirías hasta el fin de tus días si te ocultara un conocimiento de esta naturaleza esencial. En todo caso, dado lo que te voy a decir, abominarás de mí sin lugar a dudas.

—Al margen de lo que sienta, debe tener confianza, señor. Le aseguro que eso jamás me impulsará a odiarle.

—Antes de juzgar espera, por favor, a oír lo que voy a decirte... —Otro acceso de tos violenta interrumpió a Fergus, que jadeó varias veces y por fin recobró el aliento—. Tiene que ver con tu bisabuelo, Erasmus Jones.

—¿Qué pasa con él? —dijo Caleb, pero empezó a resbalarle por la columna un frío hilillo de conocimiento.

—Posees un talento muy parecido al suyo.

—Soy consciente de ello.

—También sabes que se volvió loco, incendió su biblioteca y su laboratorio y se suicidó.

—Y usted, señor, cree que yo seguiré esa misma suerte... —dijo con relativa calma—. ¿Es esto lo que está intentando decirme?

—Tu bisabuelo estaba convencido de que era su talento

79

lo que lo había vuelto loco. En su último diario escribió sobre eso.

—No sabía que Erasmus llevara ningún diario.

—Porque los echó al fuego todos menos uno. Estaba seguro de que las numerosísimas investigaciones que había llevado a cabo con ayuda de sus capacidades carecían del menor sentido. No obstante, guardó un diario porque, a fin de cuentas, seguía siendo Erasmus Jones. No podía destruir sus secretos.

—¿Dónde está el diario?

Fergus giró la cabeza para mirar al otro lado de la habitación.

—Lo encontrarás en el compartimento oculto de mi caja fuerte, junto con un cuaderno que también conservó. Su hijo, tu abuelo, me los entregó en su lecho de muerte, y yo ahora te los lego a ti.

—¿Los ha leído?

—No. Y tu abuelo tampoco. No podíamos.

—¿Por qué?

Fergus soltó un resoplido.

—Erasmus era heredero de Sylvester hasta la médula. Y como el viejo cabrón, inventó su propio código privado para sus diarios. El cuaderno también está escrito en clave. Tu abuelo y yo no nos atrevimos a enseñar ni uno ni otro a nadie de la familia que acaso hubiera podido descifrarlos, pues temíamos los secretos que pudieran albergar.

—¿Por qué usted y el abuelo conservaron el cuaderno y el diario?

Fergus lo miró con ojos febriles, aunque sorprendentemente serenos.

—Porque la primera página del diario está escrita en lenguaje corriente. Erasmus dirigía un mensaje a su hijo y a sus futuros descendientes. La nota les ordenaba que los conservaran hasta el día en que apareciera otro hombre con el talento de Sylvester.

—Alguien como yo.

—Sí, me temo que sí. Erasmus creía que el cuaderno contenía el secreto para recuperar su cordura, pero no consiguió descubrirlo a tiempo para salvarse. Estaba convencido de que algún día alguien de su linaje afrontaría la misma crisis. Esperaba que su descendiente sería capaz de alterar su propio destino al resolver los misterios del maldito texto cifrado.

—¿Qué es exactamente? —preguntó Caleb.

—Según Erasmus, el último cuaderno de Sylvester.

Caleb permaneció junto a la cabecera de su padre hasta el amanecer. Fergus abrió los ojos al despuntar el día.

—Maldita sea, ¿por qué demonios hace aquí tanto calor? —gruñó. Luego miró airado el fuego de la chimenea—. ¿Qué pretendes hacer? ¿Incendiar la casa?

Aturdido, Caleb se irguió en la incómoda silla en la que había pasado la noche. Observó los ojos de su padre y enseguida vio que no brillaban de fiebre. La crisis había pasado. Su padre viviría. Lo invadió un alivio distinto de cualquier otra cosa experimentada en su vida.

—Buenos días, señor —dijo—. Los últimos días nos ha tenido un poco asustados. ¿Cómo se encuentra?

—Cansado. —Fergus se frotó con una mano la barba gris del mentón—. Pero creo que, después de todo, todavía voy a vivir.

Caleb sonrió.

—Eso parece, señor. ¿Tiene hambre? Mandaré subir té y tostadas.

—Y quizá también huevos y bacón —dijo Fergus.

—Sí, señor. —Caleb alcanzó el tirador de terciopelo que colgaba al lado de la cama—. Aunque creo que deberá ser bastante persuasivo con la enfermera para que le traiga un desayuno como Dios manda. Entre usted y yo, parece un poco tiránica.

Fergus hizo una mueca.

—Se sentirá frustrada al ver que no se han cumplido sus expectativas. Estaba segura de que al amanecer yo estiraría la pata. Paga a la mujer y mándala al siguiente pobre desgraciado que esté muriéndose.

—Ahora mismo —dijo Caleb.

8

Caleb encontró el impecable carruaje granate y negro en Guppy Lane, justo donde la señora Shute le había dicho que estaría. Bajo la luz matutina, el barrio mostraba un aire de respetabilidad orgullosa, trabajadora. Estaba muy cerca de Landreth Square, pero en lo concerniente al estatus social se hallaba a leguas de distancia. ¿Qué diablos hacía aquí Lucinda?

Un hombre delgado con un sombrero de cochero y un abrigo de varias capas estaba apoyado en la baranda de hierro que protegía la parte delantera de una casa pequeña. Caleb se apeó del coche de caballos e hizo un ligero gesto de dolor cuando sus magulladas costillas protestaron por la pequeña sacudida. Pagó al conductor y acto seguido echó a andar hacia el hombre de la baranda.

—¿Señor Shute?

—Sí, señor. —Shute lo observó con ojos algo entrecerrados—. Yo soy Shute.

—La señora Shute me ha dado esta dirección —dijo Caleb—. Estoy buscando a la señorita Bromley.

Shute torció la cabeza en dirección a la entrada de la casa.

—Está dentro. —Sacó su reloj de bolsillo y miró la hora—. Lleva aquí una hora. Quizás un poco más.

Caleb examinó la puerta.

—¿Una visita social? —preguntó con tono neutro.

—No exactamente. Tiene asuntos que atender en la casa.

—¿Ah, sí?

—Ha venido usted esta mañana porque tenía curiosidad por saber qué había empujado a la señorita Bromley a esta parte de la ciudad.

—Es usted un hombre muy perspicaz, señor Shute.

—Creía que ella quizá corría cierto peligro, ¿no?

—Se me ha pasado por la cabeza. —La otra posibilidad, naturalmente, era que ella tuviera una aventura amorosa. Por alguna extraña razón, esto lo preocupó por igual.

—La señora Shute y yo crecimos en este barrio. —Shute miró la hilera de casas estrechas al otro lado de la calle—. Las tías de la señora Shute viven en el número cinco, por ahí. Retiradas tras casi cuarenta años de servicio en una casa rica. Cuando murió su patrón, los herederos las echaron sin concederles ninguna pensión. La señorita Bromley les paga el alquiler.

—Ya veo —dijo Caleb.

—Al final de la calle tengo un par de primas. Trabajan como sirvientas en casa de la señorita Bromley. La señora Shute y yo tenemos un hijo. Él y su esposa y sus dos pequeños viven en la siguiente calle. Mi hijo trabaja con un impresor. El padre de la señorita Bromley le consiguió el empleo hace unos años.

—Creo que empiezo a comprender, señor Shute.

—Mis nietos van a la escuela. La señorita Bromley ayuda a pagar los gastos. Dice que, en la época moderna, la educación es la única vía segura para salir adelante.

—Una dama de ideas avanzadas, está claro.

—Sí. —Shute apuntó con el pulgar a su espalda, señalando la puerta de la casa de detrás—. La hija de mi hermana y su familia viven ahí.

—Se ha salido con la suya, señor Shute. Mis preocupaciones por la seguridad de la señorita Bromley eran infundadas. Aquí no corre ningún peligro.

—En este barrio y las calles cercanas hay tipos que, sin dudarlo un instante, le rebanarían el hígado a cualquiera que quisiera tocarle un pelo de la cabeza a la señorita Bromley y luego echarían el cuerpo al río. —Los ojos de Shute se entrecerraron un poco más—. Se ha peleado, ¿eh?

—Anoche sufrí un pequeño altercado —dijo Caleb. Había hecho todo lo posible para disimular su ojo amoratado levantándose el cuello del abrigo y ladeando el ala del sombrero, pero un disfraz así tenía sus limitaciones.

Shute asintió sin inmutarse.

—Entiendo que venció a su adversario.

—Eso pienso. Va camino del manicomio.

—No es el final corriente de una pelea.

—No fue una pelea corriente.

Shute le dirigió una mirada especulativa.

—Imagino que no.

Se abrió la puerta de la pequeña casa. Apareció Lucinda en la entrada. En la mano desenguantada sostenía una gran cartera negra de cuero. Estaba vuelta de espaldas a Caleb mientras hablaba con una mujer que llevaba un vestido raído y un delantal.

—No se preocupe tanto por alimentarle —decía Lucinda—. Lo importante es asegurarse de que toma unos cuantos sorbos de la tisana varias veces al día.

—Me ocuparé de ello —prometió la mujer.

—Los niños pequeños se deshidratan muy deprisa cuando les afecta esta clase de dolencia estomacal. Pero estoy segura de que Tommy se recuperará en uno o dos días, siempre y cuando siga tomándose la tisana.

—No sé cómo agradecérselo, señorita Bromley. —La cara de la mujer reflejaba agotamiento a la par que alivio—. No se me ocurrió otra cosa que venir a verla. El médico se habría negado a acudir a este barrio. —Torció el gesto—. Ya sabe lo que pasa. Él habría dado por sentado que no podríamos pagar sus honorarios. En cualquier caso, no es que Tommy se hubiera roto ningún hueso. Pensé que había caído enfermo por algo que había comido. Por aquí todo el mundo sabe que, cuando se trata de esas cosas, usted sabe más que cualquier médico.

—Tommy se pondrá bien. No me cabe duda. Que se tome la tisana y ya está.

—Lo hará, señorita Bromley. Pierda cuidado. —Se apartó de la puerta y saludó a Shute con la mano—. Buenos días, tío Jed. Dale recuerdos a tía Bess.

Junto a la baranda, Shute se puso derecho.

—De tu parte, Sally.

Lucinda se volvió y vio a Caleb por primera vez.

—¿Qué demonios está haciendo aquí, señor Jones?

—Fui a su domicilio a las ocho a entregar mi informe sobre los progresos de mi investigación y hacerle algunas preguntas —explicó—. Y no estaba usted en casa.

—Santo cielo. —Ella se quedó mirándolo atónita—. ¿Ha venido a las ocho de la mañana? Nadie hace nada a esta hora.

—Usted sí, por lo que se ve. —Con la cabeza indicó la casa de la que ella acababa de salir.

—Aquí mis actividades son de carácter muy distinto.

Caleb cogió la cartera de manos de Lucinda. Le sorprendió lo mucho que pesaba.

—Cuando supe que no estaba en casa, decidí localizarla. ¿Recuerda que insistió en tener un informe diario?

—No recuerdo haber utilizado la palabra «diario» —señaló ella—. Creo que usé las palabras «frecuente» y «regular».

—Entendí que «frecuente» y «regular» significaban «diario».

Lucinda lo miró desde debajo del ala de su pequeño sombrero ribeteado de cintas.

—No me diga que pretendía visitarme cada día a las ocho de la mañana. Vaya extravagancia. —Se calló de golpe con los ojos que se le habrían como platos tras los cristales de las gafas—. ¿Qué le ha pasado, señor Jones? ¿Ha sufrido un accidente?

—Algo por el estilo.

La acompañó hasta el elegante carruaje y subió tras ella

con cierta precaución. No obstante, el traqueteo le dio otra sacudida en las magulladas costillas. Supo que Lucinda lo había notado.

—Cuando estemos en mi casa, le daré algo para el dolor... —dijo ella.

—Gracias. —Caleb dejó la cartera en el suelo del vehículo—. Tendrá usted toda mi gratitud. He tomado un poco de salicina, pero no ha hecho demasiado efecto.

Los diminutos asientos de cuero no estaban pensados para transportar a un hombre de su tamaño. Se sentó con cuidado frente a Lucinda. Era imposible evitar que sus pantalones rozaran los pliegues del vestido de ella. Un socavón pronunciado, y Lucinda acabaría sentada en el regazo de él. O Caleb se encontraría de pronto encima de ella. Las imágenes le calentaron la sangre y se olvidó de las costillas.

—Además de algo para el dolor, le prepararé una tisana —dijo Lucinda.

Él frunció el entrecejo.

—¿Para qué es?

—Hay cierta tensión en su aura.

—Anoche no dormí mucho.

—El desequilibrio que percibo no se alivia durmiendo. Se debe a algún problema de carácter psíquico. Creo que mi tónico hará disminuir esa tensión. Lo preparé ayer, después de que usted se marchara.

Caleb se encogió de hombros y miró por la ventanilla.

—Por lo visto, disfruta usted de cierta fama en este barrio, señorita Bromley.

—Una fama muy diferente de la que tengo en la buena sociedad, se refiere a eso, ¿no? —Sonrió a una mujer que la saludaba con la mano desde un portal. Cuando se volvió hacia él, la sonrisa había desaparecido—. Lo cierto es que las personas de Guppy Lane confían en que no las voy a envenenar.

—Lo mismo que yo —dijo él, demasiado cansado y dolorido para dejar que lo afectara ninguna provocación.

—Evidentemente —dijo ella, relajándose un poco—. Bueno, señor, ¿qué dice su informe?

Caleb reparó en que debía hacer un tremendo esfuerzo por concentrarse en cualquier asunto que no fuera el leve y seductor aroma de Lucinda y las suaves corrientes de cautivadora energía que amenazaban con adormecerle los sentidos. Estar sentado tan cerca de ella tenía un efecto perturbador en sus pensamientos normalmente bien ordenados. Es que no he dormido, pensó.

O tal vez había una explicación más sencilla. Había estado demasiado tiempo sin la liberación terapéutica de un encuentro sexual. Hacía ya meses que había acabado, con la habitual sensación de alivio —como al final pasaba con todos los contactos de esa clase—, la tibia relación con cierta viuda atractiva.

Sin embargo, le resultaba extraño no haber sido consciente de estar perdiéndose ese ocasional y particular ejercicio físico hasta ayer, cuando inexplicablemente no había podido resistir el impulso de besar a Lucinda. Y también de manera inexplicable, lo volvía a dominar con fuerza el mismo impulso casi irresistible. La verdad es que necesitaba dormir.

—¿Señor? —dijo Lucinda un tanto bruscamente.

Caleb se forzó a sí mismo a utilizar sus poderes de autodominio.

—Ayer le dije que, antes de prestar toda la atención a su caso, debía ocuparme de otro asunto. Éste concluyó anoche.

En los ojos de ella brilló la curiosidad.

—De manera satisfactoria, supongo.

—Sí.

Lucinda observó con atención la cara de Caleb.

—¿Puedo suponer que el otro asunto urgente da cuenta de sus cardenales, señor?

—Las cosas se complicaron un poco —admitió él.

—¿Hubo una pelea?

—Algo así.

—Por el amor de Dios, ¿qué pasó?

—Como he dicho, el asunto está terminado. Esta mañana he dedicado un rato a trazar un plan para la investigación del robo de su helecho.

—¿A qué hora se acostó anoche? —inquirió ella.

—¿Cómo?

—Que cuánto ha dormido

—Un par de horas, me parece. No miré la hora. En cuanto a mi plan...

—¿Cuánto durmió la noche de antes?

—¿Por qué diablos quiere saber esto?

—Cuando hablamos ayer, estaba claro que también la noche anterior había dormido poco. Lo percibí en su aura.

Caleb comenzaba a irritarse.

—Pensaba que en mi aura había notado tensión.

—Así es. Seguramente esto es lo que le impide descansar bien por la noche.

—Ya se lo he dicho, estaba trabajando en otro caso. La situación había llegado a un punto crítico. Últimamente ha habido poco tiempo para dormir. Si no le importa, quiero hacerle unas preguntas, señorita Bromley.

—¿Desayuno?

—¿Qué pasa ahora?

—Que si ha desayunado algo.

—Café. —Caleb entrecerró los ojos—. Mi nueva ama de llaves me ha dado un bollo mientras salía por la puerta esta mañana. No he tenido tiempo de hacer una comida completa.

—Para un hombre de su complexión, es importante desayunar fuerte.

—¿Mi complexión?

Lucinda se aclaró la garganta.

—Usted es un hombre fuerte, robusto, señor Jones, desde el punto de vista no sólo físico sino también psíquico. Necesita mucha energía. Dormir y desayunar bien son aspectos cruciales para su bienestar.

—Maldita sea, señorita Bromley, no he ido a verla a las ocho de la mañana para escuchar un sermón sobre si como y duermo bien o mal. Volveremos sobre el tema de su helecho desaparecido, si no le importa.

Ella se sentó muy erguida en el pequeño asiento y cruzó las manos en el regazo.

—Sí, desde luego —dijo—. Muy bien, pues, ¿qué le ha hecho salir de casa a las ocho de la mañana?

Se apoderó de Caleb el ridículo impulso de defenderse.

—Señorita Bromley, cuando estoy participando en una investigación, no puedo estar atado a los arbitrarios dictados del mundo social en asuntos como la hora más adecuada del día para hacer visitas. —Pese a ser consciente de que sonaba hosco, siguió adelante—. No pido disculpas por mis métodos. Es así como trabajo, con independencia del caso en cuestión. Tal como le dije ayer, esta investigación en concreto es muy importante para mí y para la Sociedad, así que la llevaré a mi modo.

—Sí, usted dejó perfectamente claro que está muy interesado en el doctor Knox —dijo ella con frialdad—. Muy bien, ¿qué desea saber?

—Ayer me dijo que Hulsey...

—Knox.

—Para aclararnos mejor, nos referiremos a Knox con el nombre de Hulsey —dijo él—. Al menos hasta que yo descubra alguna prueba de que los dos nombres no corresponden al mismo individuo.

Lucinda lo observó con una expresión de profunda curiosidad.

—Está usted muy seguro de que Knox es ese tal doctor Hulsey que está buscando, ¿verdad?

—Sí.

—¿Es su talento lo que le ha llevado a esta conclusión?

—Mi talento combinado con ciertos hechos —dijo, impaciente como siempre que alguien le pedía que explicara cómo funcionaban sus capacidades psíquicas: no tenía la menor idea, pensó—. Así funciona mi talento, señorita Bromley. Me permite establecer conexiones entre hechos deslavazados.

—Comprendo. Pero se equivocará alguna que otra vez en sus conclusiones.

—Casi nunca, señorita Bromley. No lo puedo remediar.

Lucinda inclinó la cabeza.

—Muy bien. Prosiga, por favor.

—Dijo que Hulsey llegó aquí enviado por un conocido de su padre.

—Lord Roebuck, un anciano caballero con un interés en la botánica que le venía de largo. Por desgracia, hace unos años que chochea un poco.

—¿Sabía Roebuck cuáles eran las propiedades psíquicas del helecho y que el ejemplar estaba en su invernadero?

—No se me ocurre cómo podía saber algo de esto. Como ya le dije, en nuestra última expedición mi padre, el señor Woodhall y yo trajimos con nosotros el helecho y muchos otros especímenes interesantes. Esto fue hace unos dieciocho meses. Para entonces el pobre lord Roebuck ya padecía demencia senil. Jamás salía de casa. Por supuesto nunca visitó mi invernadero. No, no creo que él supiera demasiado de mi helecho.

—Un mes atrás, sin embargo, por alguna razón Hulsey sabía no sólo de la existencia del helecho sino también que tenía propiedades paranormales. Para reconocer los aspectos excepcionales de esa planta habría hecho falta un experto, ¿verdad?

—No sólo un experto —precisó ella—, alguien con talento.

—Entonces alguien más con talento vio seguramente ese helecho. Y ese alguien habló de ello con Hulsey.

—Bueno, los últimos meses he enseñado el invernadero a un puñado de personas.

Caleb torció el gesto.

—¿Sólo un puñado?

—Como le dije ayer, desde la muerte de mi padre no he recibido muchas visitas. Desde luego puedo darle los nombres de los que han venido hace poco.

—Centrémonos en los que vieron la colección poco antes de que apareciera Hulsey.

—Será una lista muy corta.

—Estupendo. —Sacó la libreta y el lápiz—. Señorita Bromley, hay algo de esta situación que no entiendo.

Ella sonrió levemente.

—Me asombra oírle decir que hay algo que no comprende, señor Jones.

Él frunció un poco el ceño, pero pasó por alto el comentario.

—Su invernadero contiene una colección impresionante de plantas exóticas y raras. ¿Por qué no recibe más visitas?

—Se quedaría pasmado si supiera cómo unos cuantos rumores de envenenamiento pueden afectar a la vida social de uno.

—Una disminución de las visitas sociales es comprensible. Pero me da la impresión de que cualquier botánico digno de ese nombre no podría resistir la tentación de hacer un recorrido por su invernadero.

Lucinda le dirigió una mirada escrutadora.

—Señor, ¿se ha parado alguna vez a pensar que no todo el mundo está dotado de su capacidad para separar la lógica de las emociones?

—A menudo, señorita Bromley —dijo—. Y admito que es una de las cosas que complica mi trabajo como investigador. Puedo hallar conexiones e intuir conclusiones, pero he descubierto que no siempre sé explicar por qué los individuos actúan de tal o cual modo. Demonio, ni siquiera puedo predecir cómo reaccionarán los clientes cuando les doy las respuestas que ellos me pagan por obtener. Se quedaría helada, como desde luego me quedo yo, si supiera cuántos se ponen furiosos, por ejemplo.

La boca de Lucinda se crispó un poco en una comisura.

—Sí, ya veo que usted considera que las emociones constituyen un elemento engorroso.

—Bien, más adelante volveremos sobre el asunto de su reputación. De momento, nos concentraremos en Hulsey.

—¿Qué ha dicho, señor Jones?

—Que de momento nos ceñiremos al problema de Hulsey.

—Sí, ya le he oído, pero ¿por qué narices le preocupa a usted la cuestión de mi reputación?

—Porque es un problema interesante —contestó Caleb con tono paciente.

9

Lucinda acabó de dar a Caleb la corta lista de personas que habían visitado el invernadero durante las semanas anteriores a la petición de Knox, en el preciso instante en que Shute detenía el carruaje en Landreth Square.

Caleb miró por la ventanilla.

—Por lo visto tiene usted una vida social más activa de lo que creía.

Lucinda siguió la mirada de él y vio a una encantadora joven rubia que lucía un austero vestido de viaje de color marrón rojizo. La dama acababa de apearse de un carruaje alquilado. El cochero forcejeaba con un enorme baúl.

—Mi prima Patricia —exclamó Lucinda—. Se quedará un mes conmigo. No la esperaba hasta la tarde. Habrá cogido un tren más tempranero.

—Señorita Patricia —gritó Shute desde el pescante—. Bienvenida a Londres. Un placer volver a verla.

—También yo me alegro mucho de verle, Shute —dijo Patricia—. Cuánto tiempo. Mis padres le transmiten sus saludos y sus mejores deseos para usted y su familia.

—Gracias, señorita.

Se abrió la puerta del número doce y apareció la señora Shute.

—Señorita Patricia —exclamó—. Qué bien que haya vuelto.

—Gracias, señora Shute —dijo Patricia—. Lamento presentarme así, por sorpresa. Sé que no me esperaban hasta más tarde.

La señora Shute mostró una sonrisa radiante.

—Bobadas, tiene la habitación preparada hace días.

Caleb abrió la portezuela del carruaje, salió con cuidado del pequeño vehículo y bajó la escalerilla. A renglón seguido, se volvió y ofreció su mano a Lucinda.

—Lucy. —Patricia corrió hacia ella.

Lucinda abrió los brazos para abrazarla.

—Qué contenta estoy de volver a verte, Patricia. Ha pasado mucho tiempo. —Dio un paso atrás—. Quiero presentarte al señor Jones. Señor Jones, mi prima Patricia McDaniel. Si sabe usted algo del estudio de artefactos paranormales, habrá oído hablar de su padre, sin duda.

Caleb se inclinó hacia la mano de Patricia con una elegancia que sorprendió a Lucinda. El hombre quizá se abstenía de exhibir modales refinados la mayor parte del tiempo, pero a todas luces era capaz de utilizarlos cuando le convenía.

—Un placer, señorita McDaniel —dijo Caleb, soltando los dedos enguantados de Patricia—. Su padre debe de ser Herbert McDaniel.

A Patricia se le formaron hoyuelos al sonreír.

—Veo que conoce a sus arqueólogos, señor.

—A los que son miembros de la Sociedad de Arcanos y tan brillantes como McDaniel sí, desde luego —reconoció Caleb—. Sentí gran curiosidad por su trabajo sobre un texto funerario egipcio que hace poco se incorporó a la colección de la Sociedad. Ideas fascinantes sobre los aspectos psíquicos de la antigua religión egipcia.

Lucinda sonrió orgullosa.

—Se habrá enterado de que el Consejo ha encargado a los padres de Patricia que cataloguen las antigüedades egipcias del museo de la Sociedad en la Casa de los Arcanos.

—Gabe mencionó que McDaniel y su esposa empezarían

a trabajar pronto en el proyecto, lo recuerdo. Ya es hora de que esa colección esté catalogada.

—Patricia también trabajará en la colección —añadió Lucinda—. Es una experta en lenguas muertas.

—En la Casa de los Arcanos hace mucha falta gente así —dijo Caleb—. ¿Cuánto tiempo se quedará en Londres?

Patricia sonrió.

—Hasta que encuentre marido.

Lucinda abrió la boca, pero tardó varios segundos en articular una palabra.

—¿Qué? —chilló.

—Papá y mamá creen que debo casarme —explicó Patricia—. Y yo estoy de acuerdo. No hay tiempo que perder.

Por primera vez en su vida, Lucinda tuvo necesidad de una dosis de sales aromáticas. Se olvidó de Caleb, de los Shute y del cochero del carruaje alquilado. Miró fijamente a Patricia con una inquietud que aumentaba por momentos.

—¿Estás embarazada? —preguntó con voz entrecortada.

10

—Siento mucho haberte dado este susto, Lucy. —Patricia se sirvió más huevos de la fuente del aparador—. Te pido disculpas.

—Tus disculpas serían más creíbles si dejaras de reír —rezongó Lucinda—. Casi me destrozas los nervios.

—Tonterías —dijo Patricia—. Tú eres más fuerte que eso. Tengo la impresión de que si hubiera aparecido en tu puerta embarazada y buscando marido con desespero, no habrías tardado en encontrarme uno. ¿Verdad, señor Jones?

—Estoy seguro de que la señorita Bromley es totalmente capaz de llevar a cabo cualquier tarea que se proponga —dijo Caleb mientras untaba con mantequilla una tostada.

Lucinda lo fulminó con la mirada desde el otro extremo de la mesa. Sin duda había sido un error invitarlo a desayunar, pero no había podido resistir el impulso. Estaba claro que Caleb se basaba exclusivamente en su extraordinaria voluntad para superar el agotamiento, las magulladuras de la aventura de la noche anterior y la extraña falta de armonía en su aura. El hombre necesitaba comer y luego dormir. Lucinda podía ofrecerle lo primero. La sanadora que llevaba dentro la obligaba a ello.

De todos modos, le había sorprendido que él no hubiera rechazado la invitación a desayunar. Para su asombro, Caleb había aceptado con presteza, como si comiera con ella de forma habitual. Ahora estaba sentado a la cabecera de la mesa, llenando la soleada mañana con el aura de su masculina vitalidad, y comía huevos revueltos y tostadas dando la impresión de llevar mucha hambre atrasada.

Los vecinos estarán hablando, pensó ella. Pero dada la mala fama que envolvía la casa, un caballero misterioso de visita era una fruslería.

—Creo que ya hemos hablado bastante sobre tan delicado asunto —dijo con aire severo—. Propongo que cambiemos de tema. Cualquier cosa. Tú ya has hecho tu bromita, Patricia.

—La verdad es que no hablaba en broma, Lucy.

—¿Qué quieres decir? —quiso saber Lucinda.

Patricia llevó su cargado plato a la mesa y se sentó.

—No te tomaré más el pelo sobre el malentendido relativo a mi no-tan-delicado estado. Pero hablaba muy en serio cuando decía que he venido a buscar marido. Creo que un mes será suficiente, ¿no te parece?

A Lucinda casi se le cae la taza de café. En el extremo de la mesa, Caleb engulló otra porción de huevos y contempló a Patricia con una expresión que denotaba interés.

—¿Y qué piensa hacer al respecto? —preguntó él con sincera curiosidad.

—Pues igual que hizo la prima Lucy, por supuesto. —Patricia se sirvió café—. Fue un enfoque muy lógico y eficiente.

Caleb miró a Lucinda.

—Fue un desastre —soltó Lucinda, enfadada de pronto—. Patricia, seguramente no te habrá pasado inadvertido que no sólo no estoy felizmente casada, sino que mi prometido murió envenenado y todo el mundo cree que fui yo la responsable.

—Sí, claro, comprendo que las cosas no salieron como estaban planeadas —dijo Patricia con voz tranquilizadora—, pero esto no significa que el método utilizado tuviera la culpa.

Ahora Caleb parecía fascinado.

—Descríbame este método, señorita Patricia.

—En realidad era muy sencillo —explicó Patricia, animándose por momentos con el tema—. Lucy confeccionó una lista de atributos que ella exigía en un marido. Luego le dio la lista a su padre, quien a su vez evaluó a los caballeros que conocía, y a sus hijos, para ver quiénes, de entre ellos, satisfacían mejor los requisitos de mi prima.

—El candidato que papá y yo seleccionamos fue Ian Glasson —dijo Lucinda con frialdad—. Resultó ser algo menos que satisfactorio.

—Comprendo —dijo Patricia, impertérrita—. Pero, en mi opinión, el problema es que en la lista te olvidaste de una cosa.

—¿Qué cosa?

—La compatibilidad psíquica —declaró Patricia con ademán de modesto triunfo—. Era el ingrediente que faltaba.

—¿Y cómo se supone que iba a aquilatar este requisito? —quiso saber Lucinda.

—Pues mira, ésta es la cuestión —dijo Patricia—. No podías. Estabas, en efecto, trabajando a ciegas en este terreno. Pero mamá me dijo que ahora en la Sociedad hay una casamentera que puede evaluar precisamente esa cualidad.

Caleb asintió.

—Lady Milden.

Lucinda y Patricia se volvieron hacia él.

—¿La conoce? —preguntó Patricia, excitada.

—Desde luego. Es la tía abuela de mi primo Thaddeus Ware. —Caleb frunció el ceño—. Por lo que también estará emparentada conmigo, supongo, aunque no estoy seguro del todo.

—¿Tendría usted la amabilidad de presentármela? —dijo Patricia.

Caleb comió un poco de salmón ahumado.

—Hoy le mandaré una nota informándole del deseo de usted de contratar sus servicios.

Patricia irradiaba entusiasmo.

—Se lo agradezco mucho, señor.

Lucinda se rebullía inquieta.

—No estoy segura de que sea una buena idea, Patricia.

—A mí me parece absolutamente sensato —dijo Caleb mirando a Patricia—. ¿Cuáles son los requisitos incluidos en su lista?

—La verdad es que simplemente copié la de Lucinda —explicó Patricia—. Y luego añadí el factor de la compatibilidad psíquica.

—¿Qué ponía la lista original de la señorita Bromley? —preguntó Caleb.

—Bueno, entre otras cosas, que por encima de todo los candidatos debían tener opiniones modernas en lo relativo a la igualdad de las mujeres —dijo Patricia.

Caleb asintió, a todas luces plenamente de acuerdo con esa exigencia.

—Siga —dijo.

—Los candidatos adecuados también mostrarán intereses intelectuales compatibles con los míos —añadió Patricia—. Al fin y al cabo, pasaremos mucho tiempo en compañía recíproca. Espero que mi marido sea capaz de hablar no sólo de arqueología sino también de los aspectos paranormales del individuo.

—Tiene sentido —admitió Caleb.

—Deberá tener buena salud, por supuesto, tanto física como psíquica.

—Un requisito legítimo cuando estamos hablando de tener descendencia —dijo Lucinda enseguida al advertir que Caleb fruncía un poco el entrecejo.

—También deberá ser de miras amplias con respecto a mi talento —dijo Patricia—. No todos los hombres están preparados para aguantar a una esposa que posee ciertas facultades psíquicas, lamento decirlo.

—En este caso, quizá sea mejor buscar pareja dentro de la Sociedad —señaló Caleb.

—Eso mismo pienso yo —dijo Patricia—. Y por último, pero no por eso menos importante, el candidato ha de ser de natural positivo y alegre.

—Bueno, desde luego —dijo Lucinda—. Esto se da por sabido.

Caleb dejó de parecer intrigado. Se le endureció el semblante.

—Comprendo el interés por los otros requisitos, pero ¿por qué demonios es tan importante ser de natural positivo y alegre?

—A decir verdad, señor —dijo Lucinda con tono enérgico—, me parece que es algo obvio. Un temperamento agradable es una cualidad esencial en un marido. La sola idea de aguantar a un hombre predispuesto a la melancolía y al malhumor es suficiente para que una mujer inteligente prefiera quedarse solterona de por vida.

A Caleb se le puso tensa la mandíbula.

—Un hombre tiene derecho a estar malhumorado de vez en cuando.

—En efecto —dijo Lucinda—. Aquí la expresión clave es «de vez en cuando». Ninguna mujer debería verse obligada a tolerar una conducta así como algo habitual.

—Mejor evitar el problema de entrada escogiendo al marido apropiado —dijo Patricia—. Un temperamento positivo y alegre es, sin lugar a dudas, una exigencia crucial.

—Ya. —Caleb volvió a comer los huevos con aire contrariado.

A Lucinda le sorprendió que él se sumiera en un estado de ánimo decididamente malhumorado. Miró a Patricia.

—El requisito añadido de la compatibilidad psíquica es una idea excelente. Y admito que contar con los servicios de una casamentera profesional es muy atinado. Me temo que el gran obstáculo que te vas a encontrar soy yo.

Patricia la miró con atención.

—¿Qué quieres decir?

Lucinda exhaló un suspiro.

—Tú y tus padres habéis pasado una parte considerable del último año y medio en Italia y Egipto. No sabéis cómo han cambiado las cosas para mí desde que murieron mi padre y su socio y mi prometido. Las habladurías sobre el envenenamiento, ya sabes.

—¿A qué viene eso? —dijo Patricia—. No me dirás que tus amigos y vecinos se creyeron realmente todas esas tonterías.

—Me temo que la mayoría sí —dijo Lucinda—. Es más, dada tu estrecha relación conmigo, puedo decir sin temor a equivocarme que lady Milden se negará a aceptarte como clienta suya. El desafío de intentar superar la mala fama que rodea esta casa sería demasiado para cualquier casamentera.

Caleb levantó la vista de los huevos revueltos.

—No conocen ustedes a lady Milden.

11

—Lucy, debo decirte que el señor Jones me cae muy bien. —Patricia se paró frente a un grupo de dedaleras—. Pero desde luego es alguien fuera de lo común, ¿verdad?

—Por no decir algo peor —señaló Lucinda. Se encontraban en el ala del invernadero dedicada a las hierbas y plantas medicinales tradicionales. Su madre solía llamarla el Jardín de los Enfermos Físicos—. Pero me da la impresión de que esto forma parte esencial de su singular naturaleza psíquica.

—Muy probable. —Patricia se inclinó para examinar unas matricarias.

—Creo que tiene mucho poder —dijo Lucinda deteniéndose junto al aloe que utilizaba para curar heridas y quemaduras leves—. Tanta fuerza requiere mucho autodominio. Y ese grado de autodominio puede provocar ciertas rarezas y una pizca de excentricidad.

Caleb se había ido hacía una hora, llevándose las tisanas consigo. Patricia había desaparecido un rato arriba para estar presente mientras deshacían su baúl. Una vez abajo de nuevo, había insistido en dar un paseo por el invernadero.

—Desde luego cabe aceptar un poquito de excentricidad. —Patricia, paseando sin rumbo, se fijó en las flores rosa pálido de la alta valeriana—. Papá dice que los grandes talentos

103

incapaces de controlar sus sentidos paranormales corren el peligro de que éstos los arrollen.

—Es una teoría muy aceptada en la Sociedad, y creo que efectivamente hay cierto riesgo de que suceda eso. —Lucinda toqueteó las grandes hojas ovales de un sello de Salomón—. En mi trabajo, a veces he conocido a individuos que eran mentalmente inestables debido a una dolencia de carácter psíquico. Y me he percatado de que esas personas suelen tener grandes destrezas.

Patricia se aclaró la garganta con delicadeza.

—Sobre la familia Jones corren rumores. Con toda evidencia, en su sangre hay algo más que una pizca de excentricidad. Al fin y al cabo son descendientes del fundador.

—Sí, lo sé, Patricia. Pero si insinúas que Caleb Jones está un poco grillado, te equivocas. —No sabía por qué se había sentido empujada a defender a Caleb, pero al parecer no había podido contenerse—. Es un hombre complejo que controla una capacidad inhabitual y muy fuerte. Esto explicaría cualquier conducta extraña que acaso hayas notado.

—¿Explica eso los moretones en la cara que se le veían esta mañana? —inquirió Patricia con tono suave.

—Anoche el señor Jones sufrió una especie de percance. Una de las tisanas que le he dado es para aliviar las magulladuras. —No mencionaría la razón por la que le había dado el otro tónico medicinal, pensó. Algo le decía que Caleb Jones no entendería que todo el mundo hablara de la tensión en su aura.

—Comprendo. —Patricia fue a echar un vistazo a las flores amarillas de la hierba de San Juan—. Ya podría estar casado, pienso yo. ¿No te parece raro que siga soltero? —Alzó la vista con una expresión de curiosidad educada—. Porque todavía está soltero, ¿no?

—Oh, sí. —Lucinda frunció el ceño, pensando en el tema más a fondo—. En cuanto a por qué, no tengo ni idea.

—Al margen de sus excentricidades, es un Jones —señaló

Patricia, enderezándose—. El heredero de una fortuna y un linaje que se remonta a Sylvester el Alquimista. La mayoría de los hombres de su edad y sus antecedentes se habrían casado ya haría tiempo.

—El señor Jones no es tan viejo —soltó Lucinda con brusquedad, aunque sabía que Patricia tenía razón. Caleb no podía posponer su matrimonio mucho más tiempo. Un caballero de su condición tenía ciertas responsabilidades para con su familia.

Entonces, ¿por qué esa idea la deprimía tanto?, se preguntó Lucinda.

—Tendrá casi cuarenta —dijo Patricia.

—Vaya disparate. Treinta y pocos, diría yo.

—Treinta y bastantes.

—¿Estás diciendo que es demasiado viejo para casarse? Bobadas. Es evidente que el señor Jones está en la flor de la vida.

—Es tu punto de vista —dijo Patricia muy seria.

—Tienes diecinueve años, Patricia. Espera a tener mi edad. Entonces un caballero de treinta y tantos te parecerá algo completamente distinto.

—No quería dar a entender que tú fueras vieja. —Patricia se volvió, con la cara colorada—. Perdona, por favor, Lucy. Sabes que no era mi intención.

—Pues claro que no. —Lucinda se rio—. No te apures. No has herido de gravedad mis sentimientos. —Se calló y alzó las cejas—. ¿Puedo deducir, de esta conversación, que el señor Jones tiene demasiados años para ser incluido en tu lista de candidatos?

Patricia arrugó la nariz.

—Desde luego.

—Sabrás, sin duda, que en la buena sociedad las jóvenes damas de tu edad suelen casarse con hombres lo bastante mayores para ser sus padres y, a veces, para ser sus abuelos.

Patricia tuvo un escalofrío.

—Por suerte para mí, papá y mamá tienen ideas modernas. Nunca intentarían coaccionarme para que me casara con un hombre al que no amase. —Se agarró las manos a la espalda y estudió una mata de ajenjo—. ¿Desde cuándo conoces al señor Jones?

Lucinda cayó en la cuenta de que, por una cosa u otra, no había tenido oportunidad de explicar la presencia de Caleb en su vida. Entonces reflexionó sobre si explicar a Patricia que corría peligro de ser declarada sospechosa en un caso de asesinato.

Seguramente sería mejor no decir nada acerca de su apuro, al menos de momento, pensó. La verdad sólo alarmaría a su prima y la distraería de su proyecto de encontrar marido.

—El señor Jones y yo nos conocemos desde hace poco —dijo.

—¿Unas semanas, tal vez? No lo mencionaste en ninguna de tus cartas recientes.

—Dos días. ¿Por qué lo preguntas?

—¿Qué? —Patricia se dio la vuelta, sobresaltada de veras—. ¿Lo conoces desde hace sólo dos días y ya desayuna contigo?

—Bueno, anoche no durmió nada y esta mañana no había comido. Supongo que me ha dado lástima.

Patricia abrió los ojos algo más. A continuación estalló en un torrente de risitas.

—Me has dejado pasmada, prima, en serio.

—¿Qué te hace tanta gracia?

—Lo has tenido ocupado toda la noche, ¿eh? —Patricia guiñó el ojo—. Tienes ideas más modernas de lo que pensaba. ¿Lo sabe mamá? Imagino que no.

—No lo has entendido —dijo Lucinda, desconcertada por la reacción—. No fui yo quien tuvo ocupado anoche al señor Jones. Estuvo atareado hasta casi el amanecer con otro asunto.

Patricia interrumpió las risitas.

—¿El señor Jones con alguien más? ¿Cómo te avienes a compartirlo?

—Bueno, es un profesional —señaló Lucindas—. Seguro que en este momento tiene diversos encargos en marcha. No estoy en condiciones de exigir sus servicios a tiempo completo.

—¿Sus servicios? —Patricia elevó la voz—. ¿Le pagas?

Lucinda arrugó la frente.

—Bueno, claro.

—¿No es esto un poco, esto... inusual?

—¿En qué sentido?

Patricia extendió las manos.

—No sé, supongo que siempre había creído que si esta clase de aventuras amorosas incluían una retribución económica, era el hombre el que pagaba a la mujer. Pero pensándolo mejor, entiendo que dadas las ideas actuales de igualdad...

—¿Aventura amorosa? —Horrorizada, Lucinda contempló la posibilidad de desmayarse por segunda vez ese día—. El señor Jones y yo no tenemos nada de eso. Cielo santo, Patricia, ¿cómo se te ha ocurrido?

—Deja que piense —dijo Patricia con tono guasón—. Pues por el simple hecho de que regresaras con él en carruaje por la mañana temprano. He tenido sobrados motivos para pensar que habíais pasado la noche juntos en algún lugar aislado.

—Estás totalmente equivocada.

—Y que luego le has invitado a desayunar. ¿Qué otra cosa iba a pensar?

Lucinda se irguió y le dirigió una mirada glacial.

—Tus suposiciones no podían ser más erróneas. El señor Jones me ha localizado esta mañana en Guppy Lane por un asunto de negocios. Hemos hablado un rato en el carruaje durante el camino de vuelta, y cuando he sabido que él no había dormido ni comido me he sentido obligada a invitarlo a desayunar. Esto es todo.

—¿Por qué? —dijo Patricia.

—¿Por qué qué?

—¿Por qué te has sentido obligada a invitarlo? Es un Jones. Seguramente tiene una cocina llena de criados listos para prepararle cualquier comida.

La lógica de la pregunta fastidió a Lucinda más de lo que habría debido. ¿Por qué había invitado a Caleb a desayunar?

—Está claro que no se cuida —dijo—. Además, tengo motivos personales para procurar que esté sano y en forma.

—¿Y eso por qué? —preguntó Patricia de nuevo.

Lucinda levantó los brazos. Y pensar que no quería explicar su relación con Caleb.

—Porque es la única persona que se interpone entre yo y la cárcel, quizá la única persona que hay entre yo y la soga del verdugo.

12

Se abrió la puerta del laboratorio en el preciso instante en que Basil Hulsey iba a introducir la última versión de la fórmula en la cubeta de agua. Sobresaltado por la interrupción, le tembló la mano, con lo que se derramaron en el suelo varias gotas de la droga. Las seis ratas lo miraban a través de los barrotes de la jaula, los ojos malévolos brillando en el resplandor de la lámpara de gas.

—¿Qué demonios? —gritó Hulsey, furioso.

Se volvió con la intención de reprender a la desafortunada persona que se había atrevido a irrumpir en la estancia sin permiso. Pero se vio obligado a reprimir su enfado al ver quién era.

—Ah, es usted, señor Norcross —masculló. Acto seguido se colocó bien las gafas sobre la nariz—. Creía que era uno de esos chicos de la calle que utiliza el boticario para repartir las hierbas a domicilio.

Sus actuales patrocinadores eran tan arrogantes, y estaban tan obsesionados con la fórmula del fundador, como los anteriores. Todos eran iguales, pensaba él, hombres ricos y de cierto nivel social cuyo único interés en la droga radicaba en el poder que, a su juicio, aquélla les proporcionaría. No valoraban las maravillas y los misterios de la química implicada; ni comprendían las dificultades que había que superar.

Por desgracia, resultaba difícil encontrar caballeros ricos con ganas de financiar experimentos científicos como los que le interesaban a él. Dos meses atrás, tras el desmoronamiento del Tercer Círculo, se encontró sin patrón. La Sociedad había destruido o confiscado todo su equipo y varios cuadernos valiosos. Lo último que quería era vincularse otra vez a la Orden de la Tablilla Esmeralda. No obstante, sus miembros parecían ser las únicas personas dispuestas a pagar por sus excepcionales facultades.

—Nos acabamos de enterar de que esta mañana Caleb Jones ha visitado a Lucinda Bromley —dijo Norcross.

Por el espacio que los separaba vibró una energía turbadora. Hulsey se sumió al instante en un estado de ansiedad. Allister Norcross probablemente nunca había sido lo que cabría denominar normal. Ahora, con su talento potenciado por la droga, era realmente aterrador.

En cuanto al aspecto, no llamaba la atención. Poseía esa clase de rasgos que atraían a las damas, pero no era tan guapo para que los hombres lo considerasen afeminado. Llevaba el pelo castaño cortado a la moda, y los pantalones y el abrigo bien entallados hacían resaltar su cuerpo ágil y atlético. Hasta que se acercaba a él no se daba uno cuenta de que el hombre estaba trastornado.

Con el corazón aporreándole el pecho, Hulsey dio un instintivo paso atrás. Chocó con la jaula, que tembló a causa del impacto. Oyó a su espalda un correteo de patitas y se apartó al punto.

Se quitó las gafas de un tirón y sacó del bolsillo un pañuelo sucio. Había comprobado a menudo que limpiarse las gafas le calmaba los nervios.

Norcross miró la jaula con el ceño fruncido y luego apartó la vista. No le gustaban las ratas. Probablemente porque no asustaban demasiado, pensó Hulsey. O quizá porque notaba que acaso tuviera bastante en común con ellas en lo relativo a impulsos salvajes.

Hulsey volvió a colocarse bien las gafas sobre la nariz e intentó serenarse.

—No entiendo, señor —dijo. Tenía la desagradable sospecha de que estaba pasando por alto algo importante, una sensación que no le gustaba—. ¿Hay algún problema?

—Estúpido. Es culpa suya que Caleb Jones se haya implicado en este asunto.

A Hulsey lo invadió la alarma. Y también la indignación.

—No tengo ni idea de... de qué está hablando —dijo tartamudeando—. No puede echarme la culpa de que a Jones le haya llegado información de su Círculo. Le... le aseguro que no he tenido nada que ver en lo que haya podido pasar.

—Estamos casi seguros de que, por el momento, Jones no conoce la existencia del Séptimo Círculo. Procuraremos que las cosas sigan así. Se tomarán medidas.

—Esto... ¿Qué clase de medidas? —preguntó Husley, más nervioso que nunca. Su talento era de gran utilidad para el Séptimo Círculo, pero algo que le había impactado durante su breve relación con el Tercer Círculo fue que la Orden de la Tablilla Esmeralda no toleraba fallos ni errores graves.

—No es asunto suyo —soltó Norcross—. Pero tenga presente que es usted el responsable del problema de Caleb Jones. Me han enviado hoy aquí para informarle de que el jefe del Círculo está muy molesto por sus negligencias. ¿Me entiende, Hulsey?

—¿Có... cómo puede culparme de que Jones haya hecho una visita a la señorita Bromley? —dijo Hulsey, perplejo.

—Es usted quien robó el maldito helecho del invernadero.

—¿Y qué demonios tiene esto que ver con Jones? Me llevé eso hace un mes. Dudo que la señorita Bromley lo echara siquiera en falta. Desde luego no mandó llamar en ese momento al señor Jones para que investigara.

—Aún no sabemos con exactitud por qué se relaciona ahora Jones con Bromley, pero el jefe sospecha que tiene que ver con ese puñetero helecho. Es la única conexión.

Hulsey miró con inquietud el helecho, que estaba en un tiesto sobre el banco de trabajo, sus delicadas hojas derramándose en una fuente de vibrante verdor. Era un ejemplar espléndido y muy raro, con misteriosas propiedades psíquicas. Hasta el momento, sus experimentos le habían convencido de que la planta podía llevarle al nivel siguiente de sus investigaciones sobre los sueños. Que permaneciera en el invernadero de Bromley suponía una pérdida lamentable.

—La verdad es que no veo ninguna relación entre esto y el que yo me llevara el helecho —dijo con voz tranquila—. Quizás el interés de Jones por Bromley es de tipo personal.

—Es un Jones. Un hombre de su nivel y su posición social no tiene motivo alguno para visitar a la hija de un conocido envenenador, una mujer de la que se rumorea que ha seguido los pasos de su padre. Por lo que hemos podido percibir, la señorita Bromley no recibe visitas sociales dignas de mención. Las únicas personas que aparecen son sus familiares y algunos botánicos valientes.

—Qui... quizá Jones quería ver el invernadero —dijo Hulsey, esperanzado—. En la Sociedad todos saben que es un hombre de amplios intereses científicos e intelectuales.

—Si resulta que Caleb Jones decidió visitar a Lucinda Bromley por razones de curiosidad científica, sería la más asombrosa de las coincidencias. Ya sabe lo que pensamos sobre las coincidencias las personas con facultades.

—Ese invernadero está abarrotado de especímenes. En el improbable supuesto de que la señorita Bromley descubriera efectivamente que el helecho había desaparecido, a primera vista parece ridículo que llegara al extremo de contratar a un investigador privado para que lo buscara. Y aún es más absurdo pensar que Jones aceptaría un caso tan insustancial. Al fin y al cabo es sólo una planta, no un collar de diamantes.

Norcross se acercó cruzando las luces y sombras alternas proyectadas por las lámparas de gas.

—Mejor que tenga razón, por su propio bien. Porque ese

helecho es un vínculo directo con usted, y usted está vinculado con nosotros.

Hulsey tuvo un escalofrío.

—Jones no podrá establecer nunca la relación, se lo aseguro. Cuando fui a casa de la señorita Bromley utilicé otro nombre. Es imposible que sepa quién soy.

Norcross torció el gesto con aversión.

—Es usted un idiota, Husley. Vuelva con sus experimentos y sus ratas. Me ocuparé del problema que ha causado.

Afloró la ira en Husley, que reprimió su miedo por momentos. Se irguió cuan alto era.

—Sus comentarios me ofenden, señor. Actualmente no hay en Inglaterra ningún hombre vivo que pueda siquiera compararse conmigo en lo referente al estudio de la química de lo paranormal. Ninguno. Vamos, que para competir conmigo haría falta otro Newton.

—Sí, lo sé, Hulsey, y esto es lo que le salva de momento. Créame cuando le digo que si hubiera otro Newton disponible, demonio, cualquiera que tuviese las mismas destrezas y facultades, usted ya habría sido ejecutado por orden del jefe.

Hulsey lo miró consternado.

Norcross sacó del bolsillo una caja dorada de rapé, y con un movimiento elegante abrió de golpe la tapa con bisagras y cogió una pizca del contenido. Inhaló el polvo con una acción súbita, de experto. A renglón seguido, mostró su sonrisa lenta, aterradora.

—¿Me entiende, Hulsey? —preguntó muy bajito.

Las fuertes corrientes de energía impactaron en Hulsey con la intensidad de un golpe, haciendo añicos sus ya delicados nervios. Ya no tenía sólo miedo, estaba paralizado de terror. Tras la arremetida del talento de Norcross, su pulso empezó a latir de forma tan rápida e irregular que pensó que iba a desmayarse. Daba boqueadas en busca de aire, pero parecía que todo el oxígeno había sido bombeado fuera de la habitación.

Era como si se enfrentara a algún monstruo pavoroso de la noche, una criatura de pesadilla. El lado lógico de su ser le aseguraba que delante de él no había un vampiro ni un fantasma sobrenatural. Era sólo que Norcross estaba utilizando sus singulares capacidades para provocar una sensación de pánico ciego. De todos modos, saber esto no le servía para mitigar la sensación.

Sin poder aguantar más, Hulsey cayó de rodillas y empezó a balancearse de un lado a otro. Oyó un chillido agudo, quejumbroso, y se dio cuenta de que surgía de su propia garganta.

—Le he hecho una pregunta, Hulsey.

Hulsey sabía que debía responder, pero no podía. Cuando abrió la boca, el único ruido que brotó fue un tartamudeo incomprensible.

—Ssssí... —logró decir.

Obviamente satisfecho con la reacción, Norcross le dirigió otra sonrisa afilada. Hulsey estaba vagamente asombrado de que no aparecieran los colmillos. Reparó en que el aletargante miedo iba desvaneciéndose. Descubrió que era capaz de respirar de nuevo.

—Excelente —dijo Norcross, que se guardó en el bolsillo la caja de rapé—. Creo de veras que me comprende muy bien, en efecto. Levántese, estúpido.

Hulsey se apoyó en el borde del banco de pruebas y se levantó derecho. No fue fácil. Para no desplomarse una segunda vez tuvo que agarrarse con fuerza y no soltarse.

Norcross salió por la puerta, que cerró de una manera tranquila y controlada, igual de turbadora, a su modo, que la excitación salvaje, depredadora, que había ardido en sus ojos sólo un momento antes.

Hulsey aguardó a que su pulso aflojara un poco el ritmo. Luego se dejó caer en el taburete.

—Ya está —dijo en voz alta—. Puedes salir. Se ha ido.

Se entreabrió una puerta. Bertram entró con cautela en la estancia. Temblaba a todas luces.

—Norcross está loco —susurró Bertram.

—Sí, lo sé. —Hulsey se masajeó la dolorida cabeza.

—¿Qué crees que ha querido decir con lo de las medidas que se tomarían para que Jones no relacionara el helecho contigo?

Hulsey miró a su hijo. Bertram era su viva imagen a los veintitrés años, y un talento brillante a título propio. Sus capacidades psíquicas y, por tanto, sus intereses eran algo diferentes —no había nunca dos talentos idénticos—, pero en el laboratorio se complementaban muy bien. Bertram era el ayudante ideal. Algún día, pensó Hulsey con un poco de orgullo paterno, su hijo haría atrevidas incursiones en los misterios de lo paranormal.

—No sé qué ha querido decir —contestó Hulsey—. Lo importante es que estas medidas, sean cuales sean, no nos afectan.

—¿Cómo lo sabes?

—Porque si no fuera así, los dos ya estaríamos muertos.

Hulsey se levantó del taburete con aire cansino y se acercó a la jaula. Las ratas lo miraban con atención. Eran nuevas, sustituían a las seis que habían muerto la semana anterior. Cogió el frasco y vació el resto del contenido en la cubeta. Las sedientas ratas corrieron a beber.

—¿Todos los patrocinadores son tan poco razonables...? —preguntó Bertram.

—Según mi experiencia, sí. Están todos chiflados.

13

Victoria, lady Milden, se las ingenió para parecer a la vez austera y distinguida. Su pelo plateado iba rematado con un elegante moño. Lucía un vestido caro y bellamente drapeado de color gris perla.

Desde el principio fue evidente que asumía su papel de casamentera no sólo con entusiasmo sino también con una briosa resolución que habría sido adecuada para un mariscal de campo. Recibió a Lucinda y Patricia en el acogedor estudio de su nueva casa de la ciudad.

—Su lista de requisitos me ha dejado impresionada —dijo a Patricia—. Por mi experiencia, pocas personas jóvenes se plantean el matrimonio con tal grado de lógica.

—Gracias —dijo Patricia—. Lucy fue mi inspiración.

—¿En serio? —Victoria dirigió a Lucinda una mirada reflexiva y acto seguido volvió a la lista—. Bueno, debo decir que ha sido usted muy minuciosa. Me gusta en especial que comprenda la importancia de la compatibilidad psíquica.

—Según mamá, es algo crucial.

—Su madre es muy juiciosa. —Victoria dejó la lista y se quitó las gafas—. Ojalá más parejas prestaran atención a este aspecto. Es la clave de la felicidad conyugal, sobre todo entre quienes poseen un talento por encima de la media.

—Hay algo que me gustaría aclarar —dijo Lucinda—. ¿A

qué nos referimos exactamente con compatibilidad psíquica?

Victoria adoptó un aire profesional.

—Estará familiarizada con la idea de que cada persona genera corrientes únicas de energía en un espectro.

—Sí, desde luego... —dijo Lucinda—. ¿Interpreta usted auras?

—De una forma limitada —contestó Victoria—. Percibo ciertas longitudes de onda del espectro, precisamente las que son críticas para el éxito de las relaciones íntimas.

Patricia, fascinada, se inclinó un poco hacia delante.

—¿De qué modo?

—En realidad es muy simple —dijo Victoria—. Si las longitudes de onda de las dos personas implicadas no resuenan en armonía, seguro que la pareja no conocerá ningún grado de felicidad ni intimidad emocional. Mis facultades me permiten determinar si los patrones de resonancia son de veras compatibles.

—Qué grato saber que utiliza usted un enfoque científico así en su trabajo, lady Milden —dijo Patricia.

—El problema que tengo —continuó Victoria— es que, aunque puedo valerme de cuestionarios y entrevistas personales para evaluar la probabilidad de que dos personas se emparejen bien, he de ver a los potenciales novios juntos antes de estar segura de que resonarán como es debido.

—¿Y cómo lo hace? —inquirió Lucinda, intrigada.

—Mi primer paso consistirá en elaborar una lista de candidatos para Patricia. —Victoria dio unos golpecitos con el dedo a la hoja de papel que tenía delante—. Tendré presentes sus exigencias, por supuesto. Pero le aviso de que quizá no sea posible satisfacerlas todas.

Patricia pareció incómoda por primera vez.

—La verdad es que no sé si puedo transigir en alguna de estas condiciones. Todas las de la lista son muy importantes para mí.

—No tenga miedo —dijo Victoria—. Si las longitudes de

117

onda resuenan con el suficiente grado de armonía, descubrirá que puede ceder en algunas cosas.

Patricia no parecía convencida del todo.

—¿Cómo elabora usted su lista de caballeros?

Victoria hizo un gesto con la mano para mostrar una larga hilera de ficheros.

—Resulta que, desde que hice saber que estaba disponible para esta clase de consultas, he recibido una verdadera avalancha de solicitudes de miembros de la Sociedad. Miraré en mis archivos, escogeré los expedientes de los jóvenes a mi juicio más apropiados y concertaré encuentros para que usted los conozca.

—Da la impresión de ser un proceso largo —dijo Patricia—. Esperaba estar comprometida en el plazo de un mes.

—Oh, no creo que haya ningún problema. —Victoria sonrió—. Sé por experiencia que, en cuanto se conocen dos personas talentosas de resonancia armoniosa, la atracción es casi instantánea. —Soltó un resoplido fino—. Aunque no todas están dispuestas a admitir esa atracción ni siquiera ante sí mismas, no digamos ya ante los otros.

—Estoy segura de que no tendré ningún problema para reconocer enseguida al candidato correcto —dijo Patricia.

—Además, a veces los padres, por una razón u otra, ponen obstáculos al matrimonio porque no tienen buen concepto del futuro novio o novia —señaló Victoria—. Por eso, conseguir una unión satisfactoria supone a menudo para mí un esfuerzo considerable.

—Mis padres tienen ideas muy modernas sobre el matrimonio —le aseguró Patricia—. Como le he dicho, fue idea de mi madre venir a Londres a consultar con usted.

—Me alegra saberlo —dijo Victoria—. Es un buen augurio.

A Lucinda se le ocurrió algo de repente.

—¿Qué pasa si dos personas que juntas resuenan bien ya están casadas?

Victoria dio muestras de desaprobación.

—Es una situación muy triste que yo, evidentemente, soy incapaz de resolver. Lamento decir que, dada la tendencia de tantas personas a casarse por razones sociales o económicas más que por compatibilidad psíquica, el problema se plantea con cierta frecuencia. El resultado es que son bastante habituales las relaciones ilícitas.

—Oh —exclamó Lucinda con calma—. Sí, supongo que esto explica por qué hay tanta gente que tiene aventuras.

—¿Cómo hará usted para que yo conozca a los caballeros idóneos de sus archivos? —preguntó Patricia.

—Existen varios mecanismos eficaces para presentar un buen número de candidatos a los clientes —le aseguró Victoria.

—¿Cuáles son? —preguntó Lucinda.

—Los métodos tradicionales, desde luego. Bailes, fiestas, teatro, conferencias, recepciones, meriendas, cenas, etcétera. La gente lleva generaciones acostumbrada a estas técnicas para conocerse. La diferencia, claro está, es que yo acompaño a mis clientes a estos actos y evalúo todos los aspectos de aquellos a quienes conocen.

Lucinda se quedó paralizada.

—Me temo que las fiestas y los bailes están descartados.

Victoria la miró.

—Ya me dirá por qué.

—Lady Milden, le seré franca. Puedo permitirme organizar un baile o una fiesta del tipo que sea para Patricia, pero seguro que usted conoce la mala fama de que goza mi familia. Dudo mucho que alguien de su lista de candidatos acepte una invitación mía. No puedo ofrecer nada útil en lo que se refiere a contactos sociales.

—Sí, señorita Bromley, estoy al corriente de las habladurías. Pero a mi juicio no debemos dejar que unos cuantos rumores inoportunos entorpezcan el emparejamiento satisfactorio de su prima.

—¿Rumores inoportunos? —Lucinda no daba crédito a sus oídos—. Señora, estamos hablando de asesinato por envenenamiento y del presunto suicidio de mi padre. Todo lo que se dice es infundado, se lo aseguro. No obstante, la mancha del escándalo no es fácil de quitar. Ya sabe lo que pasa en el mundo social.

—Sé lo que pasa en el mundo social de la Sociedad de los Arcanos —dijo Victoria con calma—. Tenga la seguridad de que, en ese ámbito, una invitación de un miembro de la familia Jones no puede ser ignorada.

—No entiendo —dijo Lucinda, ahora totalmente desconcertada.

—Da la casualidad de que a finales de semana va a producirse en la Sociedad un acto importante —explicó Victoria—. Mi hijo y mi nuera organizan una gran recepción para celebrar el compromiso de mi sobrino, Thaddeus Ware, y su encantadora novia, Leona Hewitt. Estarán presentes numerosos miembros de alto rango de la Sociedad, entre ellos el nuevo Maestro y su esposa. Me ocuparé de que usted, señorita Patricia, y el caballero que yo haya seleccionado figuren en la lista de invitados.

—Cielo santo —susurró Lucinda, sobrecogida por el atrevimiento de Victoria.

Por su parte, Patricia se mostró de pronto indecisa.

—Las conferencias y las recepciones me parecen bien, lady Milden, pero me temo que tengo poca experiencia en relaciones sociales.

—No hay por qué alarmarse —le aseguró Victoria—. Estaré allí para orientarla en todo momento. Es parte del servicio que ofrezco.

—Pero si usted me acompaña, todo el mundo sabrá que estoy buscando marido —señaló Patricia—. ¿No será una situación un poco embarazosa?

—En absoluto —dijo Victoria—. La discreción también es parte del servicio. Confíe en mí, recibo invitaciones para todos los actos importantes de la Sociedad. —Le guiñó el ojo—. Usted no será mi única clienta en el baile.

—Será mejor que yo no asista —dijo Lucinda sintiéndose algo más que desesperada—. Mi presencia sólo generará comentarios y especulaciones. El apellido de Patricia es McDaniel. Si yo no estoy, es muy posible que ninguno de los invitados caiga en la cuenta de que está emparentada conmigo.

—Bobadas, señorita Bromley. —Victoria volvió a ponerse las gafas de leer y cogió una pluma—. Le aseguro que cuando se trata de lidiar con el mundo social, la timidez nunca es de provecho. Los débiles son pisoteados. Sólo sobreviven los fuertes, los valientes y los muy listos.

Pese a su desazón, Lucinda casi se rio.

—Parece que esté suscribiendo usted las teorías del señor Darwin.

—No puedo hablar de todas las especies de la tierra —dijo Victoria mojando la pluma en el tintero—, pero sin duda las ideas del señor Darwin son aplicables a la buena sociedad.

Lucinda la observó un momento.

—Algo me dice que la verdadera razón de que seamos capaces de llevar a cabo su increíble plan es que contamos con el respaldo de la familia Jones.

Victoria la miró por encima de la montura de las gafas.

—Dentro de la Sociedad de los Arcanos, la familia Jones fija las reglas.

—¿Y fuera de la Sociedad? —preguntó Lucinda.

—Fuera de la Sociedad, los Jones siguen sus propias reglas.

14

A la mañana siguiente, los golpes en la puerta sonaron en el preciso instante en que Lucinda y Patricia se sentaban a desayunar. La señora Shute dejó la cafetera en la mesa y dirigió una mirada de reproche en dirección al vestíbulo delantero.

—Quién será a esta hora —dijo limpiándose las manos en el delantal.

—Quizás alguien que está enfermo y necesita la ayuda de Lucy —señaló Patricia, que alcanzó una tostada.

La señora Shute negó con la cabeza de una manera ominosa.

—Los vecinos que buscan a la señorita Bromley llaman siempre a la puerta de la cocina. Voy a ver quién es.

Abandonó la salita con gesto ceñudo.

Patricia sonrió.

—Compadezco a quien tenga la desgracia de estar en la escalera de la entrada.

—Y yo, pero le estará bien empleado por llamar a las puertas a las ocho y media de la mañana —dijo Lucinda, que cogió el periódico. El titular del *Flying Intelligencer* la dejó boquiabierta—. Dios mío, Patricia, escucha esto...

Se interrumpió a mitad de frase cuando oyó el sonido grave de una voz masculina conocida.

—Parece que es el señor Jones —dijo Patricia, con los ojos

122

centelleando de emoción—. Tendrá noticias. Tal vez ha resuelto el caso y ha descubierto la identidad de la persona que envenenó a lord Fairburn.

—Lo dudo. —Lucinda dejó el periódico intentando reprimir la ligera ráfaga de expectación que la hizo erguirse—. No habrá tenido suficiente tiempo para entrevistar a todas las personas de la lista de visitas que le di.

Caleb apareció en la puerta.

—Tiene usted razón, señorita Bromley. Sólo he cubierto parte de la lista. Buenos días. Tienen ustedes hoy un magnífico aspecto. —Miró la bandeja de huevos fritos y abadejo asado con una expresión de fascinado interés—. ¿Estoy interrumpiendo su desayuno?

Pues claro que estaba interrumpiendo el desayuno, pensó Lucinda. Era detective. Seguramente sabría detectar lo obvio. Lo observó con atención y se sintió aliviada al ver que parecía mucho más descansado que el día anterior. Aún se le notaban las magulladuras de la cara, pero con el aspecto inequívoco de doler menos. También se sintió complacida al percibir que la tensión en su aura había disminuido un poco. Las tisanas surtían efecto.

—No se preocupe, por favor —contestó Lucinda con rapidez—. Supongo que está aquí porque al fin tiene alguna noticia.

—Por desgracia he hecho pocos progresos en la investigación. —Caleb miró la reluciente cafetera plateada como si fuera una obra de arte única—. Pero han surgido preguntas nuevas. Esperaba que usted podría respondérmelas.

—Cómo no —dijo ella, que tras caer en la cuenta de que él parecía estar hambriento, frunció el ceño—. ¿Ha comido ya?

—No me ha sido posible —contestó Caleb con tanta rapidez como poca sinceridad—. La nueva ama de llaves aún no le ha cogido el tranquillo a mis horarios. Nunca lo consiguen.

Patricia se quedó perpleja.

—¿Quiénes no consiguen qué nunca, señor?

—Las amas de llaves —dijo él, deslizando la vista por la comida con lo que Lucinda consideró una actitud decididamente furtiva—. Nunca logran entender mis horarios. El desayuno nunca está listo cuando lo necesito. Supongo que la señora Perkins se marchará pronto, como las otras. —Contempló el abadejo con expresión reverencial—. Esto parece muy apetitoso.

No quedaba más remedio que invitarle a sentarse, pensó Lucinda.

—Acompáñenos, por favor —dijo con brusquedad.

Caleb le dirigió una sonrisa inesperada que le transformó los rasgos. Lucinda se quedó sin respiración. Él la había fascinado desde el principio, pero ahora ella se dio cuenta de pronto de que Caleb era a todas luces capaz también de cautivarla irresistiblemente. Era algo inquietante. Desde que descubriera que Ian Glasson la había engañado, Lucinda se había creído inmune a las artimañas masculinas.

—Gracias, señorita Bromley, creo que así lo haré —dijo.

Cogió un plato y empezó a servirse con tal prontitud que despertó aún más sospechas. El día anterior, al marcharse había preguntado a Lucinda a qué hora solía desayunar. Ella había respondido a las ocho y media, pensando que él deseaba tenerlo en cuenta para que su siguiente visita no interrumpiera la comida de la mañana. Lucinda miró el reloj de pie. Las ocho y treinta y dos. Llegó a la conclusión de que no era una coincidencia. Caleb Jones no era un hombre que cometiera errores así.

Patricia hacía todo lo posible para ahogar risitas. Lucinda le dirigió una mirada de censura y luego se volvió hacia Caleb.

—Así que en su casa hay mucho movimiento de personal, señor Jones —soltó con frialdad.

—No es que yo necesite mucha gente. —Amontonó huevos en su plato—. Vivo solo en la casa. La mayoría de las habitaciones están cerradas. Lo único que necesito es un ama de llaves y alguien que cuide el jardín. No quiero a un montón de personas de un lado a otro mientras estoy trabajando. No podría concentrarme.

—Ya veo —dijo Lucinda con tono neutro. Ahora también ella forcejeaba para contener la risa.

—No lo entiendo. —Caleb caminó hasta la mesa y tomó asiento—. Las amas de llaves van y vienen como los trenes. Duran un mes, dos a lo sumo, y luego se despiden. He de mandar una y otra vez notas a la agencia para solicitar otra. Es un verdadero fastidio. En serio.

—¿Cuál es la principal queja? —preguntó Lucinda.

—La principal queja es que todas se despiden.

—Me refería a las amas de llaves, señor. ¿Cómo es que dejan su empleo con esa regularidad?

—Por diversas razones —contestó él de forma vaga. Acto seguido, dio un buen mordisco a los huevos, masticó con entusiasmo y engulló—. Algunas me han dicho que se asustan cuando me oyen ir de un lado a otro por la biblioteca y el laboratorio a altas horas de la noche. Según ellas, es como si la casa estuviera encantada. Supersticiones estúpidas, desde luego.

—Totalmente —murmuró Lucinda.

—Otras afirman que algunos experimentos ocasionales que hago les dan miedo. Como si un ligero destello de magnesio hubiera hecho alguna vez daño a alguien.

—Pues al parecer sí ha pasado esto, señor —señaló Lucinda—. Se han producido varios accidentes graves entre fotógrafos que utilizan ciertas sustancias químicas peligrosas para preparar el polvo de magnesio.

Caleb le dirigió una mirada de irritación.

—Aún no he incendiado la casa, señorita Bromley.

—Menos mal, señor.

Caleb volvió a su comida.

—En general, la queja más frecuente de mis amas de llaves es sobre mi horario.

—¿Tiene usted uno? —inquirió Lucinda con tono educado.

—Por supuesto que lo tengo. No es culpa mía que se altere cada día en función de los proyectos en los que esté trabajando.

—Umm...

Patricia, tras llegar evidentemente a la conclusión de que ya era hora de cambiar de tema, intervino al punto.

—Lucy iba precisamente a leer los titulares del periódico —dijo.

—¿Cuál es? —preguntó Caleb, echando una mirada al que Lucinda tenía en las manos. Al ver la cabecera, hizo un gesto de repugnancia—. Ya. El *Flying Intelligencer*. No creo ni una palabra de lo que ponga este periodicucho. Vive del sensacionalismo.

—Quizá. —Lucinda meditó sobre el titular—. Pero deberá admitir que es un relato muy emocionante de un crimen realmente extraño. Escuche.

Comenzó a leer en voz alta.

SANGRIENTO SACRIFICIO HUMANO FRUSTRADO POR ESPÍRITUS

por Gilbert Otford

Se cree que unas manos invisibles del Otro Mundo impidieron un truculento rito ocultista, salvando así la vida de un muchacho inocente. Los presentes en la escena narraron a este corresponsal una experiencia horrenda.

Por imposible de creer que les resulte a los lectores de este periódico, la policía confirmó que una extraña secta devota de fuerzas demoníacas ha estado practicando desde hace unas semanas espantosos rituales en el mismo centro de Londres.

La noche del martes de esta semana, el grupo pretendía sacrificar a un chico que había sido secuestrado en la calle a tal fin. Lo que resulta pasmoso es que los testigos hablan de unas fuerzas paranormales invisibles de más allá del

Velo que intervinieron en el último momento para salvar la vida de la víctima.

El jefe de la secta se hacía llamar a sí mismo Siervo de Charun. La policía lo identificó como el señor Wilson Hatcher, de Rhone Street. El chico que iba a ser sacrificado huyó de la escena completamente aterrado y no fue posible recabar de él ningún comentario.

La policía detuvo a varias personas, entre ellas el señor Hatcher, a quien las autoridades consideran un demente.

Este corresponsal habló con un informante, según el cual había rumores en el sentido de que la potencial víctima del ritual no fue rescatada por espíritus sino por miembros de una sociedad secreta dedicada a las investigaciones psíquicas...

—Vaya —dijo Caleb mientras masticaba un trozo de tostada—. A Gabe no le gustará esto. En todo caso, supongo que es imposible evitar los rumores.

Lucinda bajó el periódico.

—Ayer era miércoles —observó.

—Sí, así es. —Caleb sonrió a la señora Shute, que acababa de dejar delante de él una taza y algunos utensilios de plata—. Gracias, señora Shute. Por cierto, el abadejo está excelente.

—Me alegra que le guste, señor. —Radiante, la señora Shute se fue por la puerta que comunicaba con la cocina.

Patricia miró a Caleb.

—¿Por qué le preocupa que el corresponsal del periódico haya oído algunos rumores sobre la Sociedad de los Arcanos, señor Jones?

—Entre los miembros del Consejo existe la convicción de que para la Sociedad es mejor no ser pasto de la prensa sensacionalista. —Caleb extrajo mermelada de un bote—. Estoy de acuerdo. Pero dudo mucho que un poco de chismorreo sobre la existencia de otra sociedad secreta de investigadores psíquicos haga daño alguno. Al fin y al cabo, en Londres hay muchísimos grupos y organizaciones dedicados al estudio de lo paranormal. Uno más no importa.

—Es por eso por lo que no durmió usted el martes por la noche, ¿verdad? —Lucinda dio unos golpecitos en el periódico con su dedo índice—. Usted fue las manos invisibles de detrás del Velo que rescataron a ese chico. Eso explica las costillas magulladas y el ojo amoratado.

—Estaba presente, pero no solo. —Caleb extendió la mermelada en la tostada—. Un joven caballero llamado Fletcher, que posee un talento de lo más singular, fue el que me facilitó la entrada y se llevó rápidamente a Kit del altar y de la cámara de los sacrificios. Yo sólo debía cerciorarme de que el jefe no escapara antes de llegar la policía. ¿Sería tan amable de pasarme el café, señorita Bromley?

—¿Cómo hizo ese caballero para realizar tan asombrosa hazaña? —preguntó Patricia.

—Su talento está en la capacidad para manipular la energía de tal manera que distrae el ojo. En cierto sentido puede hacer que desaparezcan las cosas, e incluso él mismo, al menos durante un breve período de tiempo. También es habilísimo cruzando puertas cerradas a cal y canto. En esencia, es el mago primordial. —Caleb hizo una pausa, pensando—. Aunque por algún motivo nunca fue muy bueno en el escenario. Sospecho que lo incomodaba un poco estar debajo del reflector.

—¿Puede hacer desaparecer las cosas de veras? —exclamó Patricia—. Vaya, esto es increíble.

—Llevará algunas semillas de helecho en el bolsillo —soltó Lucinda con sequedad.

Patricia frunció el ceño.

—Pero si no existe tal cosa. Los helechos se reproducen por esporas.

—Ah, pero los antiguos estaban convencidos de que todas las plantas tenían que nacer de semillas —explicó Lucinda—. Y al no encontrar semillas en los helechos, llegaron a la conclusión de que aquéllas eran invisibles. Por extensión, la gente creía que llevar encima esas semillas volvía también a uno invisible. ¿Recuerdas el verso de *Enrique IV*, de Shakespeare?

—*Tenemos la receta de la semilla del helecho* —citó Caleb a través de otro bocado de huevos—. *Caminamos invisibles.*

Patricia estaba embelesada.

—Ese tal señor Fletcher da la impresión de ser un caballero muy interesante. ¿Trabaja ahora para su agencia, señor Jones?

—Sólo de vez en cuando. —Caleb se sirvió café—. Prefiero no preguntar sobre sus otras fuentes de ingresos.

Lucinda estudió su ojo todavía algo cárdeno.

—¿Con qué frecuencia su actividad de investigador lo pone en peligro, señor?

—Le aseguro que no paso todas las noches a tortazos con tarados que dirigen sectas.

Ella se estremeció.

—Espero que no.

—Por lo general tengo cosas mejores que hacer con mi tiempo —añadió Caleb.

—¿Por qué se implicó en el caso, señor? —inquirió Patricia.

Caleb se encogió de hombros.

—Gabe ha convencido al Consejo de que la Sociedad tiene la obligación de enfrentarse a criminales especialmente peligrosos que posean poderes psíquicos. Teme que la policía no siempre pueda ocuparse con eficacia de esos maleantes.

—Seguramente tiene razón —dijo Lucinda al tiempo que se servía más café—. Además, dada la fascinación que siente ahora la gente por lo paranormal, no sería nada bueno que empezaran a aparecer en la prensa reportajes sobre canallas con poderes psíquicos. La curiosidad y el interés pronto se convertirían en miedo y pánico.

Caleb interrumpió su masticación y le dirigió una mirada de extrañeza. Ella alzó las cejas.

—¿Qué pasa?

Él tragó el bocado.

—Pues que Gabe dice exactamente esto. Es evidente que los dos tienen una opinión parecida sobre estas cuestiones.

—¿Cuáles eran las habilidades del jefe de la secta? —preguntó Patricia.

—Hatcher tenía el don de atraer, engañar y manipular a los demás de una manera que sólo puede describirse como mesmeriana, aunque, hablando con propiedad, su talento no es el de un hipnotizador —explicó Caleb—. Sería más adecuado incluirlo en la categoría de los curanderos. Me llamó la atención cuando empezó a reclutar muchachos de la calle para su culto.

—¿Por qué habla del talento del señor Hatcher en pasado? —preguntó Lucinda.

El semblante de Caleb cambió bruscamente y se tornó sombrío.

—Porque al parecer ya no podrá utilizarlo con nadie salvo consigo mismo.

Patricia abrió más los ojos.

—¿Qué quiere decir?

—Ha acabado siendo víctima del mismo engaño que practicó con los miembros de la secta —explicó Caleb—. Desde luego no hay la menor duda de que, para empezar, Hatcher está algo desequilibrado, pero los sucesos del martes por la noche lo hundieron aún más en el mundo imaginario que había creado como base de sus creencias. Ahora cree realmente que logró atravesar el Velo existente entre este mundo y el Otro Lado, pero en vez de materializarse un demonio al que pudiera dar órdenes, aparecieron fuerzas oscuras para destruirlo.

—Vaya escalofriante forma de justicia —susurró Patricia.

—Sí —dijo Caleb, con una voz súbitamente desprovista de toda inflexión—. Supongo que podríamos decirlo así.

Bebió café y se quedó mirando el espejo colgado en la pared del otro extremo de la mesa, como si pudiera ver en otra dimensión. Lo que allí viera no le subiría el ánimo, pensó Lucinda. La invadió una sensación de profunda complicidad. «Teme sufrir el mismo destino que Hatcher.» Pero eso era absurdo. Como le había dicho a Patricia, Caleb ejercía un dominio absoluto sobre sus facultades.

Pero claro, ¿tenía alguien un control total de todos sus sentidos?

Lucinda dejó el periódico sobre la mesa.

—¿Qué hay de sus preguntas, señor Jones? —dijo con tono firme.

Caleb abandonó bruscamente el espejo y cualesquiera pensamientos oscuros que lo hubieran tenido absorto durante unos instantes. Se concentró en Lucinda, intensificando la expresión una vez más.

—Ayer hablé con tres botánicos de su lista, Weeks, Brickstone y Morgan. Todos aseguraron no conocer a nadie que respondiera a la descripción de Hulsey y, por supuesto, me inclino a creerlos.

—Estoy de acuerdo —dijo Lucinda—. Entonces queda la boticaria, la señora Daykin, que solicitó una visita más o menos una semana antes de que apareciera Hulsey.

—Así es. —Sacó del bolsillo una libreta que abrió de golpe—. Hoy intentaré localizarla. Hay en ella algo que me interesa.

—¿Qué es lo que despierta su curiosidad?

—Es sólo un presentimiento.

Lucinda sonrió.

—O sea, que su talento está trabajando.

Caleb se comió la tostada de un mordisco.

—Esto también. Ya he mirado en los archivos. Ella no está registrada como miembro de la Sociedad. No obstante, ¿cree que hay alguna posibilidad de que tenga una capacidad similar a la de usted?

—No me cabe duda —respondió Lucinda—. Aunque no es ni mucho menos tan fuerte como yo. Cuando la señora Daykin estuvo aquí, sí aludí a la posibilidad de que tuviera alguna habilidad psíquica, pero ella actuó como si no me entendiera.

—Quizá no sea consciente de ello —señaló Caleb—. Muchas personas con niveles moderados de talento dan por sentadas sus facultades, las consideran normales. Sólo ponen en entredicho estos poderes cuando son especialmente fuertes o de una índole inusual o perturbadora.

—Sí, supongo que es así.

Caleb buscó en su abrigo y sacó un lápiz.

—Muy bien, daré por hecho que la señora Daykin tiene cierto talento. ¿Qué más puede decirme?

—Me temo que muy poco. La vi sólo esa vez que solicitó la visita. Parecía acercarse ya a los cincuenta. Se presentó como señora Daykin, pero algo que dijo me dio a entender que vivía sola encima de su tienda.

Caleb alzó la vista.

—¿Me está diciendo que no cree que esté casada?

Lucinda titubeó, pensando en la pregunta.

—No estoy segura. Como he dicho, fue sólo una impresión. Quizá su esposo murió. En todo caso, no llevaba ninguna señal de luto. Pero en la visita sí mencionó que tenía un hijo. Es verosímil que una mujer con un hijo nacido fuera del matrimonio use el título de casada.

—¿Qué tal le va el negocio?

—No lo sé con seguridad. Nunca he ido a su tienda. Pero desde luego iba bien vestida, y lucía un collar de camafeos con aspecto de ser caro. Yo diría que no puede quejarse.

—¿Le cayó bien?

—No es la persona más agradable que he conocido —dijo Lucinda secamente—. Lo único que teníamos en común era nuestro interés en las propiedades medicinales de las hierbas.

—¿Cómo se enteró ella de los ejemplares que tiene usted en el invernadero?

Patricia lo miró sorprendida.

—En el ámbito de la botánica, todos saben sobre los especímenes de Lucy, señor Jones. No es nada extraño que una boticaria próspera estuviera al corriente de la colección de mi prima, ni que tuviera curiosidad por verla.

—Salta a la vista que la señora Daykin es boticaria desde hace tiempo —dijo Caleb, que se volvió hacia Lucinda—. ¿Se había puesto en contacto antes con usted alguna vez?

—No —respondió Lucinda—. Sólo ha habido esa visita.

—¿Que fue cuándo? —preguntó Caleb.

Lucinda puso mala cara.

—Temía que me preguntase esto. No recuerdo la fecha exacta, pero estoy segura de que anoté algo en mi diario. En todo caso, no fue mucho antes de la visita de Hulsey.

—¿Le enseñó el helecho?

—Sí, y también muchos otros ejemplares que, a mi juicio, una boticaria consideraría de interés. De todos modos, no mostró una excesiva curiosidad por mi *Ameliopteris amazonensis*.

Patricia bajó su taza.

—Quizá disimuló su interés.

—¿Por qué iba a hacer eso? —dijo Lucinda.

En los ojos de Caleb prendió una llama extraña.

—Porque ella está relacionada con Hulsey —dijo muy bajito—. Sabía que él estaría interesado en el helecho. La envió él, sin duda.

—¿Cree esto de veras? —preguntó Patricia.

—La fecha de la visita de la señora coincide con la desaparición del Tercer Círculo. Hulsey estaría sin patrocinador y desesperado por reanudar sus investigaciones sobre los sueños. Sospecho que envió aquí a Daykin en una especie de misión de reconocimiento. Seguramente la mandó también a muchos otros jardines botánicos en busca de hierbas y plantas que él pudiera utilizar. —Miró a Lucinda—. Pero la colección de usted suscitó en él un interés especial.

—¿Por qué? —preguntó Patricia.

—Porque Hulsey es miembro de la Sociedad —explicó

Caleb—. Sin lugar a dudas sabe que los padres de la señorita Bromley no eran simples botánicos, sino botánicos de prestigio. Tenía sobradas razones para suponer que la colección de este invernadero contendría especímenes con propiedades psíquicas. No obstante, primero mandó a Daykin a inspeccionar porque no quería correr el riesgo de venir si no era preciso. Sabrá que la Sociedad lo está buscando.

Lucinda pensó sobre eso.

—Es decir, cuando ella le informó de que en mi colección había cierto helecho con propiedades psíquicas, él solicitó una visita a fin de comprobar por sí mismo si le sería útil o no y urdir un plan para robarlo.

Caleb asintió una vez, ahora muy convencido.

—Encaja.

—¿Y qué pasa ahora? —preguntó Patricia.

Caleb cerró la libreta.

—En cuanto termine este excelente desayuno, haré una visita a la señora Daykin.

—Iré con usted —dijo Lucinda.

Caleb torció el gesto.

—¿Por qué demonios quiere venir?

—Algo me dice que quizás a la señora Daykin le resulte un poco incómodo hablar con usted. Mi presencia servirá para tranquilizarla.

—¿Insinúa usted que yo podría ponerla nerviosa?

Lucinda le dedicó su sonrisa más afable.

—Tenga la seguridad de que no hay ningún problema con su refinada y alegre personalidad social, señor. Es sólo que algunas mujeres pueden sentirse alarmadas al ver a un caballero que parece haber participado hace poco en una pelea a puñetazos. —Se aclaró la garganta de forma intencionada—. Un caballero que participó en una pelea.

A Caleb se le ensombreció el semblante.

—No había pensado en eso.

—Es difícil pasar por alto las consecuencias de la violencia reciente —prosiguió ella con voz suave—. Usted no lo creerá, pero sé de buena fuente que a ciertas personas delicadas de los nervios estas cosas pueden asustarles mucho.

Caleb volvió a mirar el espejo y espiró resignado.

—Quizá tenga razón. Menos mal que sus nervios no se alteran fácilmente, señorita Bromley.

15

La estrecha calle estaba envuelta en niebla. Desde el interior del carruaje era difícil distinguir la oscura hilera de tiendas, no digamos ya leer los nombres de los letreros. Por las venas de Caleb vibraba la expectación. Hoy iba a descubrir aquí algo importante. Estaba convencido.

—Apenas se ve a un par de metros —dijo a Lucinda.

Ella lo miró.

—Según parece, para usted esto es bueno.

—La señora Daykin no advertirá nuestra presencia hasta que abramos la puerta y entremos en su tienda.

—¿Está seguro de que está implicada en el asunto, ¿verdad?

—Sí, y si no voy errado ella tendrá buenas razones para recelar de los dos. De mí porque soy un desconocido, y encima con la cara maltrecha. De usted, por el robo del helecho.

—Pero ¿y si usted está equivocado y ella es inocente?

—Entonces no tendrá ningún reparo en responder a nuestras preguntas, sobre todo estando usted presente para garantizarle que yo no soy un miembro del hampa.

Caleb abrió la portezuela y bajó la escalerilla del carruaje tratando de no dar a sus costillas más sacudidas de las necesarias. Gracias a los tónicos de Lucinda hoy se encontraba mucho mejor, pero aún sentía dolor en algunas partes.

La perspectiva de obtener respuestas era asimismo muy terapéutica. La fría emoción de la caza era como aguanieve en sus venas. Cuando alzó el brazo para ayudar a Lucinda, reparó en que ella también estaba tensa por los nervios. En el aire que les rodeaba palpitaba energía. La intimidad de la sensación compartida lo excitó. Caleb se preguntó si ella había sentido el mismo arrebato sensual.

Lucinda se bajó el velo del sombrero para taparse la cara y le tendió la mano enguantada. Él cerró los dedos alrededor de los de ella, deleitándose en los contornos de los delicados y femeninos huesos. También notó la forma del anillo bajo la tela del guante. Cuando Lucinda le agarró la mano algo más fuerte para mantener el equilibrio en los peldaños, él se quedó sorprendido por la intensidad del apretón. Todo ese trabajo de jardinería en el invernadero, pensó. Lucinda era más fuerte de lo que parecía.

Caminaron hasta la puerta de la tienda. Los escaparates no estaban iluminados.

—Con la niebla que hay, sería lógico que hubiera luz dentro —comentó Lucinda—. El interior estará muy oscuro.

—Sí —dijo Caleb, mientras lo recorría una certidumbre fría, fantasmal—. Muy oscuro, en efecto. —«La oscuridad de la muerte», susurraron sus sentidos.

Intentó abrir la puerta. Estaba cerrada.

—Cerrada —exclamó Lucinda, consternada—. Hemos perdido el tiempo.

—No forzosamente. —Caleb buscó en el bolsillo del abrigo y sacó una pequeña ganzúa.

Lucinda tuvo un sobresalto.

—Santo cielo, señor, no irá usted a entrar en la tienda por la fuerza.

—En el escaparate no hay ningún letrero que ponga «cerrado» —dijo Caleb—. Usted tiene una relación profesional con ella. Es de lo más razonable que, preocupada por si la señora Daykin ha tenido un accidente o ha caído enferma, entre usted a comprobarlo.

—Pero nada indica que pase algo raro.

—Toda prudencia es poca. Sitios peligrosos, las boticas.

—Pero...

Caleb abrió la puerta, cogió a Lucinda del brazo, la arrastró adentro y cerró de nuevo antes de que ella pudiera terminar la frase.

—Bueno, supongo que un poco de allanamiento de morada no es mucho comparado con el riesgo de ser detenida por haber envenenado a lord Fairburn —dijo Lucinda, con la voz algo más débil y aguda de lo habitual pero, por lo demás, gratamente serena.

—Así me gusta, señorita Bromley —dijo Caleb—. Siempre digo que hay que buscar consuelo en la desgracia.

—Tengo la impresión de que no había dicho algo así antes en toda su vida, señor Jones.

—Los dotados de un temperamento positivo y alegre siempre decimos esa clase de tonterías.

Caleb no le veía los ojos debido al velo, pero notaba que ella le dirigía esa mirada de complicidad tan suya.

—Está excitado, ¿verdad? —dijo Lucinda.

Él se sintió como si se hubiera estrellado contra un muro de piedra. Se le vaciaron de aire los pulmones. «Dios mío.» Desde el principio de su relación había sido consciente de que era una mujer fuera de lo común. En cualquier caso, incluso para ella era una pregunta muy directa.

—¿Cómo? —Era lo que decía cuando no se le ocurría nada mejor.

—Sus sentidos físicos —explicó ella con calma—. Están excitados. Percibo la energía que se arremolina a su alrededor.

—Mis sentidos. Correcto. «Excitado.» Se puede decir con esta palabra. —Se concentró en la inspección de la estancia—. No es la que yo uso normalmente, pero es bastante precisa. A su manera.

—¿Qué palabra prefiere usted?

—«Elevado. Potenciado. Abierto. Caliente.»

—Caliente. Um. Sí, es una buena descripción de lo que se siente cuando se utiliza el talento al máximo. Hay una sensación de calor, como cuando uno camina, corre o sube unas escaleras muy deprisa. Este ejercicio se traduce en una percepción de ardor. El pulso late más deprisa. Una persona puede incluso llegar a transpirar a consecuencia del calor interno.

La imaginación de Caleb hizo aparecer una imagen fascinante del cuerpo de ella, húmedo por el calor del deseo sexual. Se le aceleró el pulso al instante.

—La energía es energía —rezongó Caleb—, con independencia del punto del espectro donde se produzca.

—Nunca había pensado en esto en términos de física.

Caleb notó que apretaba la mandíbula.

—Señorita Bromley, quizá podríamos continuar esta interesante conversación en otro momento. Creo que nos distrae.

—Sí, naturalmente. Lo siento.

Él volvió a centrar la atención en el interior de la tienda. Las espesas sombras formaban una penumbra palpable tan densa como la niebla del otro lado de los escaparates. El ambiente estaba impregnado de la fragancia de especias, flores y hierbas secas, así como de aromas medicinales más acerbos.

—Dios mío —susurró Lucinda—. Mi helecho.

—¿Qué? ¿Dónde?

—Me temo que la señora Daykin está distribuyendo veneno en este local. —Se le pusieron los hombros rígidos—. Un veneno elaborado con mi helecho.

—¿Está segura?

—Lo detecto. —Caminó despacio por la tienda hasta colocarse detrás del mostrador principal—. Aquí hay restos.

Caleb la miró.

—¿Es el veneno que mató a Fairburn?

—Sí. —Lucinda se puso a abrir cajones y armarios—. Pero no creo que guarde aquí ninguna provisión. Como he dicho, puedo detectar simples indicios. En el pasado, la señora Daykin ha vendido también otras clases de venenos. También los percibo.

—Supongo que esto explica que su negocio sea boyante.

Caleb comenzó a rondar por la estancia usando lo que él consideraba su otra visión para captar detalles de un modo que habría sido imposible si se hubiera basado sólo en sus cinco sentidos normales. Añadió un ladrillo tras otro al laberinto multidimensional que estaba construyendo en su mente.

—¿Qué está buscando? —preguntó Lucinda.

—Cosas —dijo él con aire ausente—. Detalles. Elementos que encajan y que no encajan. Lo lamento, Lucinda. No sé cómo explicar mis facultades.

—¿Y si la señora Daykin regresa y nos sorprende en su local? —preguntó ella con inquietud.

—No lo hará.

—¿Cómo puede estar tan seguro?

Caleb hojeó un montón de recetas.

—No creo que la señora Daykin esté entre los vivos.

—¿Está muerta?

—En mi opinión hay un noventa por ciento de probabilidades de que la respuesta sea «sí».

—Pero por Dios, ¿cómo lo sabe? —Lucinda levantó el velo arrugándolo por encima del ala de su sombrero y lo miró con una expresión de puro asombro—. ¿Qué hay en el ambiente de esta estancia que le habla de muerte?

—Hay cierta clase de residuo psíquico perteneciente a fuerzas malignas y acciones de gran violencia.

—¿Y puede percibirlo?

—Es parte de mi don. —Abrió un cajón y sacó un fajo de papeles—. O mi maldición, según se vea.

—Entiendo —dijo ella con tacto—. Debe de ser una habilidad problemática, dada la violencia que hay en el mundo.

Caleb la miró a través del mostrador y se sintió empujado a contarle toda la verdad, aun sabiendo que después ella quizá lo despreciaría.

—Sin duda le asombrará saber que, en momentos como éste, experimento lo que sólo puede describirse como una excitación estimulante.

Lucinda no se inmutó.

—Comprendo.

Él sólo pudo mirarla unos segundos. Tal vez ella no le había oído bien.

—Lo dudo mucho, Lucinda.

—Su reacción no tiene nada de extraño, señor. Está usted utilizando sus sentidos del modo previsto por la naturaleza. Yo experimento una sensación muy parecida de íntima satisfacción cuando soy capaz de preparar una tisana curativa que puede mejorar el ánimo de una persona o incluso salvarle la vida.

—A diferencia de usted, yo no me dedico a salvar vidas ni a la locura —señaló él—, sino que busco respuestas a los acertijos planteados por la violencia.

—Y en el proceso usted salva vidas —precisó ella—, como salvó a ese chico secuestrado por la secta.

Caleb no estaba seguro de cómo responder a esto.

—Créame si le digo que quienquiera que haya venido aquí con la violencia en la mente se ha marchado con la absoluta seguridad de que su misión ha tenido éxito.

—¿También puede detectar esto?

—Sí.

Lucinda miró el fajo de papeles que él había sacado del cajón.

—¿Qué es esto?

—Recetas. Las últimas llevan fecha de ayer; no hay ninguna de hoy. —Dejó caer las recetas en el cajón y cogió el periódico que había en un estante de detrás del mostrador—. De ayer. En esta tienda todo se detuvo en algún momento de la víspera.

—¿No puede ser simplemente que la señora Daykin se marchara con prisas?

Caleb abrió la caja registradora y sacó un puñado de billetes y algunas monedas.

—Si se hubiera ido del local, desde luego se habría llevado las ganancias de la jornada.

Lucinda contempló el dinero con semblante triste.

—Sí. —Se le pasó una idea por la cabeza—. ¿Está diciendo que ella aún sigue aquí?

Caleb examinó una hilera de pequeños tarros de botica pulcramente rotulados.

—Arriba, sin duda.

—¡¿Está usted paseándose por aquí, buscando pistas tranquilamente, sabiendo que en lo alto de las escaleras hay una mujer muerta?!

Por primera vez, ella sonaba realmente horrorizada; no, escandalizada.

Él la miró, frunciendo levemente el ceño.

—Es así como trabajo. Me gusta tener el cuadro completo. Me ocuparé del cadáver a su debido tiempo...

—Por el amor de Dios. —Lucinda se encaminó hacia las escaleras—. Nos ocuparemos del cadáver ahora. Para su información, señor, los muertos van primero. Las pistas pueden esperar.

—¿Por qué? —preguntó él, perplejo—. La mujer murió hace horas. Muy probablemente durante la noche. Da lo mismo si nuestro descubrimiento se retrasa unos minutos.

Pero Lucinda ya estaba subiendo, agarrada la falda con ambas manos. Los barredores volantes del bajo se agitaban entre los pasos dejando ver imágenes fugaces de los botines de tacón alto.

—Es una cuestión de decencia y respeto, señor —dijo con tono severo.

—Sí, sí... —La siguió escaleras arriba—. No lo había pensado en estos términos.

—Evidentemente. Está usted demasiado concentrado en buscar pistas y pruebas.

—Es lo que hago, Lucinda. —De todos modos, continuó tras ella. No quería que descubriera el cadáver sola. Podía echar a perder involuntariamente pruebas importantes.

—¿Cree de veras que encontraremos el cadáver de la señora Daykin en sus habitaciones? —preguntó Lucinda cuando alcanzó el descansillo.

—Es difícil ocultar y transportar un cadáver. ¿Por qué se tomaría el asesino la molestia de quitar a la víctima de la escena del crimen?

—¿Víctima...? —Lucinda hizo una pausa, la enguantada mano en el pomo de la puerta—. Entonces cree que se trata de un asesinato.

—Bueno, sí, claro, ¿no es de eso de lo que estábamos hablando?

La mano de ella se apretó en torno al pomo.

—Pensaba que quizá se hubiera quitado la vida.

—¿Suicidio? ¿Por qué demonios haría ella eso?

—Sentimiento de culpa. Por todo el veneno mortal que aparentemente ha vendido.

—Al parecer llevaba comerciando con esto desde hacía tiempo. Me parecería extraño que en las últimas veinticuatro horas hubiera empezado a remorderle la conciencia.

Caleb se estaba preocupando por momentos. Lucinda parecía haberse sumido en un estado de ánimo extraño. Quizá porque estaban a punto de encontrar un cadáver. No, no era sólo eso, resolvió Caleb. Había algo más. Él era un inepto a la hora de explicar emociones fuertes, pero desde luego cuando las veía las reconocía. Tras la fachada de una serenidad fría, Lucinda estaba nerviosa.

Él extendió la mano hacia el pomo y cubrió la mano enguantada con la suya.

—¿Pasa algo malo?

Ella lo miró con terror en los ojos.

—¿Y si la señora Daykin fue asesinada por culpa mía, Caleb?

—Maldición, o sea que éste es el problema. —Le cogió la cara con las manos enguantadas obligándola a mirarle a los ojos—. Escuche con atención, Lucinda. Lo que haya pasado en esta habitación no es culpa suya. Si la señora Daykin está muerta, como yo creo, es porque ella estaba de algún modo involucrada en este asunto del veneno.

—Tal vez era sólo una persona inocente que cometió el error de decirle al doctor Hulsey que yo poseía un helecho fuera de lo común.

—Basta, Lucinda. La señora Daykin era lo que usted quiera menos una persona inocente. Usted misma ha dicho que llevaba tiempo vendiendo veneno.

—¿Y si quien vendía el veneno en esta tienda era otra persona? Un empleado, por ejemplo. Es muy posible que la señora Daykin no supiera en ningún momento qué estaba sucediendo.

—Ella lo sabía.

—Era boticaria, una mujer con capacidad para curar, seguramente nunca...

—Ya conoce el viejo dicho, «lo que es lo bastante fuerte para sanar es lo bastante fuerte para matar». Sin duda el negocio del veneno sale a cuenta. Comprendo que alguien actúe movido por la codicia.

Suavemente pero con firmeza, apartó la mano de ella del pomo y abrió la puerta. Se derramó hacia fuera el miasma de la muerte.

—Cielo santo. —Lucinda sacó de un bolsillo del abrigo un primoroso pañuelo de hilo bordado que se llevó a la nariz y la boca—. Tenía usted razón.

Caleb sacó su propio pañuelo para atenuar el olor. Por desgracia, nada pudo suavizar el impacto físico. El cadáver ya no generaba aura ni energía de ninguna clase, pero el acto de morir dejaba su huella en una estancia.

No había indicios de violencia física. Daba la sensación de que la mujer del suelo simplemente había sufrido un colapso.

Sin embargo, los ojos y la boca estaban totalmente abiertos en una expresión paralizada de horror.

—Es la señora Daykin —dijo Lucinda en voz baja.

—¿Envenenada? —preguntó el.

Lucinda se acercó a la mujer muerta. Se quedó un momento mirándola. Percibió un susurro de corrientes psíquicas y supo que estaba agudizando sus sentidos.

—No —contestó, muy segura de sí misma—. Pero tampoco veo señales de heridas. Quizás ha sufrido una apoplejía o un ataque cardíaco.

—Demasiada coincidencia, ¿no le parece?

—Sí. Pero si no fue por causas naturales, ¿cómo murió?

—No lo sé, pero desde luego fue asesinada. Es más, ella dejó entrar al asesino en la habitación.

—¿Puede percibir esto? —inquirió ella, a todas luces impresionada.

—No, lo deduzco del hecho de que no hay signos de allanamiento de morada.

—Ah, sí, ya sé qué quiere decir. ¿Un amante, acaso?

—O un socio. En mi breve carrera de investigador, he descubierto que también pueden traicionar.

Manteniendo los sentidos abiertos, Caleb buscó en la habitación de manera rápida y metódica. Por el rabillo el ojo vio a Lucinda acercarse a una mesa auxiliar y coger una fotografía enmarcada.

—Será su hijo —dijo—. El que mencionó el día que me visitó. Hay en él algo familiar.

Caleb se enderezó y estudió la imagen. Era un joven de veintipocos años. Posaba rígido vestido con un traje oscuro. Empezaba a caérsele el pelo. Miraba al observador con la intensidad propia de los retratos fotográficos.

—¿Lo reconoce? —preguntó Caleb.

—No. Sólo ha sido un momento, al ver la foto, cuando he tenido la fugaz sensación de que me recordaba a alguien que conocía. —Negó con la cabeza y dejó la fotografía sobre la mesa—. Seguramente he advertido el parecido con su madre.

Caleb echó una mirada a Daykin.

—No se le parece mucho, pero supongo que tiene un aire a ella.

—Sí. —Lucinda lo vio abrir los cajones de un pequeño escritorio—. ¿Algo interesante por ahí?

—Facturas, cartas a empresas que le suministraban hierbas y sustancias químicas. —Revolvió otro montón de papeles—. Nada de carácter personal. —Ya se alejaba del escritorio, pero se paró al ver el trocito de papel medio oculto tras un pequeño armario. Lo sacó.

—¿Qué es? —inquirió Lucinda.

—Una serie de números. Parece la combinación de una caja fuerte.

—No veo ninguna —dijo Lucinda.

A Caleb lo invadió una oleada de certidumbre.

—Está aquí, en algún sitio.

La encontró poco después, escondida tras la cabecera de una pequeña cama. La combinación escrita en el trozo de papel la abrió de inmediato. Dentro había una libreta y tres paquetes pequeños.

Caleb percibió que le estallaba de nuevo la energía y lo reconoció por intuición. Lucinda.

Ella extendió la mano para detener el brazo de Caleb.

—Cuidado. Estos paquetes contienen veneno, de la misma clase que mató a lord Fairburn.

Caleb, que no puso en duda las palabras de ella, rebosaba satisfacción.

—Ya le he dicho que la señora Daykin no era una persona inocente —dijo. Sacó la libreta y la hojeó con rapidez.

—¿Qué es esto? —inquirió Lucinda atisbando por encima del hombro de Caleb—. No se entiende nada.

—Es un código. —Caleb observó las crípticas notas durante unos segundos y sonrió ligeramente cuando el patrón se hizo visible—. Uno muy sencillo. Creo que hemos encontrado el registro de las transacciones de la señora Daykin relativas a las ventas de veneno. Spellar estará encantado. Esta libreta le proporcionará la información que necesita para cerrar no sólo el caso Fairburn sino también algunos otros.

—¿Por qué demonios llevaría la señora Daykin la cuenta de estas operaciones? Es una prueba condenatoria.

Otro susurro de certeza agitó los sentidos de Caleb.

—Llegaría a la conclusión de que el riesgo pesaba más que las ventajas comerciales.

—¿Qué quiere decir?

Caleb sostuvo la libreta en alto.

—Este diario constituye un excelente material de chantaje.

—Vaya por Dios. La señora Daykin se aprovechaba a la ida y a la vuelta. Primero vendía el veneno y luego extorsionaba a quienes lo utilizaban.

—Una mujer de negocios en toda regla.

16

Tres días después, a la una de la madrugada, Lucinda estaba sentada con Victoria en un banco acolchado de terciopelo emplazado en una galería que daba a un rutilante salón de baile.

Contemplaban juntas la esplendorosa escena. La recepción de los recién prometidos Thaddeus Ware y su novia, Leona Hewitt, estaba en su punto álgido. Sin embargo, no era a los invitados de honor a quienes miraban Lucinda y Victoria.

—Forman una pareja muy atractiva —dijo Victoria, escudriñando por medio de sus gemelos—. Pero me temo que está descartado el casamiento. El joven señor Sutton no servirá.

—Qué pena —dijo Lucinda—. Parece un caballero muy agradable.

—Lo es. —Victoria bajó los gemelos y se entonó con un sorbo de champán—. Simplemente no es adecuado para su prima.

—¿Desde aquí puede concluir esto?

—A esta distancia sólo tengo una sensación imprecisa de las corrientes que resuenan entre ellos, pero me basta para estar segura de que él no conviene a Patricia. —Hizo una pequeña señal en su libreta y levantó los gemelos de nuevo hasta sus ojos con precisión militar.

Lucinda siguió la mirada de Victoria. Abajo, numerosísimas parejas elegantemente vestidas, entre ellas Patricia y el inapropiado señor Sutton, bailaban al sensual compás de un vals. Patricia parecía a la vez inocente y cautivadora con su vestido de satén rosa pálido adornado con un velo de tul rosa. Llevaba los brazos enfundados en largos guantes rosa. Delicados aderezos de flores de color rosa centelleaban en su pelo.

Lucinda era muy consciente de que ella tenía un aspecto muy distinto. No fue «inocente» la palabra que se le ocurrió. La modista de Victoria le había elegido seda azul cobalto. «Perfecto para *les cheveux rouges* y estos ojos azules», había declarado madame LaFontaine con un acento francés espantoso cuyo origen estaba casi seguro cerca de los muelles, no en París.

El vestido era muy escotado para revelar lo que Lucinda consideraba una atrevida extensión de hombros y pecho. Madame LaFontaine se había negado a subir el escote más de un centímetro. Victoria se había mostrado de acuerdo. «El secreto para sobrellevar la mala reputación es hacer alarde de ella», había dicho a Lucinda. «Debe ser valiente.»

Lucinda no estaba del todo segura de que el planteamiento de la mujer de mundo fuera el correcto, pero no se podía negar que Victoria sabía de qué hablaba en lo concerniente a casar a los demás. La tarjeta de baile de Patricia estaba totalmente llena. Cuando la fiesta terminara estaría exhausta, pensó Lucinda con una leve sonrisa. Sus zapatillas probablemente tendrían agujeros en las suelas. Cada vez que abandonaba la pista, Patricia apenas tenía tiempo de tomar unos sorbos de limonada antes de que apareciera el siguiente joven a reclamar su turno.

—¿Qué ve cuando mira una habitación llena de gente, lady Milden? —preguntó Lucinda.

—Muchas parejas que jamás deberían haberse casado y un número similar de relaciones ilícitas.

—Debe de ser bastante deprimente.

—Lo es. —Victoria dejó a un lado los gemelos y tomó otro sorbo de champán—. Pero veo que mi nueva actividad como casamentera me ayuda mucho a subirme el ánimo. Un emparejamiento satisfactorio es como un antídoto, ya ve.

—Según mis cuentas, Patricia ha bailado con nueve candidatos diferentes —dijo Lucinda—. ¿Cuántos más hay?

—De mi archivo dos más, si bien he visto a varios caballeros que, aun no siendo clientes míos, se las han ingeniado para poner su nombre en la tarjeta de ella. Me parece bien. Siempre me gusta dejar un margen para lo imprevisto. A veces dos personas se conocen y ya está, sin ayuda de ninguna casamentera. No quiero descartar esta posibilidad. Al fin y al cabo, es así como se conocieron Thadeus y Leona.

—¿En un baile como éste?

—Bueno, no exactamente —dijo Victoria—. De hecho, en una galería de arte.

—Ah, tienen intereses artísticos en común.

—No —dijo Victoria—. Fue en mitad de la noche, y lo que los reunió no fue un interés mutuo en el arte. Estaban allí para robar cierto artefacto de un hombre muy malo. Casi los matan.

—Cielo santo. Qué cosa más... —se calló un momento porque no encontraba la palabra adecuada— insólita.

—Hay parejas insólitas. Él tiene talento para la hipnosis. Ella interpreta cristales.

Lucinda miró a Thaddeus y Leona. No era casamentera, pero incluso a distancia percibía el vínculo de intimidad entre ellos. Se apreciaba en el modo en que Thaddeus permanecía cerca de su prometida y en el modo en que ella le sonreía.

—Han tenido mucha suerte de haberse conocido —dijo con calma.

—Sí —dijo Victoria—. En cuanto los vi juntos, supe que formaban una pareja perfecta.

—¿Qué hará si ninguno de los caballeros que hay aquí esta noche resulta idóneo para Patricia?

—He programado varias meriendas, conferencias y visitas

a galerías y museos, amén de otro baile la semana que viene. No tema, encontraré a alguien para ella.

—Adopta usted una actitud muy positiva hacia su trabajo.

—Es fácil cuando se tiene una clienta tan encantadora como su prima —dijo Victoria.

—¿Qué pasa cuando un potencial cliente no es especialmente encantador?

Victoria le dirigió una mirada penetrante, escrutadora.

—¿Por qué lo pregunta?

Lucinda se ruborizó.

—Era sólo una cuestión hipotética.

Victoria cogió los gemelos y volvió a prestar atención a la pista de baile.

—Si se refería a Caleb Jones, es improbable que el problema llegue siquiera a plantearse.

—¿Por qué no?

—Caleb Jones es un hombre complicado, y cada día más.

—¿Es una forma educada de decir que nunca encontrará una buena pareja?

—Tengo entendido que últimamente ha pasado usted algún tiempo con él. Se habrá dado cuenta de que Jones no ve el mundo de una manera normal, como la mayoría de la gente. Y en lo concerniente a las convenciones sociales, es del todo imprevisible.

Lucinda pensó en la costumbre de Caleb de aparecer cada mañana ante su puerta.

—No se ajusta a las normas habituales del protocolo —dijo—. Lo admito.

—Bah. Él sabe cómo comportarse. Después de todo, es un Jones. Pero sus modales son realmente deplorables. Con los demás se muestra impaciente hasta el punto de ser grosero, y siempre que es posible evita los actos sociales. Sé de buena fuente que, cuando se halla en casa, todo el rato que está despierto lo pasa solo en el laboratorio y la biblioteca. ¿Cuántas mujeres serían felices con un hombre así?

—Bueno...

—Se casará, por supuesto. Para un Jones es una obligación. No obstante, dudo mucho que acuda a mí en busca de pareja —soltó Victoria con desdén—. Gracias a Dios.

—¿Cree de veras que no podría encontrarle una buena pareja?

—Digamos sólo que, en mi opinión, es muy improbable que Caleb Jones y la mujer con la que al fin se case lleguen a conocer la verdadera felicidad conyugal. Aunque no por eso constituirían un matrimonio excepcional. De hecho, en la buena sociedad es la norma.

—Reconozco que el señor Jones puede ser un tanto brusco, pero a mi juicio lo que usted percibe como personalidad difícil es tan sólo una consecuencia de su talento y del autocontrol que utiliza para dominarlo.

—Tal vez esto sea cierto, pero cuando usted tenga mi edad, querida, comprenderá que un grado tan extremo de autodominio no es particularmente deseable en un hombre. Tiende a volverlo rígido, inflexible e implacable.

Precisamente había hecho a Patricia una observación parecida, se recordó Lucinda a sí misma. De todos modos, era descorazonador explayarse en las razones por las que Caleb no encontraría nunca la felicidad.

—Mire, dudo mucho que Caleb vaya a advertir siquiera su falta de satisfacción conyugal —prosiguió Victoria, como si le hubiera leído el pensamiento a Lucinda—. No es propio de él enamorarse. Colocará un anillo en el dedo de una mujer, la dejará embarazada y luego se retirará a su laboratorio y su biblioteca.

—¿Me está diciendo que el señor Jones es inmune a las pasiones fuertes? —preguntó Lucinda asombrada.

—En una palabra, sí.

—Sin ánimo de ofender, madame, pero está usted muy equivocada.

Ahora le tocaba a Victoria sorprenderse.

—Jamás habría dicho que usted consideraría a Caleb Jones capaz de experimentar las sensibilidades más delicadas.

—Quizá «sensibilidades delicadas» no sería la expresión más adecuada, pero le aseguro que es capaz de sentir emociones intensas y sentimientos muy profundos.

Victoria abrió los ojos de par en par.

—Vaya, señorita Bromley, me deja sin habla. Es usted la única persona que conozco capaz de hacer una afirmación así sobre Caleb Jones.

—Me parece que es un hombre muy incomprendido, incluso en el seno de su familia.

—Fascinante —murmuró Victoria—. Hablando de Caleb, me pregunto dónde estará esta noche. Como decía, evita los asuntos sociales siempre que puede, pero tiene un sentido de responsabilidad hacia la familia. Yo esperaba que se dejaría caer por aquí al menos por unos minutos. Al fin y al cabo, él y Thaddeus son primos.

—Creo que el señor Jones está muy ocupado con su actual investigación —dijo Lucinda.

Defender a Caleb y explicar sus actividades comenzaba a ser una costumbre, pensó, una mala costumbre, sin duda. También del todo innecesaria. Si había algún hombre que sabía cuidar de sí mismo, un hombre a quien no le importaba lo más mínimo la opinión de los demás, éste era Caleb.

A decir verdad, Lucinda no tenía ni idea de dónde se encontraba él ni de qué estaría haciendo. No lo había visto desde el desayuno. Caleb había llegado puntualmente a las ocho y media, había engullido una buena ración de huevos y tostadas, había dicho algo sobre consultar con el inspector Spellar, y se había ido a toda prisa en un coche de caballos.

Aunque él evidentemente estaba durmiendo mejor, a Lucinda cada vez le preocupaba más la leve, malsana, tensión que aún se apreciaba en el aura. Pensó si debía cambiar los ingredientes de la tisana. Pero sus sentidos le aseguraban que había preparado el tónico adecuado.

Una súbita toma de conciencia la sacó del ensueño. Miró a la pista de baile y enseguida lo vio. Estaba de pie en un hueco oscuro, oculto parcialmente por un biombo decorativo. Observaba con atención a los que bailaban, como el león que, en un abrevadero, vigila una manada de antílopes desprevenidos.

—Allí está el señor Jones —dijo.

—¿Cuál de ellos? —dijo Victoria con aire distraído—. Esta noche hay muchos.

—Caleb. —Lucinda indicó con el abanico—. Detrás de las palmas.

—Sí, ya lo veo. —Victoria se inclinó hacia delante para mirar más atentamente con los gemelos—. Típico de él entrar a hurtadillas por una puerta lateral para no usar la entrada principal y eludir así las formalidades. Ya se lo he dicho, detesta esta clase de actos sociales. Si hemos de guiarnos por la historia, se quedará cinco minutos y se esfumará.

Quizá no planeaba quedarse mucho rato, pero se había tomado su tiempo para cambiarse de ropa y ponerse un traje de etiqueta blanco y negro, advirtió Lucinda. La chaqueta y los pantalones, de elegante corte, y la blanquísima camisa de lino recalcaban la invisible aura de poder que siempre parecía brillar a su alrededor.

Caleb abandonó el hueco y se puso a merodear por la periferia de la multitud, e inclinó la cabeza secamente una o dos veces ante ciertos individuos con los que se cruzó pero logrando evitar la conversación. Se abrió camino hasta Thaddeus y Leona, habló con ellos un momento y alzó la vista hacia la galería.

La vio enseguida. Ella se quedó sin respiración.

«Es como si él hubiera sabido dónde encontrarme exactamente», pensó Lucinda.

Dijo algo más a Thaddeus, saludó cortésmente con la cabeza a Leona, y luego se marchó, desapareciendo por lo que parecía ser un pasillo del servicio. Lucinda se recostó, aplacando con firmeza la intensa punzada de decepción que sentía. ¿Qué esperaba? ¿Que la buscara para una breve conversación?

Victoria chasqueó los dedos.

—Zas, ya se ha ido. Típico. Imagine intentar encontrar pareja para un hombre que no se toma la molestia siquiera de invitar a una dama a bailar.

—Sería todo un reto, desde luego —admitió Lucinda.

«Pero prefiero que se haya ido a tener que verlo salir a la pista con una de las mujeres de ahí abajo», pensó. Reparar en esto la perturbó. Apretó el abanico cerrado que tenía en la mano. No debía enamorarse de Caleb Jones.

—Ah, el señor Riverton se acerca a Patricia —dijo Victoria con cierta dosis de entusiasmo en la voz—. Tengo muchas esperanzas puestas en él. Un hombre muy erudito, el joven Riverton. Y sus ideas sobre los derechos de las mujeres son bastante avanzadas.

Lucinda estudió a Riverton a través de las barras de la barandilla.

—Un caballero muy apuesto.

—Sí, y también con un gran talento. —Victoria observó con atención a la pareja durante unos momentos—. Parece que la energía entre ellos es al menos algo compatible. —Bajó los gemelos e hizo una anotación en la libreta—. Valdrá la pena un examen más a fondo, sin duda.

Lucinda empezó a inclinarse hacia delante para ver mejor a Riverton. Pero se paró al verse sacudida por otro escalofrío. Se volvió y vio a Caleb surgir de las sombras de un pasillo poco iluminado.

—¿Qué diablos está haciendo aquí, señorita Bromley? —dijo, sin molestarse siquiera en componer una apariencia de saludo cortés—. Creía que estaría abajo.

—También a usted le deseo que pase una noche agradable, señor Jones —soltó Victoria con sequedad.

—Victoria —dijo Caleb, mirando como si acabara de advertir la presencia de la mujer. Le tomó la mano enguantada y se inclinó con sorprendente elegancia—. Le ruego me disculpe. No la había visto.

—Pues claro que me había visto —dijo Victoria—. Lo que pasa es que estaba concentrado exclusivamente en la señorita Bromley.

Las cejas de Caleb se alzaron levemente.

—La estaba buscando, en efecto.

—¿Tiene alguna noticia? —preguntó Lucinda.

—La verdad es que sí.

Caleb se agarró a la baranda de la galería y miró abajo, como si de pronto le fascinaran los dibujos que trazaban los danzantes en la pista. Cuando se volvió hacia Lucinda, la controlada energía de sus ojos parecía arder con mayor intensidad.

—Si me concede el honor de bailar conmigo, le contaré lo que he averiguado —dijo.

Atónita, Lucinda se quedó mirándolo con la boca abierta en lo que a su entender sería una actitud indecorosa.

—Esto... —soltó tras una eternidad.

—Váyase —dijo Victoria, que con el abanico dio unos golpecitos en el dorso de la mano enguantada de Lucinda—. Ya estaré pendiente yo de Patricia.

El contacto del abanico permitió a Lucinda salir del trance. Tragó saliva y recobró la compostura.

—Muchas gracias, señor Jones —dijo—. Pero hace tiempo que no bailo el vals. Creo que me falta práctica.

—Yo también, pero el paso es sencillo. Estoy seguro de que conseguiremos no tropezar con nuestros pies.

La cogió de la mano y la arrancó del almohadillado banco antes de que a ella se le ocurrieran más argumentos. Lucinda miró una vez atrás, pero vio que no llegaría ninguna ayuda. Victoria los observaba con una expresión de lo más peculiar.

Lo siguiente que supo Lucinda fue que estaba siendo conducida rápidamente a lo largo de un corredor largo y oscuro y de un exiguo y estrecho tramo de escaleras del servicio.

Cuando llegaron al final, Caleb abrió una puerta y la hizo pasar a la deslumbrante pista. Y a renglón seguido se abrió paso entre la multitud con su típica y resuelta determinación.

Y de pronto, en un instante embriagador, Lucinda estuvo en brazos de Caleb, como el día que la besó en la biblioteca.

Caleb la arrastró al sensual patrón de un vals lento. Lucinda sabía que las cabezas se volvían, tanto dentro de la pista como fuera; sabía que los dos estaban suscitando la clase de atención que ella esperaba evitar. Pero ya le daba igual. La fuerte mano de Caleb era cálida y firme en la parte inferior de su espalda, y él la miraba como si en la sala no hubiese nadie más. Estaban envueltos en calor y energía, intrincadamente entrelazados con la música.

—¿Lo ve? —dijo él—. Los pasos del vals son de esas cosas que no se olvidan.

Lucinda pensó que no estaba bailando, sino volando.

—Eso parece, señor Jones. Ahora cuénteme las noticias.

—Poco antes de venir aquí he hablado con el inspector Spellar. Sobre el caso Fairburn, ha practicado una detención basándose en las pruebas de la libreta de transacciones de Daykin.

—¿Lady Fairburn?

—No, la hermana, Hanna Rathbone. Se derrumbó y confesó enseguida cuando Spellar le enseñó la libreta, donde aparece su nombre.

—Comprendo. Supongo que mató a Fairburn porque quería que su hermana fuera una viuda rica.

—Ésta sería la explicación lógica, desde luego. Pero según Spellar, Rathbone asesinó a su cuñado porque él acababa de poner fin a la aventura que estaban teniendo ambos.

—Santo cielo. Entonces fue un crimen pasional, no por dinero.

—Como decía, no es la más lógica de las razones, pero esto es lo que hay. Ya no corre usted peligro de que la detengan por la muerte de Fairburn.

—Señor Jones, nunca le estaré lo bastante agradecida...

—De todos modos, aún tenemos el problema de su helecho, que se revela en el veneno que vendió Daykin.

Lucinda se sintió sacudida por la inquietud.

—Pero estando la señora Daykin muerta, nadie sabe que había determinado ingrediente en su veneno.

—Al menos una persona sí lo sabe —señaló Caleb.

—Dios mío. Se refiere al doctor Hulsey.

—Podemos afirmar casi con certeza que Hulsey conocía bien a la señora Daykin. Preparó al menos parte del veneno que ella vendió.

A Lucinda se le ocurrió algo.

—¿Cree que fue Hulsey quien la mató?

—No —contestó Caleb.

—¿Por qué está tan seguro?

—Hulsey es especialista en sustancias químicas peligrosas. Si hubiera querido matar a alguien, habría preferido utilizar un arma con la que estuviera familiarizado.

—Veneno.

—Sí.

Lucinda tuvo un estremecimiento.

—Pero yo no detecté ningún veneno en el cadáver.

—Es decir, la mató otro.

—¿Una de sus víctimas chantajeadas?

—Quizá —concedió Caleb—. Pero según la libreta, Daykin llevaba años en el negocio. El hecho de que alguien decidiera matarla de buenas a primeras es...

—Lo sé. Demasiada coincidencia. Pensé lo mismo sobre el presunto suicidio de mi padre. No podía creer que él se hubiera disparado en la cabeza justo después de que encontraran muerto a su socio.

—¿Qué? ¿Cómo dice? —Caleb se detuvo bruscamente en medio de la pista de baile—. ¿Su padre no tomó veneno?

Consciente de que alrededor la gente miraba con ávida curiosidad, Lucinda bajó la voz al nivel del susurro.

—No —dijo.

—Maldición. Fue asesinado. ¿Por qué demonios no me lo dijo?

La cogió de la muñeca y la arrastró fuera de la pista a través de la multitud, hasta los jardines envueltos en las sombras nocturnas. Cuando estuvieron solos, la tomó por los hombros.

—Quiero saber qué le pasó exactamente a su padre —dijo.

—Murió de un disparo de pistola —dijo—, aunque de tal forma que parecía haber sido él quien había apretado el gatillo. Pero estoy convencida de que alguien lo mató.

En la noche susurraba la energía. Lucinda percibía la fuerza de las facultades de Caleb.

—Tiene usted razón, desde luego —dijo él.

A Lucinda la invadió una increíble oleada de alivio.

—Señor Jones, no sé qué decir. Es usted el único que ha llegado a creerme.

17

—Todo está relacionado —dijo Caleb con voz suave.

—¿De qué se trata? —preguntó ella, casi sin aliento debido al baile y al fuego frío de la energía de Caleb que giraba a su alrededor—. ¿Ha llegado a entender algo?

—Sí, gracias a usted. —Se le tensó la mandíbula—. No se me ocurrió formular la pregunta obvia al principio de todo esto. Estaba demasiado obsesionado con localizar a Hulsey.

—¿Cuál es la pregunta obvia?

—¿Qué relación hay entre los asesinatos de su padre y el socio y el robo del helecho?

—¿Cómo? —Indagó conmocionada en el rostro de Caleb, grabado en las sombras—. No entiendo. ¿Cómo puede haber alguna conexión entre estas cosas?

—Señorita Bromley, esto es lo que yo he de averiguar.

—Pero percibe que hay alguna.

—Como le digo, debía haberlo advertido antes. Sólo puedo decir que he estado algo distraído.

—Bueno, no ha estado precisamente sin hacer nada. Acabó con aquella secta diabólica y descubrió que el hombre que yo conocía como doctor Knox era el científico loco que estaba usted buscando. Por no hablar del asuntillo de encontrar el cadáver de la señora Daykin y asegurarse de que yo no sería detenida por asesinato. Últimamente ha estado usted bastante ocupado, señor. Es comprensible que no se preocupara por dos asesinatos acaecidos hace un año y medio.

—Eran cuestiones secundarias —dijo él—. Lo que se interpuso fue lo otro.

—¿El qué?

—A propósito, creo que la muerte de su prometido también está relacionada con el asunto. Ha de estarlo.

Lucinda volvió a quedarse atónita.

—No pretenderá relacionar también la muerte del señor Glasson con esto.

—Todo forma parte de lo mismo —dijo Caleb—. Ahora el patrón está bastante claro. El problema, como le decía, es la gran distracción que ha interferido en mis procesos mentales.

—¿Ah, sí? —Ella levantó las cejas—. ¿Y cuál ha sido exactamente esta asombrosa distracción, tan fuerte que ha empujado al talentudo Caleb Jones a cometer un error?

—Usted —respondió sin más.

Lucinda se quedó sin habla.

—¿Qué? —consiguió decir por fin.

Él le cogió la cara con sus poderosas manos.

—Usted es la distracción, Lucinda. No he conocido a nadie capaz de trastornar mis pensamientos como usted.

—No suena como un cumplido.

—No pretendía ser un cumplido. Era una simple exposición de hechos. Además, no me veo capaz de concentrarme bien hasta saber con certeza que yo la distraigo a usted de igual manera.

—Oh... —susurró ella—. Sí. Sí, usted me distrae, señor. Mucho.

—Me alegra mucho oír esto.

La boca de él se cerró sobre la de ella.

Los sentidos de Lucinda estallaron de repente en llamas, abiertos de par en par a la noche. Los jardines cobraron vida en la oscuridad, ardiendo con un resplandor iridiscente que recorría todo el espectro. Unos segundos antes, las flores del extremo de la terraza eran invisibles en las sombras. Ahora se habían transformado en pequeños faroles que emitían luz en una miríada de colores sin nombre. La hierba producía una aurora esmeralda. Los altos setos se convertían en resplandecientes paredes verdes. La energía de la vida cantaba a sus sentidos.

Caleb la atrajo hacia sí, con más fuerza. Deslizó pesadamente la boca y encontró la garganta de Lucinda.

—¿Me quieres, Lucinda? —preguntó bruscamente—. Es esto lo que debo saber. Creo que nunca más seré capaz de concentrarme como es debido hasta que la pregunta obtenga cumplida respuesta.

Ella había abandonado toda esperanza de llegar a experimentar el poder de la pasión. Ahora, la formidable fuerza de ésta se arremolinaba a su alrededor como una gran tempestad. No engañaría a nadie si dejaba que esos poderosos vientos la arrastraran. El único riesgo, grave, era para su corazón. Pero la idea de no conocer nunca las maravillosas sensaciones que, intuía ella, le esperaban en los brazos de Caleb era, con mucho, la alternativa más atroz. «Mejor haber amado y perdido.»

Alzó los dedos enguantados hasta el rostro de Caleb.

—Te deseo, Caleb. ¿Es ésta la respuesta que querías?

La boca de Caleb se cerró otra vez sobre la de ella, abrasadora y hambrienta. La música y los sonidos apagados de la sala de baile parecían desvanecerse en otra dimensión. El poder crudo latía cálido en la noche. La marea de energía llena de vida, furibunda, la hundió aún más en un caos embriagador.

Lucinda rodeó con los brazos el cuello de Caleb y abrió la boca para él. La trémula atmósfera iba cambiando a su alrededor. Tardó unos segundos en darse cuenta de que él la había cogido en brazos y se la llevaba de la terraza, hacia lo más profundo de los jardines fosforescentes.

—Siento el calor en ti —dijo él—. Tus sentidos están calientes, ¿verdad?

—Sí. —Ella le pasó la punta del dedo a lo largo de la mandíbula—. Los tuyos también.

—Este jardín es tu mundo. ¿A ti qué te parece?

—Es mágico. Está vivo. Cada planta, hasta la brizna de hierba más diminuta, despide una leve luminiscencia. Alcanzo a ver mil tonos de verde en las hojas. Las flores brillan con luz propia.

—Parece un paisaje de cuento.

—Lo es —dijo ella—. ¿Qué ves tú?

—Sólo a ti. —Se detuvo frente a una estructura baja y oscurecida—. Abre la puerta.

Ella alargó la mano, encontró el pomo y lo hizo girar. La puerta se abrió hacia dentro. Del interior fluyó una agradable calidez y una vorágine de intensos aromas vegetales. Los sentidos de Lucinda hervían con la potente energía de la lavanda, las rosas, la camomila, la menta, el romero, el tomillo y el laurel secos. A la luz de la luna, podía ver manojos de hierbas y flores suspendidos del techo. En el suelo había varias cestas llenas de más haces fragantes.

—Una cabaña de secado —exclamó, embelesada—. Yo tengo una.

—Aquí estaremos tranquilos.

Caleb la bajó despacio a tierra y cruzó la estancia en dirección adonde había una silla de madera. La cogió y la calzó bajo el pomo para atrancar así la puerta. Luego volvió con Lucinda.

—Piensas en todo —dijo ella.

—Lo intento.

Caleb le quitó las gafas con cuidado y las dejó a un lado. Luego volvió a tomarla en brazos.

Lucinda temblaba con tanta expectación y emoción que tuvo que agarrarse a los hombros de él para mantener el equilibrio.

Caleb volvió a besarla y acto seguido la hizo girarse y ponerse de espaldas. Entonces empezó a desabrochar los delicados corchetes del almidonado corpiño. Tras breves momentos, el vestido estuvo abierto.

Le besó la espalda desnuda.

—Gracias a Dios que no llevas uno de estos malditos corsés metálicos.

—La Sociedad del Vestido Racional los considera nocivos para la salud —explicó ella.

Caleb se rio soltando un gruñido grave, gutural.

—Por no hablar del gran fastidio que suponen en momentos como éste.

La hizo girarse de nuevo y le bajó suavemente el corpiño, llevándose consigo las capas de faldas primorosamente drapeadas, hasta que el vestido acabó arrugado a sus pies. Lucinda llevaba ahora sólo la fina camisa, bragas, medias y zapatos.

Extasiada, ella le desabotonó la chaqueta y metió las manos dentro, estremeciéndose ante el calor del cuerpo de Caleb, que se quitó la prenda de golpe, y, con movimientos rápidos e impacientes, se desanudó la corbata y se desabrochó la camisa. Lucinda puso las palmas en el pecho desnudo.

—Necesitamos una cama —dijo Caleb.

Se apartó de ella, cogió la cesta más cercana y la volvió del revés, con lo que se derramó una gran cantidad de hierbas y flores secas, geranios, pétalos de rosa, eucalipto, melisa. Vació una segunda cesta, y una tercera, y una cuarta, hasta que hubo en suelo una enorme pila aromática. Los sentidos totalmente abiertos de Lucinda estaban tan pasmados por la subyugante esencia de tanta energía vegetal concentrada, que hizo lo imposible para no zambullirse en el montón.

Caleb cubrió el fragante colchón con su chaqueta y tiró de Lucinda hacia la improvisada cama. Las frágiles hierbas y flores secas quedaron aplastadas bajo el peso de ambos, liberando al ambiente más energía etérea y embriagadora.

Él se estiró junto a ella, envolviéndola a medias, y cerró una mano sobre la curva de un pecho. Dentro de Lucinda se agitó algo en un nivel de conciencia superior. Oyó un grito suave, ahogado, y reparó en que había brotado de su garganta.

—Silencio —le ordenó Caleb con delicadeza. Sonó como si estuviera conteniendo la risa o acaso un gemido. Le rozó los labios a modo de aviso—. Tenemos este lugar para nosotros solos, pero no podemos arriesgarnos a llamar la atención de otros que decidan dar un paseo por los jardines.

Lucinda salió por momentos del delicioso trance. Su fama difícilmente podía caer más abajo a los ojos del mundo, pero ser descubierta desnuda en los brazos de un hombre superaría en efecto todas las cotas de lo humillante. Hay cosas que una mujer simplemente no puede borrar.

—Descuida —dijo Caleb—. Sabré si se acerca alguien a la cabaña. No soy un verdadero cazador, pero tengo un oído excelente. Me viene de familia.

—¿Estás seguro? —dijo ella.

—¿No confías en mí para que te proteja?

Caleb era sólido como un bloque de granito. Si hacía una promesa, la cumplía, pensó ella.

—Confío en ti —susurró Lucinda, sorprendida al oírse pronunciar esas palabras. La verdad la penetró hasta lo más hondo—. Confío de veras en ti, Caleb Jones.

Caleb se inclinó hacia ella y la besó despacio, con reverencia. Lucinda sabía que así autenticaba la promesa que había hecho.

Lucinda se ablandó contra él, estremeciéndose al contacto del duro y pesado cuerpo de Caleb, que la tocaba como si ella fuera una orquídea rara y exótica. Entre ambos se transmitió y latió energía, que se mezcló con la intensa esencia de las hierbas y las flores secas.

Lucinda sintió un sobresalto cuando notó entre las piernas la mano de Caleb. Se quedó paralizada.

—Necesito sentir tu calor —musitó él.

Ella abrió los muslos para él, al principio con dudas y luego con una excitación creciente. La cálida palma de Caleb se desplazó a lo largo de la media hasta la piel desnuda por encima de la liga. La intimidad de la experiencia era casi insoportable. El calor latía en lo más hondo de ella.

—Tienes todo lo que un auténtico alquimista espera encontrar —dijo Caleb, cuyas palabras brotaron llenas de asombro—. Todos los secretos de la medianoche y el fuego.

Caleb la acarició suave y profundamente, hallando los lugares sensibles dentro y fuera, cautivándola. Lucinda hacía inspiraciones súbitas, tensando todos los músculos. La imperiosa tensión que se retorcía en su interior se fundió de algún modo con la exótica energía de la cabaña de secado hasta que ya no fue capaz de distinguir entre lo normal y lo paranormal.

Como quería conocer a Caleb íntimamente igual que él la estaba conociendo a ella, Lucinda deslizó por instinto la mano hacia el duro cuerpo. Cuando llegó a los pantalones, advirtió que él ya los había abierto. Los exploradores dedos encontraron la pesada, rígida, erección. Sobresaltada, se retiró un poco.

Caleb se quedó muy quieto.

—¿No me consideras... aceptable? —susurró. En la pregunta se apreciaba un tono tremendamente abatido. Ella percibió dolor bajo el adusto autocontrol.

—Eres más que... aceptable. —Apretó la cara contra el pecho de Caleb, dando las gracias a la oscuridad por ocultar su rubor de pies a cabeza—. Es que no esperaba que fuera tan... aceptable.

Lucinda notó que el pecho de Caleb se agitaba.

—No te atrevas a reírte de mí, Caleb Jones.

—Jamás —dijo él.

—Noto que estás riéndote.

—Estoy sonriendo, no riendo. Hay una notable diferencia.

Lucinda pretendía discutir la cuestión, pero él ya estaba acariciándola otra vez, enviándole oleadas de tensión deliciosa que la atravesaban, y ella ya no pudo pensar más de forma coherente. Notó que estaba a punto de volar hasta el verdadero ojo del huracán. Movida por el impulso, lo rodeó con los dedos, sin preocuparle ya su tamaño. Lo oyó aspirar con fuerza.

—Te he hecho daño —dijo soltándolo al instante.

—No —dijo Caleb con voz chirriante.

Lo volvió a tocar tímidamente. Él gimió en la garganta de Lucinda.

—Ven aquí —dijo él.

Caleb movió la mano por ella de nuevo, pero apenas fue necesario. El calor de las palabras generaron una fuerza más que suficiente para lanzarla a las corrientes turbulentas. La tensión dentro de Lucinda fue liberada en un destello candente de energía, algo totalmente distinto de cualquier otra cosa que hubiera conocido.

Caleb se desplazó hacia arriba y la penetró con fuerza.

Dolor y placer exquisito se mezclaron en un momento insoportable, lo que liberó aún más fuego a lo largo del espectro. A través de Lucinda bramaron olas oscuras. La energía de Caleb, pensó, fluyendo con toda su intensidad. Entonces comprendió que él había liberado esa energía de las garras del autocontrol que utilizaba para reprimirla.

Era como si se hubieran abierto unas compuertas. Se la tragó un torrente de potencia, ahogando el dolor, amenazando con anegarle los sentidos. Las irresistibles corrientes latían con más fuerza a medida que Caleb empujaba una y otra vez. Por alguna razón, Lucinda supo que debía responder de alguna manera.

Le clavó las uñas en la espalda y reunió hasta el último resto de sus propias facultades. En la noche chocaban con violencia corrientes opuestas. El abrazo se convirtió en una batalla de voluntades. Caleb tenía la fuerza bruta de su lado, pero pronto descubrió que Lucinda tenía su propio poder femenino.

Durante un angustioso momento, ella temió que fueran a

destruirse mutuamente igual que los ríos de energía psíquica colisionaban y se estrellaban unos contra otros.

Sin embargo, aunque ya se perfilaba el desastre, Lucinda notó que las corrientes comenzaban a resonar entre ellos, cada uno intensificando y sosteniendo al otro hasta que el poder generado por los dos fue mayor que el de cada uno por separado.

—Lucinda. —La voz de Caleb era discordante, como si tuviera una gran necesidad o sufriera un dolor atroz.

Ella abrió los ojos. Él estaba mirándola con una intensidad tan abrasadora, que se quedó sorprendida de que la habitación no estuviera ardiendo.

—Lucinda.

Esta vez pronunció el nombre maravillado.

Los músculos de la espalda de Caleb se volvieron granito. Su boca se abrió en un apagado grito de júbilo. Y de repente le acometió el clímax, que provocó en lo más hondo de ella una segunda oleada, más suave, de placer. Lucinda sintió que las auras de ambos se fusionaban durante un momento radiante, resplandeciente, de intimidad demoledora.

Juntos se dejaron llevar por las brillantes, ondulantes, palpitantes corrientes hasta el corazón de la noche.

18

El sonido de voces bajas —el murmullo de un hombre y una risa suave y sensual de mujer— sacaron a Caleb del reino armoniosamente ordenado en el que había estado navegando sin rumbo. Escuchó unos segundos con atención, ubicando a la pareja de fuera, que se hallaba a cierta distancia pero se encaminaba hacia la cabaña de secado.

Se incorporó desenredándose con cuidado de Lucinda. La cama de hierbas y flores secas ronzaba y crujía bajo su chaqueta. La fragancia se mezclaba con los persistentes aromas del amor.

Lucinda se revolvió y abrió los ojos. A la luz de la luna, Caleb alcanzó a verle la expresión desconcertada, la mirada extraviada. Ella sonrió, con el aspecto de estar extraordinariamente satisfecha consigo misma, y llevó las puntas de los dedos a la boca de él.

Caleb le cogió la mano, la besó rápidamente y sacó de pronto su pañuelo del bolsillo. La limpió con cuidado, la puso en pie y le dio las gafas.

—Debes vestirte —le dijo al oído.

Lucinda rezongó un poco. No parecía tener mucha prisa, observó Caleb, que se agachó, recogió el vestido y se dispuso a ponérselo. Hasta la fecha había desnudado a unas cuantas mujeres, pero nunca había intentado efectuar el proceso a la inversa. Ahora se daba cuenta de que era más complicado de lo que parecía. Enseguida se puso de manifiesto su falta de experiencia.

—¿Por qué demonios la ropa de las mujeres es tan liosa? —refunfuñó mientras abrochaba los corchetes.

—Pues ten por seguro que este vestido es bastante más sencillo que los de muchas de las elegantes damas del salón de baile. Y te hago saber que, además de que no llevo corsé, mi ropa interior y mis enaguas satisfacen los requisitos de la Sociedad del Vestido Racional. Pesan menos de tres kilos.

—Creo en tu palabra —dijo él.

Caleb notó que estaba esforzándose por no reír. Ella aún se mostraba ajena al peligro de que los descubrieran. Todavía no era consciente de la presencia de la otra pareja, pensó él.

—Hay dos personas cerca —dijo acercando la boca a la oreja de Lucinda—. Vienen en nuestra dirección, sin duda con el propósito de utilizar la cabaña para lo mismo que nosotros. La puerta está asegurada, pero a través de ella pueden oír voces.

Esto sí llamó la atención de Lucinda.

—Santo cielo. —Se agachó a toda prisa, se puso la falda por abajo y se arregló las medias.

Él se concentró en abrocharse los pantalones. Luego, se abotonó la camisa y el chaleco y se hizo el nudo de la corbata con la facilidad que da la costumbre. Ningún hombre de la familia Jones había tenido la paciencia de contar con un ayuda de cámara. Cogió la chaqueta del montón de flores aplastadas y se la puso con presteza. Sonrió un poco para sus adentros al captar los densos y especiados aromas del cuerpo de Lucinda.

—Mi pelo —susurró ella, horrorizada, mientras forcejeaba frenética para sujetar con horquillas los cabellos sueltos del complicado moño—. Imposible arreglarlo.

Ahora Caleb alcanzaba a oír las voces exteriores con gran claridad. Tapó la boca de Lucinda con la mano. Ella se calló en el acto.

El pomo de la puerta hizo ruido.

—Maldita sea —gruñó un hombre—. Parece que la puñetera cabaña está cerrada. Tendremos que buscar nuestra intimidad en otra parte, querida.

—Ni se te ocurra proponerme que nos retiremos a algún rincón alejado de los jardines. —La voz de la dama adquirió un tono severo—. La hierba mancharía el vestido y lo echaría a perder.

—Seguro que encontraremos un sitio adecuado —dijo el hombre al punto.

—Bah. Será mejor que volvamos a la pista. De hecho, ya no tengo ganas. Prefiero otra copa de champán.

—Pero, cariño...

Las voces se fueron apagando a medida que la pareja se alejaba en dirección a la casa.

—No creo que la noche de este hombre vaya a terminar tan gratamente como la mía —dijo Caleb.

Lucinda no le hizo caso.

—No puedo regresar a la sala de baile con esta pinta. Acompáñame a mi carruaje. Lady Milden llevará a Patricia a casa.

—No hay por qué alarmarse, Lucinda. —Sintiéndose totalmente dueño de la situación, retiró la silla de debajo del pomo—. Yo me ocuparé de todo.

Resolver problemas era lo suyo, pensó Caleb, no sin cierto grado de orgullo. La tomó del brazo y la condujo fuera de la cabaña de secado.

Caleb tenía la ventaja de conocer el terreno de la mansión de los Ware como si fuera su propia casa. No hizo falta ninguna triquiñuela para bordear el edificio con Lucinda, dejar atrás la cocina y la puerta de los proveedores, y llegar al camino de entrada.

Delante de la mansión había numerosos carruajes y diversos coches de caballos en fila. Shute interrumpió una conversación con otros dos cocheros cuando vio a Lucinda y Caleb. Se tocó ligeramente el sombrero a modo de saludo.

—¿Nos vamos, señorita? —preguntó. Tras un rápido vistazo, apartó cortésmente la vista del pelo de Lucinda.

—Sí —contestó ella con brío—. Rápido, por favor.

Él abrió la portezuela y bajó la escalerilla.

—¿Y la señorita Patricia?

—El señor Jones pedirá a lady Milden que la lleve a casa, ¿verdad, señor Jones?

—Cómo no —dijo Caleb, divertido ante el nerviosismo de Lucinda.

—Ah, y, por favor, dígale también que le pida mi capa al lacayo.

—Lo haré —prometió Caleb.

Ella se recogió capas de faldas y subió los escalones a toda prisa, hacia las sombras de la cabina. Caleb asió el borde de la portezuela y se asomó dentro, gozando de la última dosis del aroma y la energía de Lucinda.

—Iré a verla mañana a la hora habitual —dijo.

—¿Qué...? —Ella jadeaba un poco—. Ah, sí. Su informe diario.

—Y mi desayuno. Una comida muy importante, según me han dicho. Buenas noches, señorita Bromley. Que duerma bien.

Cerró y dio un paso atrás. Shute lo saludó con la cabeza, subió al pescante y cogió las riendas.

Caleb observó el vehículo hasta que éste desapareció en la tenue niebla. Cuando ya no se veía nada, se volvió y regresó a la casa por una entrada lateral.

Camino de las escaleras del servicio que conducían a la galería, se detuvo al oír una voz familiar procedente del pasillo que quedaba a su espalda.

—¿Te apetece un vaso de oporto? —dijo Gabe—. Te propondría que jugases con nosotros unas partidas, pero ya sé lo que piensas actualmente de los juegos de azar.

Se volvió y vio a su primo con aire aburrido en la puerta de la sala de billares. A su espalda estaba Thaddeus, con un taco en la mano. Ambos hombres se habían quitado la chaqueta, se habían aflojado la corbata y se habían subido las mangas de la camisa.

—¿Qué demonios estáis haciendo los dos aquí? —dijo Caleb—. Se diría que es muy necesaria vuestra presencia en el salón.

—Leona y Venetia se han apiadado de nosotros y nos han dado permiso para hacer una pausa mientras ellas agasajan a un tropel de matronas —explicó Thaddeus.

—Un vaso de oporto parece una excelente idea. —Caleb retrocedió y se dirigió hacia ellos—. Y también una partida de billar. La apuesta será interesante, supongo.

Thaddeus y Gabe intercambiaron miradas inescrutables.

—Hace meses que no juegas a billar con nosotros —señaló Gabe.

—He estado ocupado. No he tenido tiempo para el billar. —Caleb se quitó la chaqueta y la colgó en el respaldo de una silla—. ¿A cuánto asciende la apuesta?

Gabe y Thaddeus volvieron a mirarse.

—Tú nunca juegas si se apuesta dinero —dijo Gabe—. Era algo sobre la imprevisibilidad intrínseca del azar, creo.

—El billar no es un juego de azar. —Caleb se dirigió a la pared y cogió un taco de la taquera—. No tengo nada en contra de apostar de vez en cuando si puedo calcular aproximadamente las probabilidades que se barajan.

—Muy bien. —Thaddeus miró a Caleb desde el otro lado de la mesa—. ¿Pongamos cien libras? Al fin y al cabo, entre primos es sólo una partida amistosa.

—Pongamos mil —dijo Caleb—. Así será más amistosa todavía.

Thaddeus sonrió burlón.

—¿Tan seguro estás de ganar?

—Esta noche no puedo perder —dijo Caleb.

Al cabo de un rato, Caleb devolvió el taco al estante.

—Gracias, primos. Ha sido un paréntesis tonificante. Ahora, ni no os importa, debo ver a lady Milden y luego me voy a casa. Últimamente me levanto temprano.

—¿Por tu investigación? —inquirió Thaddeus.

—No —dijo Caleb—. Por el desayuno.

Gabe se apoyó en la mesa.

—Llevabas meses sin jugar a billar y esta noche has conseguido ganarnos mil libras a cada uno. ¿Por qué estabas tan seguro de ganar?

Caleb recogió la chaqueta del respaldo de la silla y se la puso ayudado de un leve encogimiento de hombros.

—Me sentía afortunado. —Echó a andar hacia la puerta.

—Espera, Caleb, una cosa —dijo Gabe.

Caleb se paró en el umbral y miró atrás.

—¿Qué?

—Antes de regresar a la sala de baile, mejor que te limpies las hojas secas de la espalda de la chaqueta —dijo Thaddeus muy serio.

—Y también esas flores aplastadas que llevas en el pelo... —añadió Gabe—. Estoy casi seguro de que esta temporada no están de moda entre los caballeros.

19

La señora Shute abrió la puerta de la casa antes de que su esposo hubiera detenido el carruaje del todo. Bajó los escalones a toda prisa con el salto de cama y el gorro de dormir y en una mano la cartera de cuero negro. En el resplandor de la cercana lámpara de gas, Lucinda alcanzó a verle la ansiedad en el rostro.

—Por fin ha llegado, señorita Bromley —dijo la señora Shute—. Pensaba que volvería más temprano. Habría mandado un mensaje, pero era tan tarde que no había nadie para entregarlo.

—¿Qué pasa? —preguntó Lucinda al punto.

—Es mi sobrina de Guppy Lane —dijo la señora Shute—. Hace una hora ha avisado de que el hijo del vecino, el pequeño Harry, tiene mucha fiebre y respira con dificultad. Dice que su madre está asustadísima.

—Iré enseguida —dijo Lucinda con dulzura—. Deme la cartera.

—Gracias, señorita. —Profundamente aliviada, la señora Shute le dio la cartera y dio un paso atrás. Hizo una pausa y frunció un poco el ceño—. Su pelo, señorita, ¿qué le ha pasado?

—Un accidente —respondió Lucinda con aire resuelto.

Shute chasqueó las riendas. El carruaje salió disparado ha-

175

cia la neblinosa noche. Lucinda avivó la luz de la lámpara, abrió la cartera e hizo un rápido inventario de su contenido. Estaban todos los sobres y frascos habituales, incluidos los ingredientes utilizados para fabricar el vaho que reducía la congestión de los pulmones en los niños. Si necesitaba algo más exótico, enviaría a Shute a casa a buscarlo.

Satisfecha de estar preparada, se recostó y observó por la ventanilla el sobrecogedor paisaje. En la niebla surgían fugazmente edificios y otros carruajes antes de desaparecer de nuevo. Los densos remolinos de aire gris amortiguaban el ruido de los cascos y las ruedas.

La llamada a Guppy Lane había hecho añicos la sensación de irrealidad que se había apoderado de ella durante el trayecto a casa desde la sala de baile. Aún no podía creer que hubiera compartido con Caleb Jones tal arrebato de pasión. En una cabaña de secado, nada menos. Lucinda había leído muchas novelas románticas, pero no recordaba ninguna escena en la que el héroe y le heroína hubieran utilizado una cabaña de secado para su cita ilícita.

Cita ilícita. La verdad es que ella había tenido una. Al reparar en ello, por poco se marea.

Sin embargo, Lucinda sabía que no había sido el encuentro físico entre las hierbas y flores secas, por excitante y estimulante que hubiera sido, lo que le había trastocado los sentidos. Su cuerpo se había recuperado del delicioso *shock* de esa primera experiencia sexual, pero aún se sentía desorientada y extrañamente deslumbrada. Sus sentidos canturreaban hasta alcanzar un tono que parecía demasiado alto. Era como si unas cuantas corrientes de la tormenta de energía psíquica que habían desatado ella y Caleb siguieran todavía susurrando en su interior. Lucinda percibió por intuición que ahí permanecerían, vinculándola a Caleb de algún modo. Se preguntó si él ahora sentiría la misma extraña resonancia de una conexión.

Shute detuvo el carruaje frente a una casa pequeña, la única de la callejuela en la que había una ventana iluminada. Las demás estaban a oscuras, sus ocupantes en cama hacía rato. Los habitantes del barrio se levantarían dentro de una o dos horas, más o menos cuando los miembros de la buena sociedad irían camino de su casa, a acostarse tras abandonar sus clubes y sus fiestas. Tomarían un desayuno sencillo y partirían hacia las tiendas y fábricas de Londres, así como a las grandes y fastuosas mansiones en las que trabajaban. Los afortunados, en todo caso, pensó Lucinda. Siempre escaseaban los trabajos de cualquier clase por los que se cobrase un salario digno.

Shute abrió la portezuela.

—Aguardaré aquí con el caballo, como siempre, señorita Bromley.

—Gracias. —Lucinda cogió la cartera y le dirigió una lánguida sonrisa—. Parece que esta noche ninguno de los dos vamos a dormir.

—Tampoco será la primera vez, ¿verdad?

La puerta de la pequeña casa se abrió de golpe. Alice Ross, con un gorro y una bata descolorida, apareció indecisa en el umbral.

—Gracias a Dios que es usted, señorita Bromley —dijo—. Lamento haberla hecho venir a esta hora, pero no estaba tan asustada desde que Annie cayó enferma en Navidad.

—No se preocupe por la hora, por favor, señora Ross. Siento llegar tarde. Cuando ha llegado el mensaje, no estaba en casa.

—Sí, señorita, ya lo veo. —Alice dirigió al vestido azul cobalto una mirada de tímida admiración—. Está usted preciosa.

—Gracias —dijo Lucinda con aire distraído. Pasó rozando a Alice y se acercó a la pequeña figura del catre situado junto al fuego—. Aquí tenemos a Harry. ¿Cómo te encuentras?

El niño la miró, la cara roja por la fiebre.

—No muy bien, señorita Bromley.

Harry tenía la respiración áspera y agitada, como a menudo había observado ella en los niños enfermos.

—Pronto estarás bien otra vez —dijo ella, que dejó la cartera frente a la chimenea, la abrió y sacó un sobre—. Mire, señora Ross, si hierve un poco de agua, Harry pronto respirará con más facilidad.

El niño la miró entrecerrando los ojos.

—Es usted muy bonita, señorita Bromley.

—Gracias, Harry.

—¿Qué le ha pasado en el pelo?

Caleb se quitó la chaqueta, el chaleco y la corbata, y luego se quedó mirando la gran cama con dosel. Haber hecho el amor lo había dejado más alegre y relajado de lo que había estado en meses. Pretendía sacar provecho de la rara sensación y fue directamente a la cama del dormitorio que casi nunca utilizaba.

Ahora se sentía titubear. Quería dormir, y lo necesitaba, pero las secuelas de la liberación física y la extraña elevación psíquica del ánimo que las había acompañado se desvanecían por momentos.

Estaba llegándole otra sensación con el propósito de robarle el brevísimo respiro del omnipresente sentido de urgencia que aquellos días se apoderaba de él. Era aún débil y parecía muy diferente de los habituales accesos nocturnos de melancolía, pero sabía que si se acostaba, no conciliaría el sueño.

Salió del dormitorio y tomó el pasillo en dirección al laboratorio-biblioteca. Dentro, encendió una de las lámparas y se abrió camino entre el laberinto de estantes hasta la cámara de seguridad. La abrió tras introducir la complicada combinación. Extendió el brazo por la oscura abertura y sacó el diario de Erasmus Jones y la libreta.

Se sentó frente a la fría chimenea. Se quitó los gemelos de ónice y oro y se subió un poco las mangas de la camisa. Permaneció un rato ahí sentado, mirando la libreta y el diario.

Había leído los dos varias veces desde el principio hasta el final. Pequeños papelitos señalaban pasajes que acaso fueran importantes.

Al principio había iniciado la tarea con expectación entusiasta, como siempre cuando afrontaba un enigma o un problema complejo. Habría un patrón, se decía a sí mismo. Siempre había un patrón.

Había tardado un mes en descifrar el complejo código inventado por su bisabuelo para el diario. Había tardado casi lo mismo para resolver la codificación de la libreta, cuya clave había resultado ser distinta de cualquier otra que el viejo cabrón de Sylvester hubiera utilizado en otros diarios y documentos.

No obstante, tras esos esperanzadores avances había encontrado poco que lo estimulara. El diario de Erasmus describía un continuo descenso a la excentricidad, la obsesión y la locura. En cuanto a la libreta de Sylvester, se volvía cada vez más incomprensible. Parecía componerse sólo de misterios dentro de misterios, un interminable laberinto sin salida. Hasta el fin de sus días, sin embargo, Erasmus estuvo convencido de que contenía un secreto que le curaría de la demencia.

Escogió al azar una página de la libreta y tradujo mentalmente un breve pasaje.

«... La transmutación de los cuatro elementos físicos no puede llevarse a cabo a menos que los secretos del quinto, que los antiguos conocían como éter, sean antes desentrañados. Sólo el fuego puede revelar los misterios...»

Típico galimatías alquímico, pensó Caleb. La libreta estaba llena de eso. Pero persistía en él la sensación de que se le escapaba algo. ¿Qué había en la maldita libreta que tanto fascinaba a Erasmus?

En su interior estaba aumentando rápidamente la desagradable inquietud, que se metamorfoseó en una imperiosa sensación de urgencia. Incapaz ya de concentrarse, cerró la libreta y se puso en pie.

Permaneció así unos instantes, intentando sumirse en la investigación de Hulsey. Como viera que esto no servía para poner en orden sus ideas, se dirigió a la licorera de brandy, el último recurso para distraerse, al que de un tiempo a esta parte recurría con bastante frecuencia.

Se paró en mitad de la estancia. Quizá mejor preparar un poco de la tisana que Lucinda le había dado para, según ella, rebajar la tensión del aura. Esta noche se sentía tenso, desde luego, pensó Caleb. Pero aunque no estaba muy convencido del diagnóstico de Lucinda, no cabía duda de que siempre se encontraba mejor después de tomar un poco del brebaje.

Lucinda. Los recuerdos del rato que habían pasado juntos en la cabaña de secado ya no le calentaban la sangre. En lugar de eso, sentía como si le fluyera hielo por las venas.

Lucinda.

Y de repente, su naturaleza psíquica le reveló, merced a un sistema que no admitía dudas, que ella corría grave peligro.

20

El vaho inhalado surtió efecto enseguida, con lo que la congestión de Harry quedó aliviada en cuestión de pocos minutos.

—Creo que con esto bastará. —Lucinda se levantó, forcejeando un poco con el incómodo peso de sus faldas. Sonrió a Alice Ross.

—Le dejo una provisión más que suficiente para atenderle durante toda la crisis. En todo caso, creo que se recuperará pronto.

—No sé cómo agradecérselo, señorita Bromley —dijo Alice. Un alivio cansado le suavizó los rasgos de la cara.

—Agradézcamelo asegurándose de que el pequeño Harry vuelve a la escuela tan pronto esté restablecido.

En el catre, Harry emitió un gruñido de asco.

—Puedo ganar más dinero vendiendo el *Flying Intelligencer* en la esquina.

—La escuela es una inversión. —Lucinda cerró la cartera—. Si vas ahora, en el futuro ganarás mucho más dinero que vendiendo periódicos.

Gilbert Ross, un hombre gigantesco que se ganaba la vida como carpintero, se alzó imponente detrás de Alice.

—En cuanto esté bien, volverá a la escuela —prometió Gilbert—. Descuide, señorita Bromley.

Lucinda rio y se agachó un poco para alborotarle el pelo a Harry.

—Me alegra oír esto. —Se enderezó, cogió la cartera y se dirigió a la puerta—. Les diría a todos buenas noches, pero me parece que casi está amaneciendo.

Gilbert abrió la puerta.

—Gracias, señorita. Le pagaré su amabilidad como de costumbre. Cuando necesite algún trabajo de carpintería, no tiene más que avisar.

—Lo sé. Gracias, señor Ross.

Lucinda salió y reparó en que durante el rato en que había estado atendiendo a Harry Ross se había espesado considerablemente la niebla, en medio de la cual se perfilaba su primoroso carruaje.

Mientras se acercaba al vehículo, se le agitaron los sentidos. Era plenamente consciente del húmedo frío del aire del amanecer. «Tenía que haber cogido la capa antes de que Caleb me sacara a toda prisa del baile. ¿En qué estaría yo pensando?» Ah, pero ya sabía la respuesta. No había estado pensando en nada salvo en la euforia del amor y la extraña sensación de conexión física con Caleb.

Le pasaron otra vez por la cabeza recuerdos del acalorado encuentro, aunque no la calentaron. Si acaso, por ilógico que fuera, sintió más frío.

La figura de la baranda, totalmente envuelta en una capa, se enderezó y caminó deprisa hasta el carruaje. Abrió la portezuela e hizo bajar la escalerilla sin decir nada.

Shute siempre pronunciaba algunas palabras de cortesía. Y siempre tenía algún comentario que decir a quienquiera que ella hubiera estado visitando. Pero ahora ni siquiera alzó una mano para saludar a Gilbert Ross, que observaba desde la puerta.

Creció la impresión de que algo andaba mal.

Lucinda oyó que la puerta de la casa se cerraba a su espalda. Gilbert estaba a todas luces convencido de que la señorita se hallaba ahora segura en manos de Shute. Una sensación de alarma le hizo un nudo en el estómago.

Ella había estado deseando la reconfortante calidez de la alfombra del carruaje, pero sin ninguna razón lógica, se detuvo a menos de dos metros del vehículo. En Shute había algo que resultaba raro. La capa no le quedaba del todo bien, pensó. Se le veía muy ceñida en los hombros, y el dobladillo era demasiado corto. Y en el sombrero también fallaba algo. Shute solía llevarlo ladeado de una forma completamente distinta.

Quienquiera que fuese, no era Shute.

Lucinda echó a correr con la idea de subir de nuevo los escalones de la casa de Ross y aporrear la puerta.

—No lo haga —gruñó el falso Shute.

Una poderosa mano enguantada le tapó violentamente la boca y tiró de ella hacia un pecho muy musculoso.

Lucinda luchó desesperada, intentando dar patadas a las piernas de su captor, pero los pies se le enredaban enseguida en las faldas y las enaguas.

—Basta de pelea, estúpida zorra, o la dejaré sin sentido —dijo en voz baja el asaltante, que acto seguido la arrastró al carruaje—. Maldita sea, échame una mano, Sharpy —dijo a alguien—. Estas malditas faldas son un engorro, no hago más que tropezar con ellas.

—La cogeré por los pies —dijo el segundo hombre—. Procuremos no asustar al caballo. Sólo nos faltaría un carruaje sin control.

Lucinda cayó en la cuenta de que aún conservaba la cartera en la mano izquierda. Forcejeó frenética para abrirla. Ninguno de los hombres prestaba atención. En lo que a ellos respectaba, Lucinda había dejado de revolverse, y esto era lo único que importaba. El segundo hombre la agarraba ahora por los pies. La levantó del suelo. Ella consiguió desatar una de las dos correas de la cartera.

—Aprisa. —El hombre que llevaba la capa de Shute man-

183

tenía abierta la portezuela—. Súbela dentro y amordázala antes de que alguien pueda observarnos por alguna puñetera ventana.

El segundo villano, el llamado Sharpy, la introdujo a duras penas por la portezuela del pequeño carruaje. Lucinda logró desatar la segunda correa de la cartera. Hundió la mano en el interior y buscó a tientas el sobre que quería, rezando por que fuera el correcto.

—Las malditas faldas se han enganchado... —dijo entre dientes el otro hombre.

—No te apures, yo me ocuparé de ella, Perrett. Sube al pescante y sácanos de aquí.

En aquel instante ella mantenía el sobre en la mano. Lo abrió de un rasgón, contuvo la respiración y cerró bien los ojos.

Lanzó parte del contenido al hombre que la cogía por los pies.

Sharpy dio un aullido de sorpresa cuando la potente mezcla de pimientos secos finamente molidos le llegó a los ojos, la nariz y la boca. Soltó los pies y emitió un alarido, que fue seguido de muchos jadeos y toses.

—¿Por qué demonios...? —dijo Perrett, confuso e impaciente.

Con los ojos todavía bien cerrados y los pulmones ardiendo por la necesidad de respirar, Lucinda arrojó más polvillo hacia atrás, en la dirección del rostro de Perrett, que profirió un grito y la soltó de golpe. Incapaz de bajar los pies a tiempo, Lucinda se cayó pesadamente sobre un hombro y la cadera. Las faldas amortiguaron parte del impacto, aunque no todo. Sintió una sacudida de dolor. Tomó aire por instinto, inhalando algo del polvo en suspensión, lo que le abrasó la garganta. Rodó bajo el carruaje, buscando aire no contaminado, y abrió los ojos con cautela.

Los ojos no le lloraban, pero todo estaba borroso. En el forcejeo había perdido las gafas.

—La zorra me ha dejado ciego —gritaba uno de los hombres—. No puedo respirar. «No puedo respirar.»

Su compañero lanzó un bramido.

Lucinda oyó otra voz en la noche. Gilbert Ross.

—Ahí fuera hay unos condenados maleantes... —chilló Ross—. Intentan secuestrar a la señorita Bromley.

Se abrieron más puertas. Aparecieron hombres en camisón y gorro de dormir. Al ver el conocido carruaje, avanzaron en tropel.

Los frustrados secuestradores parecieron captar el hecho de que ahora, si caían en manos de los indignados habitantes de Guppy Lane, corrían verdadero peligro. Se alejaron a trompicones, corriendo hacia la esquina.

Varios de los hombres fueron tras la pareja, pero pronto abandonaron la persecución al descubrir que sus pies desnudos no podían con los rugosos adoquines.

—¡Señorita Bromley! —gritó Alice Ross.

Con la falda recogida, bajó los escalones y corrió hacia Lucinda, que se incorporó a duras penas y, debido al rígido miriñaque, con considerable torpeza. Los vestidos de baile, pensó, no estaban diseñados para actividades con tanta energía. Después de haber hecho el amor y haber sufrido un secuestro frustrado, la preciosa seda azul cobalto no volvería a ser la misma.

—Señorita Bromley, ¿está usted bien? —preguntó Alice con preocupación.

—Sí, creo que sí. —Hizo una evaluación rápida. Tenía el pulso acelerado y la garganta tensa y ardiente a causa del polvo de pimienta inhalado. También estaba dolorida por la dura caída en el pavimento. Pero ninguno de esos problemas era grave, se dijo.

Alice extendió ambas manos.

—Vamos, deje que la ayude.

—Gracias. —Lucinda consiguió ponerse de pie, consciente de que estaba temblando a consecuencia de la pelea. Se obligó a sí misma a concentrarse en el problema más inmediato—. ¿Dónde está Shute? Temo que esos dos malvados le hayan hecho algo terrible. Uno de ellos le ha robado la capa. Tal vez lo hayan matado.

La interrumpió el golpeteo de cascos y el estrépito de un carruaje que se acercaba a toda prisa. Se secó los ojos con el dorso de la mano, intentando distinguir la borrosa escena.

El coche de caballos salió de la niebla y se paró. Una figura saltó de la cabina. Sin gafas no podía verle la cara, pero lo reconoció con todos sus sentidos.

—Caleb —susurró.

Caleb caminó a zancadas hasta ella a través de los remolinos de neblina gris del amanecer. El largo abrigo se le acampanaba alrededor como un aura oscura. No parecía reparar en las personas que pululaban por la calle. Desaparecían de su camino como por arte de magia.

Cuando llegó junto a Lucinda, la cogió por los hombros y la atrajo con fuerza hacia sí.

—¿Está bien? —preguntó con voz áspera.

Ella casi gritó cuando los dedos de Caleb le apretaron el hombro lastimado.

—Sí. Por favor, mi hombro.

—Maldición. —La soltó al instante—. Está herida.

—Sólo un poco magullada. ¿Qué está haciendo aquí?

—¿Qué ha pasado? —quiso saber él, pasando por alto la pregunta de Lucinda.

Era la primera vez que ella tenía oportunidad de intentar entender la violencia. Torció el gesto, haciendo un esfuerzo por concentrarse.

—Creo que esos dos hombres trataban de secuestrarme. Sospecho que tenían intención de robarme.

—Es más que probable que planearan venderla a un burdel —declaró con tono sepulcral la mujer que vivía al lado de Alice—. En la prensa salen continuamente noticias de este tipo.

—Oh, no lo creo —objetó Lucinda.

—La señora Badget tiene razón... —terció otra mujer—. Precisamente el otro día, el *Flying Intelligencer* informaba sobre el caso de algunas damas respetables que, tras haber sido secuestradas, habían quedado tan lastimosamente maltrechas, que no habían tenido más remedio que entrar en un burdel.

Lucinda la fulminó con la mirada.

—Créame si le digo que haber sido secuestrada y acabado maltrecha, como usted dice, no me induce a hacer carrera en un burdel, señora Childers. Pero sí me pone furiosa. Muy, muy furiosa. De todos modos, no me faltan recursos. Pregunte a esos dos villanos.

Las mujeres la miraban boquiabiertas, subyugadas.

—Tiene razón —dijo Alice con brío—. Al escapar, lloraban como niños.

—¿Dónde está Shute? —volvió a preguntar Lucinda, buscando en la niebla.

—Yo lo he encontrado —gritó alguien.

Todos se volvieron hacia la voz. Acompañado por uno de los vecinos, Shute apareció en la entrada de una estrecha calleja. Andaba con paso inseguro, pero se mantenía en pie, advirtió Lucinda con alivio.

Echó a andar, pero tropezó de inmediato, y se habría desplomado en el suelo si Caleb no la hubiera agarrado.

—¿También se ha hecho daño en el tobillo? —preguntó él, como si hubiera sido culpa de ella. Caleb la sostuvo en sus brazos.

—No, parece que he roto el tacón del zapato. Tenga la bondad de soltarme, señor. Debo ver a Shute.

—¿Seguro que no es nada grave?

—Sí, Caleb —dijo ella—. Seguro. Ahora, por favor, suélteme.

Caleb obedeció a regañadientes. Una mujer se acercó corriendo.

—He encontrado sus gafas, señorita Bromley —dijo—. Pero están rotas.

—En casa tengo otras. —Lucinda se dirigió cojeando hasta Shute, sabiendo que Caleb la seguía de cerca—. ¿Qué le han hecho, Shute?

—Le pido disculpas, señorita Bromley. —Apesadumbrado, Shute se tocó la cabeza con cuidado—. Los cabrones vinieron por detrás. Antes de saber qué me había golpeado, ya estaba en el suelo.

Lucinda lo examinó lo mejor que pudo bajo la tenue luz.

—¿Cree que ha estado inconsciente?

—No, sólo aturdido. Antes de darme cuenta, ya me habían atado como a un pollo y amordazado.

—Está sangrando y desde luego en estado de *shock*. Debe entrar a calentarse. Luego le curaré la herida.

—Tráigalo a nuestra casa —dijo Alice—. Se está muy caliente.

—De acuerdo. —Lucinda lo urgió amablemente a ir hasta la puerta—. ¿Puede traerme la cartera, señora Ross? Estará en la calzada, cerca del carruaje.

—Iré a buscarla —dijo Alice.

Lucinda contó con la ayuda de Caleb para acompañar a Shute.

—¿Ha visto bien a los dos hombres que le han atacado? —preguntó Caleb.

—Me temo que no puedo darle una buena descripción —dijo ella—. Todo ha sido muy rápido. Pero los dos apestaban a humo de cigarrillo.

—En esta categoría se incluyen tres cuartas partes de los maleantes de Londres —masculló Caleb.

—Uno se llamaba Sharpy y el otro Perrett —añadió ella.

—No eran de este barrio —señaló Gilbert Ross—. Sólo puedo decir esto.

—Da igual —dijo Caleb—. Los encontraré.

—¿Cómo? —preguntó Lucinda, no porque dudara de la

188

certeza de las palabras de Caleb, sino sólo por curiosidad sobre la estrategia que él pensaba emplear.

—En los bajos fondos, los rumores corren tan deprisa
como en los clubes y salones de las clases altas. —En los ojos
de Caleb se apreciaba algo oscuro y salvaje—. Confíe en mí,
Lucinda. Los encontraré.

21

—¿Qué demonios les hizo a esos hombres para que huyeran así? —inquirió Caleb, que parecía intrigado.

Lucinda lo miró por encima del borde de la taza. Ahora le veía bien la cara gracias a las gafas de repuesto que había cogido del escritorio. Sus rasgos aún estaban engastados en líneas duras y frías, y sus ojos reflejaban una expresión implacable. Pero además él también contaba con esa otra parte, la parte espeluznantemente peligrosa que ella había vislumbrado hacía poco en Guppy Lane.

Se encontraban en la biblioteca. Patricia, que había llegado a casa poco antes, se había unido a ellos, todavía con el vestido del baile.

Caleb estaba de espaldas a la ventana. Se había quitado el largo abrigo. Lucinda se había quedado pasmada al ver que lucía la misma camisa y los mismos pantalones de la fiesta. Evidentemente no se había acostado. Llevaba el cuello de la camisa desabotonado y las mangas subidas.

Saldría de casa a toda prisa, concluyó. Por desgracia, la informalidad trajo consigo imágenes del aspecto de él al inclinarse sobre ella en la cabaña de secado, poniéndose encima, aplastándola en la fragante cama. Lucinda tuvo que hacer un gran esfuerzo para concentrarse.

Fue Patricia quien contestó a la pregunta de Caleb.

—Seguramente que les arrojó a la cara un poco de pimentón picante (hecho con pimientos rojos). —Echó una mirada a Lucinda—. ¿Estoy en lo cierto?

—Sí. —Lucinda depositó la taza en el platillo—. Mi madre y yo siempre llevábamos encima una cantidad suficiente cuando viajábamos al extranjero con papá. Se convirtió en una costumbre. Mamá preparaba la receta original, pero con los años yo he cambiado un poco los ingredientes para potenciar los efectos.

—Yo también llevo una provisión —dijo Patricia a Caleb—. Como mi madre. Para una dama toda precaución es poca.

—Por lo general, llevo el polvillo encima —explicó Lucinda, que bajó la vista a la manchada y rota falda del vestido de baile—. Pero se me olvidó decirle a madame LaFontaine que cosiera un bolsillo. Por eso tuve que bregar con mi cartera, lo que complicó muchísimo las cosas.

Caleb meneó la cabeza.

—Supongo que debería estar sorprendido, pero por algún motivo no lo estoy. Está claro que las mujeres de esta familia constituyen un grupo autosuficiente.

—Aún no me creo que anoche estuvieras a punto de ser secuestrada, Lucy. —Patricia tuvo un escalofrío—. Da miedo sólo pensarlo. Y encima en Guppy Lane. Siempre has dicho que allí te sentías segura.

—Allí estoy segura —dijo Lucinda—. Te lo garantizo, esos malhechores no viven en el barrio. Los Ross y los demás les habrían reconocido enseguida. Imagino que los asaltantes estarían merodeando por las inmediaciones con la intención de sorprender a alguna víctima incauta. Cuando vieron mi carruaje, decidieron que yo sería un objetivo fácil. Podríamos decir que era un crimen de oportunidad.

—No. —El tono de Caleb era grave y sombríamente seguro—. No fue elegida al azar. Lo que sucedió anoche fue un intento deliberado de secuestrarla. Si lo hubieran conseguido, no tengo ninguna duda de que la habrían matado. Al día siguiente o al otro, las autoridades habrían sacado su cadáver del río.

Estupefacta y sin habla, Lucinda se quedó mirándolo fijamente.

Patricia dejó la taza con gran estrépito en el platillo. Miró a Caleb, con la boca abierta por la conmoción.

Lucinda se recuperó primero.

—¿Por qué querrían matarme esos dos? Estoy segura de que no les había visto en mi vida.

—A juzgar por las descripciones que obtuve de los vecinos de Guppy Lane, eran un par de granujas corrientes de la calle que se ganaban la vida con la fuerza bruta. Les importaba un bledo quién fuera usted. Quien la quería muerta es el que los contrató.

Lucinda notó una punzada de dolor en el hombro.

—Temía que fuera a decir esto.

—No ha respondido a la pregunta, señor —dijo Patricia—. ¿Por qué alguien iba a querer matar a Lucy?

La expresión de Caleb era fría y tranquila. Lucinda sentía la energía en la atmósfera que lo rodeaba. A su modo, él estaba cazando.

—En mi opinión, es obvio que quien encargó el secuestro ha descubierto que estoy llevando a cabo una investigación de parte de su prima —dijo—. Esa persona teme que Lucinda pueda proporcionarme las pistas que yo necesito para localizar al doctor Basil Hulsey. Y si encuentro a Hulsey, descubriré a quienes están ahora financiando sus trabajos sobre la fórmula del fundador.

Lucinda estaba inmóvil en el sofá.

—En otras palabras, anoche alguien de la Orden de la Tablilla Esmeralda trató de secuestrarme y asesinarme.

Caleb inclinó un poco la cabeza.

—Hay un noventa y siete por ciento de probabilidades de que sea esto exactamente lo que pasó.

Lucinda se estremeció.

—Bueno, está claro que usted no pretende endulzar la píldora, señor.

—Desde luego no es mi estilo, Lucinda. ¿Preferiría usted que sí lo fuera?

Ella sonrió con ironía.

—No, por supuesto que no.

Caleb asintió, satisfecho.

—Me lo figuraba. En lo que a esto se refiere, usted y yo somos iguales. Preferimos la verdad.

—La mayoría de las veces así es —murmuró ella entre dientes.

Patricia se volvió hacia ella.

—Pero esto significa que corres un grave peligro, Lucy. Quien contrató a esos hombres espantosos podría intentarlo otra vez.

—Pero probablemente no a plena luz del día —señaló Caleb, ahora bastante más pensativo—. Y seguramente no en esta casa. Pues sería demasiado arriesgado estar expuestos a ser observados por los vecinos y los sirvientes moviéndose de un lado a otro. Tenga en cuenta que anoche no intentaron raptarla hasta que estuvo en Guppy Lane.

—Estarían vigilando esta casa —dijo Lucinda—. Me siguieron y esperaron el momento oportuno.

—Sí —dijo Caleb—. Pero no creo que vuelva a ver a ninguno de ellos. En la Orden de la Tablilla Esmeralda no se permiten fallos.

Lucinda se estremeció.

—¿Cree que los matarán?

Caleb se encogió de hombros.

—No me extrañaría, aunque también es posible que sigan con vida al menos durante un tiempo. Yo espero que sí, la verdad.

—¿Por qué? —preguntó Patricia.

—Porque me gustaría hacerles unas cuantas preguntas. Si

tienen algo de sentido común, se esconderán entre los suyos. Por lo que yo sé, los miembros de la Orden proceden de las clases altas. Es difícil que estos individuos tengan los contactos necesarios para localizar a los criminales que no desean ser descubiertos.

Lucinda alzó las cejas.

—Pero ¿tiene usted contactos de esa clase?

—Uno o dos —dijo—. Ni mucho menos tantos como creo que necesitaré en el futuro. Está claro que a la agencia le harán falta.

—Una idea espeluznante —dijo Lucinda.

—Como mientras tanto no puedo estar con usted y la señorita Patricia en todo momento —prosiguió—, he decidido contratar a un guardaespaldas para que esté pendiente de ustedes.

El pánico se apoderó de Lucinda.

—¿Cree que también Patricia corre peligro?

—Evidentemente usted es el objetivo principal —dijo él—. Pero si yo estuviera en el lugar de quien haya detrás de los sucesos de anoche, consideraría a su prima un medio elegante para hacerla caer en alguna trampa.

—Sí, claro... —susurró Lucinda—. No había pensado en eso.

Patricia estaba a todas luces impresionada.

—Sin ánimo de ofender, señor Jones, pero permítame decirle que quizá tiende usted a pensar de una forma bastante retorcida.

—No es la primera en señalar esta lamentable costumbre mía. —Caleb se calló y sacó el reloj—. Son casi las siete. Debo mandar un mensaje inmediatamente. Quiero que el guardaespaldas venga esta mañana a esta dirección lo antes posible para así poder yo proseguir con otros aspectos de la investigación.

Lucinda dejó la taza.

—Nunca he tratado a un guardaespaldas. No estoy demasiado segura de cómo debo comportarme con alguien con una profesión semejante.

—Considérele un lacayo —dijo Caleb, que acto seguido abrió un cajón del escritorio y sacó una hoja de papel—. En otras palabras, cerciórese de que siempre está oportunamente cerca.

22

Ira Ellerbeck abrió la finamente engoznada tapa de la diminuta caja de rapé de oro y esmeraldas. Con un movimiento hábil, cogió una pizca del polvo amarillento, lo llevó a la nariz e inhaló.

Ya no estaba de moda aspirar tabaco, pues ahora se estilaba más fumar puros y cigarrillos. Personalmente, consideraba que *Nicotiana tabacum* era repelente en todas sus formas. En cualquier caso, el minúsculo receptáculo no contenía la forma pulverizada de esa hierba concreta. La droga de la cajita era mucho más fuerte e infinitamente más peligrosa.

Enseguida sintió el escalofrío de la conciencia acentuada y se abrió a las agitadas corrientes que se arremolinaban en el inmenso invernadero. Un despliegue de cactus alucinógenos, hongos con psilocibina, lirios belladona, menta de Turquestán, beleño, amapola de opio y mucho más —todo cultivado e hibridado cuidadosamente con ayuda de su excepcional talento para intensificar la capacidad tóxica y estupefaciente— susurraba sus oscuras energías en el ambiente. Enseguida se le calmaron los nervios y poco a poco fue recuperando la confianza.

Miró a su hijo. Allister estaba apoyado en el borde de un banco de trabajo con un aire elegantemente lánguido.

—¿Qué salió mal? —preguntó Ellerbeck, ya con pleno control de la situación, al menos de momento.

—Los dos ladrones que contraté fallaron. —Allister torció el gesto, haciendo evidente su desdén—. Según rumores que corren por Guppy Lane, la señorita Bromley los enredó con cierta sustancia tóxica que les quemaba los ojos y les impedía respirar bien. Aprovechando la confusión, Bromley pudo pedir ayuda.

Lo invadió la furia. Con gran esfuerzo, Ellerbeck reprimió la perturbadora sensación. La fórmula tenía algunos efectos secundarios fastidiosos, uno de los cuales era que, además de intensificar temporalmente los menoscabados sentidos psíquicos, removía ciertas emociones violentas. Por desgracia, no había descubierto este problema concreto hasta después de haber iniciado a Allister en la droga. Ahora era demasiado tarde para los dos. La esperanza se desvanecía rápido. Le quedaban sólo unos meses, como mucho. Si Hulsey no daba pronto con una versión mejorada de la fórmula, todo estaba perdido.

—Deberías librarte de esos hombres —dijo—. Si Jones los localiza...

—No te preocupes. —Allister sonrió, emocionado ante la perspectiva de otras dos muertes—. Esta noche me ocuparé de Sharpy y Perrett. Entretanto, difícil será que acudan a la policía. Equivaldría a admitir que participaron en un intento de secuestro. Y aunque hablen con Jones, nosotros no corremos ningún peligro. No tienen modo de saber quién soy. Por lo que a ellos respecta, fueron contratados para raptar a la señorita Bromley con el propósito de venderla a una red de prostitución. La verdad es que no hay problema, puedes estar seguro.

—Maldición, ¿es que no lo ves? El problema es que ahora Caleb Jones sabe perfectamente que alguien intentó secuestrar a Bromley. Ha llegado al extremo de instalar a un guardaespaldas en la casa.

Había estado convencido de que librarse de la boticaria pondría punto final a todo, seguro de que, en cuanto quedara al descubierto el negocio suplementario de Daykin con el veneno, Jones consideraría cerrada la investigación.

En vez de ello, Jones parecía continuar sus pesquisas. Se había tomado a la desesperada la decisión de eliminar a Lucinda Bromley. También ese plan había fracasado.

Thaxter le había avisado hacía una hora. Según los rumores que circulaban esa mañana por los clubes, Caleb Jones tenía una relación íntima con Lucinda Bromley. Sólo podía haber una explicación lógica, y era muy improbable que dicha explicación fuera de carácter romántico. Jones estaba cazando.

—¿Qué te hace pensar que Edmund Fletcher es un guardaespaldas? —dijo Allister—. Según la criada con la que he hablado en Landreth Square esta tarde, se trata de un amigo de la familia que va a quedarse una temporada con la señorita Bromley y su prima.

Ellerbeck reprimió el impulso de arrojar una pesada regadera contra la pared de cristal del invernadero. En vez de ello, cogió una vasija de cristal y recorrió una corta distancia hasta su colección de plantas carnívoras. Advirtió que una de las grandes bocas, en forma de cántaro, de su *Nepenthes rajah* todavía estaba digiriendo su última comida: un pequeño ratón.

Se paró frente a una *Dionaea* de un verde intenso.

—Esto sería demasiada coincidencia —dijo—. Estamos hablando de Caleb Jones, que habrá percibido lo que pasó realmente anoche. Fletcher es un guardaespaldas, no hay ninguna duda.

—Puedo quitar a Fletcher de en medio fácilmente.

Ellerbeck exhaló un suspiro.

—Entonces Jones simplemente colocará más guardias en la casa de Bromley.

—También me encargaré de Jones.

—No estés tan seguro de eso.

Allister se puso tenso de ira, como pasaba siempre que Ellerbeck le daba a entender que tenía unas aptitudes limitadas.

—Me dijiste que Jones es tan sólo una especie de talento intuitivo —señaló Allister—. Quizá sea muy bueno jugando al ajedrez, pero esta capacidad no le protege de lo que yo puedo hacerle.

A Ellerbeck lo invadió la exasperación, un ácido caliente que le impulsaba a gritar. Intentó excluir de su voz toda emoción, pero no lo consiguió.

—Por todos los demonios, ¿es que no lo ves? Si llegaras a matar a Caleb Jones, tendríamos un problema aún mayor que el de ahora.

—¿Qué quieres decir?

Ellerbeck refrenó su frustración. Y pensar que en otro tiempo creyó que la droga acaso salvara a su hijo. Allister siempre había sido peligroso. La vena de locura se había revelado ya en una época temprana. De todos modos, tras empezar a tomar el preparado, durante unas semanas pareció volverse más estable. Pero en cuestión de días aparecieron los efectos secundarios.

—Pensemos en lo que estás sugiriendo —dijo Ellerbeck—. El asesinato de Caleb Jones llamaría la atención del Maestro, el Consejo y la familia Jones al completo. Esto es lo último que queremos.

—Pero nadie se dará cuenta de que Jones ha sido asesinado —insistió Allister—. Ya sabes cómo trabajo. Parecerá que ha muerto de un ataque cardíaco, como Daykin.

—No es muy común que un hombre en la flor de la vida muera repentinamente de un ataque al corazón.

—De vez en cuando pasa.

—En la familia Jones, no. Son un grupo sano. Tus métodos quizá satisfagan a los miembros del Consejo, pero hazme caso cuando te digo que, sin una explicación digna de crédito, nadie del clan Jones creerá que la muerte de Caleb Jones se ha debido a causas naturales. Ni por un instante. El Maestro y todos los pertenecientes a este maldito árbol genealógico removerían todas las piedras de Londres hasta encontrar la respuesta.

—No encontrarían ninguna.

—No estés tan seguro. Tengo la impresión de que ninguno de los dos sobreviviríamos a la investigación que emprenderían. Y aunque los Jones no lograsen descubrirnos, el Primer Círculo estaría furioso. Los jefes se ocuparían de que nuestro suministro de droga quedara interrumpido del todo.

—Tenemos a Hulsey. Él puede continuar preparando la fórmula.

—El Primer Círculo nos lo quitaría en un suspiro.

Allister empezó a vagar por uno de los senderos del invernadero.

—Pues hallaremos una explicación digna de crédito. Maldita sea, ¿de dónde te viene este miedo tan extraño a la familia Jones?

—Hay una razón por la que todos los maestros de la Sociedad de Arcanos han sido de la familia Jones desde su fundación.

—Desde luego que sí. El propio fundador era un Jones. No tiene ningún misterio que sus descendientes hayan ejercido siempre una gran influencia en la Sociedad. Es sólo el peso de la tradición.

La tradición tenía que ver, pensó Ellerbeck. Pero también desempeñaban un papel el poder y el talento. Y no podía negarse que el linaje de la familia Jones atesoraba una buena proporción de ambos. En el clan abundaban en particular los cazadores. Daba la casualidad de que Caleb Jones no estaba dotado de este talento distintivo, pero muchos de los que buscarían al asesino poseerían sin duda esas prodigiosas facultades depredadoras.

Aunque sólo fuera verdad una mínima parte de las leyendas que rodeaban a la familia, era de todo punto seguro que perseguirían a su presa hasta las mismas puertas del infierno y más allá.

Pero no serviría de nada intentar explicar esto a Allister. Además del susurro de la locura, estaba imbuido de la arrogancia natural característica de los varones jóvenes de veinti-pocos años. Nada que dijera un padre cambiaría esto. La única esperanza que les quedaba a los dos era que Hulsey prepa-rase una versión mejorada de la droga.

«Hemos de ganar tiempo.»

Pensó en lo que acababa de decir Allister. «Pues hallare-mos una explicación digna de crédito.»

Contempló la araña al fondo de la vasija. El insecto le de-volvió la mirada con sus ojos glacialmente inhumanos. Los miembros del Primer Círculo mostrarían una parecida falta de piedad si descubrían que las cosas iban tan mal.

«Una explicación digna de crédito.» Requeriría un riesgo considerable, pero igual funcionaba. Ya no tenían nada que perder. Él estaba muriéndose, y su hijo se hundía en la locura.

—Tal vez tengas razón —dijo por fin Ellerbeck—. Quizá deberíamos eliminar a Jones.

—Sé que preferirías evitar todo contacto con la Sociedad y con los Jones —dijo Allister, viendo la oportunidad—. Pero ya no tenemos elección. Nos guste o no, gracias a Lucinda Bromley, Caleb Jones se ha visto involucrado en este asunto. Y tú dices que es peligroso.

—Es un Jones —dijo Ellerbeck sin más.

—Muy bien, a menos que se te ocurra un modo de con-vencerle para que abandone el caso, no nos queda otra opción que quitarlo de en medio antes de que descubra alguna cone-xión que lo conduzca de nuevo hasta Hulsey. El doctor no aguantaría ni cinco minutos de interrogatorio.

—Él ha sido el punto flaco de este negocio desde el prin-cipio. Pero lo necesitamos, Allister. Es el único hombre de ta-lento que conozco capacitado para reducir los efectos secun-darios de la fórmula.

—Por lo que a mí se refiere, la droga funciona muy bien.

«Lo dices porque ya estás loco», pensó Ellerbeck. Un enor-me abatimiento amenazaba con ahogarlo. Su único hijo era un demente con talento para asesinar.

Dejó la vasija en un banco de trabajo, sacó la cajita de rapé e inhaló otra pulgarada de droga.

Desapareció el aplastante peso de sus morbosos pensamientos. Si disponían de tiempo, Hulsey perfeccionaría la receta, y sería posible salvar a Allister.

La clave era el tiempo.

—Me has dado una idea. —Vibró en su interior un estremecimiento de expectación—. A lo mejor hemos sido demasiado tímidos en nuestro enfoque. Las situaciones apremiantes demandan medidas urgentes.

La concesión desconcertó por momentos a Allister, que no obstante se recuperó enseguida.

—No te preocupes, no me resultará tan difícil quitar de en medio a Caleb Jones.

—Te creo. De todos modos, deberás llevar a cabo la operación de una manera que satisfaga a la familia Jones. Han de tener la firme impresión de que no hay ningún misterio que desentrañar. Una muerte que parezca un ataque cardíaco o una apoplejía no servirá.

Allister frunció el ceño.

—¿Tienes un plan?

—Estaba pensando que si aparece Caleb muerto, hay algo que puede impedir que la familia ponga Londres patas arriba en busca del asesino.

—¿El qué?

—La muerte del culpable.

Allister arrugó la frente.

—¿Pretendes arrojar sospechas sobre alguien?

—Sí. —En el pasado había funcionado un plan muy parecido, pensó Ellerbeck. Entonces ¿por qué no podía volver a funcionar?

Allister parecía tener dudas.

—Me gusta la idea, pero si ha de ser convincente, la prueba debe señalar a alguien que posea razones muy poderosas.

—No sólo razones, sino también un historial de haber

cometido asesinato con veneno. En otras palabras, el sospechoso perfecto.

Allister se quedó unos segundos mirando sin comprender. Después cayó en la cuenta.

—¿Lucinda Bromley? —dijo alzando un poco la voz fruto del asombro.

—A decir de todos, Jones está teniendo una aventura con ella. La señorita Bromley envenenó a su último amante. ¿Por qué no a otro?

Allister esbozó su lenta y fría sonrisa.

—Una idea brillante. No costará mucho hacer que parezca que Jones ha muerto envenenado.

—Crees que será un objetivo fácil, lo sé, pero hay que planearlo todo con cuidado. No podemos permitirnos más errores.

—No te preocupes, yo me encargaré de todo.

Ellerbeck volvió a coger la vasija, quitó la tapa y la puso boca abajo. La araña cayó en la encarnada boca de la venus atrapamoscas. Las mandíbulas de hojas espinosas se cerraron de golpe, tan rápido que el ojo observador fue incapaz de captar el instante en que se había decidido el destino del insecto.

Ellerbeck contempló durante unos momentos el inútil forcejeo de la araña. El plan funcionaría. Tenía que funcionar.

23

—El señor Fletcher no es un lacayo, desde luego —dijo Patricia la tarde siguiente echando chispas en voz baja—. Es más, está claro que tampoco sabe comportarse como tal. Míralo ahí, apoyado en la pared y comiendo bocadillos como si fuera un huésped de la casa.

Lucinda intercambió una rápida y divertida mirada con lady Milden. Eran las tres y media de la tarde, y el salón estaba decorado con más de media docena de jóvenes elegantemente vestidos. Por la ventana, alcanzó a ver a otros dos caballeros apresurados, de aspecto ansioso y poco más de veinte años, que subían las escaleras con ramos de flores.

La estancia ya estaba abarrotada de flores cortadas y ramilletes de toda clase. Ella se había visto obligada a apagar sus sentidos para reducir el hedor de la descomposición, pero por lo visto Patricia y lady Milden consideraban deliciosas las ofrendas florales.

Lo que le agitaba los sentidos no era sólo la esencia subyacente de la masa de flores muertas. Ligeras corrientes de energía psíquica latían suavemente en la habitación. Todos los admiradores de Patricia eran miembros de la Sociedad, lo cual significaba que cada uno estaba dotado de cierto grado de talento. Si se coloca a muchas personas psíquicamente talentosas en un espacio reducido, incluso alguien con una sensibilidad mínima notará algo en el ambiente, pensó Lucinda.

La señora Shute y dos de sus sobrinas, a las que habían hecho venir para ayudar a atender a la esperada multitud de pretendientes, iban sin parar de un lado a otro con té recién hecho y una interminable provisión de bocadillos y pastelitos. «Es asombrosa la cantidad de comida que pueden tragar los jóvenes sanos», caviló.

Las normas sociales que regían esta clase de visitas entre jóvenes caballeros y damas elegibles como pareja eran muy estrictas. Patricia estaba instalada en el sofá, delante de la tetera. Lucinda y lady Milden se sentaban en sendas sillas a uno y otro lado, flanqueándola pero dejando sitio para que los admiradores se acercaran a Patricia y charlaran con ella.

Ninguno de los jóvenes debería haberse quedado más de diez o quince minutos como mucho, pero transcurrida media hora no se había ido nadie y seguían llegando más. Cumplimentaban a Patricia por turnos, pero, bajo los atentos ojos de lady Milden y Lucinda, pocos podían mantener una conversación larga.

—Admito que no hay modo de hacer pasar al señor Fletcher como lacayo —dijo Lucinda con calma—. Es por eso por lo que lady Milden y yo decidimos presentártelo como amigo de la familia.

—Pero no es amigo de la familia —soltó Patricia con brusquedad—. Se supone que es una especie de criado, que sin embargo no acepta órdenes de nadie. Le he dicho que se quedara en el vestíbulo. Desde ahí no habría tenido dificultad para vigilar. Pues ha insistido en entrar.

Lucinda se vio obligada a reconocer que Edmund Fletcher no respondía en absoluto a la idea que ellas tenían de un guardaespaldas. Cabe suponer que los hombres que escogen esta profesión vienen de la calle. El señor Fletcher, por otra parte, no sólo vestía como un caballero joven a la moda, sino que además tenía los modales, el aspecto y —lo más difícil de imitar— el acento de alguien culto que ha recibido una buena educación. También era un hombre de notable talento, percibió ella.

—No haga caso del señor Fletcher —aconsejó lady Milden con tono alegre—. Imagino que sólo está intentando cumplir con su cometido.

—No sólo no acepta órdenes, es que intenta darlas —masculló Patricia—. Ha llegado a tener el descaro de decirme que no me pusiera delante de la ventana. Habrase visto.

Un joven de tez rubicunda y con una taza de té vacía en la mano se acercó titubeante. Patricia le dedicó lo que Lucinda consideró una sonrisa especialmente radiante.

—¿Más té, señor Riverton? —dijo Patricia.

—Sí, gracias, señorita McDaniel. —Aturdido, Riverton ofreció la taza—. Por lo que dijo en el baile, entiendo que está interesada en la arqueología.

—En efecto, señor. —Patricia sirvió el té en la taza con un movimiento lleno de gracia—. Es mi pasión.

—La verdad es que a mí también me apasiona —dijo Riverton con ansiedad.

—¿Ah, sí? —Patricia le dirigió otra sonrisa vivaz.

En el otro extremo de la estancia, Fletcher puso los ojos en blanco y engulló lo que quedaba de un bocadillo. A Lucinda le pareció que, debido a esta reacción, Patricia se animaba aún más.

La señora Shute apareció en la puerta.

—El señor Sutton y el señor Dodson.

Los recién llegados fueron conducidos al salón. A Lucinda le dio la impresión de que, una vez los presentes hubieron evaluado la nueva competencia, se elevó el nivel de energía. Lady Milden parecía satisfechísima con su labor. Edmund Fletcher, con aspecto de estar más aburrido aún, se comía otro bocadillo.

De repente, Lucinda sintió el impulso de volver a mirar por la ventana. Vio a Caleb descender de un coche de caballos y empezar a subir la escalera principal. Al cabo de unos segundos, oyó su voz grave en el vestíbulo de la entrada.

Apareció de nuevo la señora Shute.

—El señor Jones.

Caleb entró en el salón como una fuerza de la naturaleza. El zumbido de voces masculinas se interrumpió de golpe. Los jóvenes se apartaron del camino del recién llegado, observándolo con una mezcla de recelo, admiración y envidia, como mirarían los cachorros a un león adulto. En el salón, el nivel de poder subió varios grados.

Caleb saludó con la cabeza a Edmund Fletcher, que acusó recibo del silencioso gesto con una respetuosa inclinación de la suya.

Tras ignorar a todos los hombres de las inmediaciones, Caleb se paró delante de Lucinda, Patricia y lady Milden.

—Señoras —dijo—, me pregunto si puedo llevarme un rato a la señorita Bromley. Tengo un gran deseo de visitar su invernadero.

—Sí, desde luego —dijo lady Milden antes de que Lucinda pudiera hablar por sí misma—. Váyanse. Patricia y yo nos las apañaremos muy bien.

Lucinda se puso en pie y se dirigió a la puerta con Caleb. No habló hasta que estuvieron en el pasillo.

—¿Una visita a mi invernadero, señor Jones? —dijo con sequedad.

—Parecía una excusa lo bastante razonable para sacarla del salón.

—Lo agradezco. Tenía ganas de tomarme un respiro. Es pesado observar todo el rato a esos ansiosos caballeros mientras intentan entablar una conversación cortés con Patricia.

—Parece que en el frente casamentero las cosas marchan bien —señaló él.

—Sí. Lady Milden tiene esperanzas de encontrar una pareja en cuestión de días.

—¿Y qué hay de la señorita Patricia? ¿Manifiesta señales de interés por alguno de los jóvenes que he visto ahí dentro? —preguntó Caleb.

—Se muestra encantadora con todos y parece disfrutar de su compañía, pero la única emoción fuerte de alguna clase que he podido detectar ha sido una incomprensible antipatía hacia el señor Fletcher.

—¿Y por qué demonios le ha cogido antipatía?

—Creo que, en parte, es culpa de él. Ha dejado claro que no tiene buena opinión de ninguno de los admiradores ni, de hecho, de la idea en su conjunto. A mi juicio, cree que el planteamiento de Patricia para encontrar marido suena demasiado a negocio. Ha dicho algo en el sentido de que se sentía como si estuviera asistiendo a una subasta de caballos en Tattersall's.

Caleb frunció el entrecejo.

—Curiosa manera de verlo. Contar con el asesoramiento de lady Milden me parece un enfoque muy lógico y eficiente del problema.

—Sí, señor Jones, ya lo dejó usted claro. —Mostró el camino a la biblioteca.

—¿Qué tal está hoy su hombro?

—Aún me duele un poco, pero es lo que cabía esperar. Shute también está recuperándose bien. Imagino que habrá venido usted esta tarde porque hay alguna noticia sobre los progresos de sus investigacions.

—No. —Caleb abrió las cristaleras y la hizo pasar delante de él al invernadero—. Esta tarde he venido porque, entre una cosa y otra, no hemos tenido oportunidad de hablar.

—¿Sobre qué?

—La cabaña de secado.

Horrorizada, Lucinda se volvió hacia él. Notaba el rubor que le calentaba la cara, pero consiguió mantener la voz tranquila y serena; una mujer de mundo de pies a cabeza. Lo que precisamente era ahora, pensó, gracias a lo ocurrido en la cabaña de secado.

Lucinda se aclaró la garganta con delicadeza.

—No creo que haga falta ninguna conversación sobre el

tema. Estas cosas pasan de vez en cuando entre hombres y mujeres adultos.

—No, a mí no. Jamás en mi vida había tenido un encuentro así en una cabaña de secado. —Caleb cerró las puertas con mucha parsimonia y la miró con una expresión perturbadoramente seria. Los marcados rasgos del rostro le daban un aire más adusto que de costumbre—. Salta a la vista que la experiencia también fue novedosa para usted.

—No es que haya tenido muchas oportunidades de esta clase, señor —dijo ella malhumorada—. ¿De qué habría que hablar, entonces?

—En circunstancias normales, de matrimonio.

—Matrimonio.

—Por desgracia, no estoy en condiciones de hacerle esta proposición.

Lucinda empezó a sentirse un poco mareada. Se agarró instintivamente al objeto sólido más cercano, un banco de trabajo, y trató de respirar con normalidad.

—Le aseguro que nunca tuve expectativa alguna de una proposición así. —Agitó una mano en un gesto que pretendía ser de rechazo displicente—. Además, no soy precisamente una joven ingenua como Patricia, que debe proteger su reputación. Cielo santo, la mía quedó para el arrastre cuando murió mi prometido.

—Usted era inocente —dijo él como si ella hubiera cometido algún delito grave—. Lo sabía antes incluso de poseerla en la cabaña de secado, pero preferí pasarlo por alto.

Ahora Lucinda comprendió. Él no la culpaba. Caleb se acusaba a sí mismo de haber cometido un crimen.

Ella enderezó los hombros.

—Tengo veintisiete años, señor. Créame si le digo que las alegrías de la inocencia tienen un límite. Llega un punto en que la ignorancia ya no equivale a dicha. Los sucesos de la última noche me parecieron sumamente esclarecedores y... y educativos.

—¿Educativos? —repitió él con tono neutro.

—Y esclarecedores.

—Me alivia oír que, para usted, el tiempo que pasamos en la cabaña de secado no fue del todo un desperdicio.

Lucinda parpadeó. El tono de Caleb seguía siendo el mismo, pero en algo se notaba que lo había ofendido. Muy bien. Pues que se ofendiera. Ahora mismo ella no iba a mostrarse en absoluto benévola hacia él. Cogió unas tijeras y se puso a cortar unas flores muertas de un ramillete de orquídeas.

—No le dé más vueltas al rato que pasamos en la cabaña de secado, señor Jones —dijo.

—Pues esto será un problema. No puedo dejar de pensar en ello.

Esto la sobresaltó tanto que por poco corta un brote. Se le aceleró el pulso. Dejó con cuidado las tijeras.

—¿Qué ha dicho? —preguntó.

Caleb se pasó los dedos por el pelo.

—He llegado a la conclusión de que los recuerdos de la pasada noche me acompañarán siempre.

Caleb no parecía emocionado por ese descubrimiento.

—Lamento que lo considere un problema, señor Jones. —Ahora Lucinda comenzaba a sonar decididamente mordaz—. Quizá debería usted haber pensado en el posible resultado antes de sugerir el paseo hasta esa cabaña.

—No he dicho que los recuerdos sean un problema. Pero tardaré un tiempo en acostumbrarme a ellos. —Torció el gesto—. Cuando he querido concentrarme, siempre he sido capaz de dejar a un lado esa clase de pensamientos impertinentes.

—¿Ahora soy un pensamiento impertinente? —Lucinda cruzó los brazos debajo del pecho—. Señor Jones, quizá le interese saber que éste no es el tipo de cumplido que una mujer valora de un hombre tras una relación íntima.

—Estoy manejando esto bastante mal, ¿verdad?

—Sí —dijo ella con los dientes apretados—. Así es.

—Seguro que es porque pretendo evitar el asunto del matrimonio.

Lucinda sintió un escalofrío.

—Ha sido usted quien ha sacado el tema. No yo.

—Lucinda, tiene usted todo el derecho a esperar una proposición de matrimonio. Me considero un hombre de honor. Yo debería hacer esta proposición, pero lamento decir que no puedo. —Hizo una pausa—. Bueno, todavía no, en todo caso. Quizá nunca.

El dolor se mezcló con la indignación, lo cual estrujaba tanto el corazón a Lucinda que casi no podía respirar. No es que quisiera casarse con él, pensó. Sin embargo, habría sido bonito saber que el encuentro en la cabaña de secado había significado para Caleb algo más que una mancha en su honor y unos cuantos pensamientos impertinentes.

Lucinda se refugió en el orgullo.

—Mire alrededor, Caleb Jones. —Ella extendió la mano para mostrar el invernadero y la gran casa de detrás—. Está claro que no necesito a ningún hombre, ¿verdad? He sobrevivido a grandes escándalos sola. Administro como es debido la herencia recibida de mis padres y vivo una existencia cómoda. Tengo pasión por la botánica y me satisface muchísimo ayudar a la gente de Guppy Lane. Esto es más que suficiente para colmar la vida de una mujer. Se lo aseguro, para una dama en mi situación, es mucho más conveniente una aventura que el matrimonio.

—Sí, lo comprendo. —Las oscuras cejas de Caleb se juntaron en una feroz arruga sobre los ojos—. Me doy perfecta cuenta de que no reúno la mayoría de los requisitos, si acaso alguno, para ser su esposo.

—Ésta no es la cuestión, señor.

—Hablando en términos hipotéticos, ¿que debería ofrecerle un hombre de mi posición para inducirle a casarse con él?

Lucinda ya estaba familiarizándose con aquella mirada fría, intensa. Caleb había percibido otro misterio a desentrañar.

—Tendría que ofrecer amor, señor. —Ella ladeó la barbilla—. Y yo tendría que ser capaz de ofrecerle una emoción recíproca.

—Ya veo. —Él se apartó un poco, como si acabara de desarrollar un gran interés en la extraña y cercana *Welwitschia mirabilis*—. Siempre he considerado que el amor era algo imposible de cuantificar o describir de una manera clara y coherente.

Así era su mente lógica, científica. Si no se podía definir algo, era más fácil pretender que no existía. Lucinda casi sentía lástima por Caleb.

Casi.

—Sí. —Ella sonrió con frialdad—. Es imposible definir el amor con palabras. Igual que es imposible describir los colores paranormales de las flores que veo cuando abro los sentidos.

Él la miró por encima del hombro.

—En este caso, ¿cómo sabe uno que lo experimenta?

Lucinda esperó un momento. No podía confiarle sus sentimientos. En el fondo, Caleb era un hombre íntegro. Por eso su sentido del honor estaba atormentándole esa mañana. Ella no quería incrementarle el peso de la culpa. Al fin y al cabo, ambos compartían la responsabilidad de lo sucedido. Es más, Lucinda no lamentaba aquella increíble experiencia aunque ahora estuviera pagando un precio.

Ella descruzó los brazos, cogió la regadera y se puso a rociar con diligencia un helecho Lady.

—Según lady Milden, es algo intuitivo, aparece cuando se percibe alguna clase de conexión psíquica. —«Precisamente lo que sentí yo en la cabaña de secado.»

Caleb entrecerró los ojos.

—¿Sintió usted esta clase de conexión con su prometido?

Totalmente desconcertada, Lucinda dejó la regadera de golpe. Acto seguido, abrió los ojos de par en par, consolándose con la tonificante energía del invernadero.

—No —contestó, sintiendo que recuperaba el control—, pero él parecía ideal para mí en todos los aspectos. Satisfacía todos los requisitos de mi lista, del primero al último. No había duda de que el amor surgiría en nosotros. No podía ser de otro modo. Bueno, esto es lo que prometen todas las guías para la felicidad conyugal. Escoge a tu marido con cuidado, y el amor vendrá después.

—Dios santo. ¿Hay libros sobre el tema?

En otras circunstancias, el asombro de Caleb habría sido gracioso, pensó ella.

—Centenares —dijo Lucinda con aire risueño—. Por no hablar de los innumerables artículos que aparecen en las revistas femeninas.

—Maldita sea, no lo sabía. Nunca he oído que haya libros y artículos así para hombres.

—Probablemente porque los hombres no se tomarían la molestia de leerlos —dijo ella—. ¿Por qué iban a hacerlo? El matrimonio no conlleva para ellos el mismo grado de riesgo que para las mujeres. Los hombres disfrutan de muchos más derechos y libertades. No tienen por qué preocuparse demasiado por verse expulsados de la buena sociedad si son sorprendidos en una situación comprometedora. Pueden viajar cuando y donde les apetezca sin que se levante ninguna ceja. Pueden elegir entre una multitud de profesiones. Un matrimonio desgraciado puede compensarse fácilmente con una amante cara. Y si un hombre decide abandonar a su esposa, puede estar seguro de que las leyes del divorcio le favorecerán en todos los aspectos.

—Puede ahorrarse el sermón, Lucinda —soltó Caleb secamente—. Tenga la seguridad de que todos los hombres de la familia Jones han oído decir esto a menudo a las mujeres de la familia Jones.

Lucinda se ruborizó.

—Sí, claro. Perdone. Sé que usted tiene ideas modernas acerca de los derechos de las mujeres. —«Muy probablemente sea una de las muchas razones por las que me he enamorado.»

Caleb torció el gesto.

—¿Ha dicho que su prometido cumplía con todos los requisitos de su lista?

Ella exhaló un suspiro.

—Tiene usted otra vez esa mirada.

—¿Qué mirada?

—La que revela que ha captado los indicios de otro misterio. Y respondiendo a su pregunta, sí. El señor Glasson parecía perfecto. Ahora que lo pienso, es asombroso lo perfecto que era. Pero supe la verdad sólo después de comprometernos. Él satisfacía sólo uno de mis requisitos.

—¿Cuál?

—Poseía un gran talento, sin duda —dijo ella con gravedad—. Yo lo notaba cuando estaba cerca de él.

—¿Talento para la botánica?

—No, aunque de hecho sí tenía conocimientos sobre la materia. Con el tiempo descubrí que en él casi todo era fraudulento. Aunque la verdad es que consiguió convencerme, y también convencer a mi padre, de que sería un esposo ideal para mí.

—En otras palabras, tenía un don para el engaño.

—Sí, y la verdad es que era increíble. —Lucinda meneó la cabeza, todavía perpleja por cómo había sido engañada por Ian Glasson—. Incluso embaucó a papá, y le aseguro que mi padre tenía muy buen ojo para la gente.

La expresión de Caleb se volvió aún más pensativa.

—Es como si Glasson tuviera un talento camaleónico.

Lucinda parpadeó.

—¿Cómo?

—En mi tiempo libre, estoy elaborando una taxonomía de las diversas clases de talentos poderosos. La Sociedad necesita un método más útil para clasificar y describir las maneras en que se manifiestan las capacidades paranormales importantes.

—Me deja atónita, señor —dijo ella, divertida—. Jamás habría pensado que tuviera usted tiempo libre.

Caleb, con la atención puesta ahora por el nuevo tema, no hizo caso.

—En casi todas las personas con talento, la capacidad psíquica no supera el nivel de una sensibilidad vaga, inconcreta.

—Intuición.

—Sí. No obstante, mis investigaciones en los archivos históricos de la Sociedad, amén de mis observaciones, indican que, siempre que aparece un gran talento, casi siempre es muy especializado.

Lucinda comenzaba a sentirse intrigada.

—¿Como mi capacidad para estudiar y analizar la energía de las plantas?

—Exacto. O para la hipnosis, o la interpretación de las auras. Los camaleones son capaces no sólo de captar lo que otro desea sino también, durante períodos breves, generar la ilusión de que pueden satisfacer esos deseos.

Ella frunció el ceño.

—¿Por qué la limitación temporal?

—Para mantener la ilusión hace falta mucha energía, en especial si la víctima potencial es inteligente y posee un cierto grado de sensibilidad. Tarde o temprano, la imagen se hace añicos y queda al descubierto la verdadera naturaleza del camaleón.

—Esto probablemente explica por qué el señor Glasson casi nunca estaba conmigo durante períodos largos de tiempo. —Lucinda titubeó—. Aunque hubo ocasiones en que asistimos al teatro o a una conferencia y estuvimos juntos varias horas.

—Se trataba de situaciones en que usted prestaba atención a otras cosas. Entonces él no tenía por qué emplear una gran cantidad de energía durante mucho rato. —Caleb la contempló con una mirada reflexiva—. ¿Qué le hizo sospechar que él no era lo que parecía?

Lucinda se sonrojó y apartó ligeramente la vista.

—Comprenderá que, al principio de nuestra relación, me impactó mucho su comedimiento.

—¿Comedimiento? —Caleb parecía desconcertado.

Caleb era un hombre inteligente, pensó ella, pero a veces podía parecer increíblemente torpe.

—Podría decirse que el señor Glasson era el perfecto caballero —explicó ella.

—No entiendo por qué esto despertó sus sospechas.

Lucinda se dio media vuelta para ponerse frente a él.

—Por el amor de Dios, señor, Ian Glasson me besaba como si yo fuera su hermana o su tía soltera. Decir casto y poco apasionado es quedarse corto. ¿He sido lo bastante clara?

Caleb la miró atónito mientras iba comprendiendo.

—Dios santo. ¿La besaba como si usted fuera su tía?

—Se lo juro, era sumamente respetuoso con las convenciones. —Lucinda cerró la mano en la que llevaba el anillo—. Hasta la tarde en que intentó violarme en los jardines de la Sociedad Botánica Carstairs.

24

Caleb lo entendió a la perfección en un instante.

—La agredió porque ese día usted quería romper el compromiso —dijo.

—Tras la muerte de mi padre, en nuestra relación cambió algo —explicó Lucinda con calma—. Empecé a verle los defectos. En cuanto abrí los ojos, se hicieron patentes muchas cosas. Descubrí que él estaba teniendo una aventura con cierta viuda.

—Y cuando él reparó en que estaba a punto de perderla, hizo lo único que se le ocurrió: intentar comprometerla tanto que usted no tuviera otra opción que casarse con él.

Lucinda se quedó sorprendida por el rápido resumen de los hechos, pero asintió una vez, con cautela.

—Sí, esto es exactamente lo que pasó. Resulta que lo único que él quería de mí era mi herencia.

—La vieron huir del rincón más alejado de los jardines cuando él había intentado forzarla. Iba despeinada y llevaba el vestido roto. Si hubiera habido boda, ese tipo de conducta podría haber sido pasada por alto. Pero cuando corrió la voz de que se había puesto fin al compromiso, usted adquirió de pronto mala fama.

—Enhorabuena, señor. Ha investigado muy bien.

Algo en el tono de ella le decía que esas palabras no pretendían ser un cumplido, pero él se hallaba demasiado metido en el laberinto que estaba construyendo para prestar atención. Comenzó por el camino de gravilla más próximo, acercándose poco a poco a las profundidades de la jungla.

—¿Utilizó con él pimentón? —inquirió él.

—No, no hizo falta.

—¿Cómo escapó de sus garras?

—Primero le hinqué el abanico en el estómago, y luego en el ojo. Él se quedó tremendamente sorprendido, creo yo, o al menos demostró no estar preparado para esta respuesta. Me soltó en un gesto instintivo para protegerse los ojos, y yo escapé.

Caleb se representó mentalmente la imagen del sólido abanico plegado.

—Nunca había pensado en lo peligrosa que puede ser una situación así. —Lo invadió la admiración—. Muy astuta, Lucinda.

—Sí, bueno, supongo que es por todas esas expediciones en busca de plantas. Se aprenden cosas.

—Se dice que viajar ensancha horizontes —dijo él—. Pocos días después de que se pusiera fin al compromiso, encontraron a Ian Glasson muerto por haber ingerido veneno.

Caleb oyó los abotonados botines pisar el sendero de grava a su espalda.

—Todos dieron por sentado que era yo la culpable —dijo ella.

—Todos se equivocaron.

Los pasos de Lucinda se apresuraron en la grava mientras intentaba llegar a la altura de Caleb.

—¿Por qué está tan seguro? Está clarísimo que Ian fue envenenado.

—Con cianuro, según las crónicas aparecidas en la prensa.

—Sí.

—Un veneno que usted no habría utilizado. —Miró alrededor, todo el verdor allí reunido—. Habría empleado una sustancia indetectable, mucho más sutil. Seguro que en este invernadero no falta materia prima.

Detrás de Caleb hubo un silencio breve, tenso.

—Voy a tomar esto como un cumplido —dijo ella sin ninguna inflexión de voz.

—Era una simple exposición de un hecho obvio.

—Un hecho que nadie más advirtió.

Caleb se paró, se sentó en un banco de hierro, estiró las piernas y contempló una gran palma con hojas en forma de abanico.

—Igual que nadie prestó atención al hecho de que su padre se suicidó supuestamente con una pistola y que el socio también murió a causa del cianuro, no de un veneno de origen vegetal.

Lucinda se dejó caer a su lado. Las faldas intrincadamente drapeadas del vestido rozaron la pierna de Caleb, que abrió sus sentidos a la energía de ella.

—¿Qué está dando a entender, señor Jones? —preguntó en voz baja.

Caleb alcanzó a percibir la nueva tensión en Lucinda, que ya había adivinado lo que él iba a decir. A veces parecía como si ella le leyera el pensamiento. Nadie había sido nunca capaz de advertir la dirección de sus ideas como Lucinda.

—En los tres casos, el asesino quiso que las muertes parecieran sospechosas. Pretendía que el dedo acusador señalara a alguien. Pero para matar a su padre utilizó un método equivocado.

—¿La pistola? Bueno, habría sido casi imposible envenenar a papá. Su talento era parecido al mío. Habría notado cualquier sustancia tóxica, incluso el cianuro, por muy bien disimulada que estuviera.

—Sin embargo, si su padre hubiera querido suicidarse, probablemente habría tomado un veneno.

—Casi seguro.

—El asesino utilizó cianuro con las otras dos víctimas porque es rápido y drástico. Y seguro que se detecta.

—Llegó a dejar frascos de la sustancia en la escena del crimen —señaló ella.

—Cuando descubrieron al socio de su padre muerto tras ingerir veneno, su padre era el lógico sospechoso. Y cuando Glasson fue hallado en circunstancias parecidas, las sospechas recayeron sobre usted. —Caleb asintió una vez—. Sólo cabe admirar la simetría del plan.

—Pulcro y ordenado —admitió ella, con un tono tranquilamente aturdido.

—Sí, así es.

Era muy satisfactorio ser capaz de discutir con ella la lógica del caso. De hecho, era más que satisfactorio, sumamente provechoso. En la conversación con Lucinda había algo que aclaraba sus propios pensamientos.

—Pero en su teoría falta una cosa —dijo ella.

—¿La identidad del asesino?

—Bueno, sí, también ésta. Estaba pensando en el móvil.

—Cuando lo descubramos, descubriremos al asesino.

Lucinda lo observó con atención.

—¿Cree que los mató a los tres una sola persona?

—Dados el tiempo transcurrido y las técnicas utilizadas, calculo que hay aproximadamente un noventa y siete por ciento de probabilidades de que quien mató a su padre y al socio sea también el responsable de la muerte de su prometido.

Ella levantó las cejas.

—¿Está seguro de que no es el noventa y cinco o el noventa y seis?

Era una pregunta razonable, así que Caleb volvió a hacer el cálculo deprisa.

—El noventa y siete, segurísimo —dijo.

El leve destello de regocijo desapareció de la expresión de Lucinda.

—Habla en serio, claro.

—Sí.

—Pero esto no tiene sentido. ¿Qué relación podría haber

entre la muerte de mi prometido y las de mi padre y su socio?

—Aún no lo sé, pero, sea lo que fuere, tiene que ver con el robo del helecho y la muerte de la señora Daykin. —Caleb examinó el follaje que tenía delante—. Este invernadero es el hilo conductor de todo el asunto. La respuesta está en algún lugar de aquí.

—Esto...

Él volvió la cabeza bruscamente hacia ella.

—¿Qué pasa?

—No sé si puede ser importante, pero poco antes de que mi padre y su socio fueran asesinados, se produjo otro robo.

Chisporroteó energía a través de los sentidos de Caleb.

—¿Una planta? —preguntó con intención de cerciorarse.

—Sí. Era una especie extraña, no identificada, que encontramos en la última expedición al Amazonas. Yo percibía que la planta tenía ciertas propiedades hipnóticas poco comunes. Pensé que podría resultar curativa. Pero desapareció poco después de regresar. No hubo tiempo siquiera para ponerle nombre.

—¿Cuánto tiempo había pasado desde el regreso?

—Un par de semanas, me parece. Cuando advertí que no estaba, se lo dije enseguida a mi padre. Se mostró muy disgustado por el robo, pero, que yo supiera, aquí acabó todo. No va a llamar uno a Scotland Yard para que se investigue el robo de una planta.

—No, desde luego que no. Un caso así excedería las capacidades de la policía. El robo de una planta es mejor dejarlo en manos de oficinas de investigación expertas, como la agencia Jones.

Ella sonrió.

—Vaya, señor Jones, no le falta humor por lo que veo.

—Yo no tengo sentido del humor. Pregunte a quienquiera.

—Muy bien, supongamos que usted acierta en sus deducciones.

—Es lo que suele pasar.

—Sí, claro —dijo ella con sequedad—. Damos por supuesto que es usted infalible, pero, entonces, ¿cómo explica el hecho de que los tres primeros asesinatos se produjeran hace casi un año y medio, mucho antes del robo del helecho y la muerte de la señora Daykin?

—Todavía no lo sé. —Caleb bajó la vista a la mano que envolvía la de ella—. Pero hay un patrón, que cada día que pasa se hace más patente.

Él estaba buscando las palabras para explicar lo que percibía con tanta claridad con su talento cuando la señora Shute llamó desde el otro extremo del invernadero.

—Señor Jones. ¿Está usted aquí, señor?

Lucinda se levantó rápidamente y echó a andar por el camino hacia las cristaleras.

—Estamos aquí, señora Shute. Sólo estaba enseñándole al señor Jones las hierbas medicinales.

Caleb se puso en pie, preguntándose por qué había creído Lucinda necesario inventar una pequeña mentira para explicar la presencia de ambos en la parte trasera del invernadero. También advirtió que estaba ruborizada. Más tarde se le ocurrió que no quería despertar en la señora Shute la sospecha de que su patrona se dedicaba a actividades indecorosas entre el follaje. La relación con Lucinda se complicaba.

Caleb dobló una esquina y vio al ama de llaves, que parecía inusitadamente tensa y ansiosa.

—¿Qué pasa, señora Shute?

—En la puerta de la cocina hay un muchacho, señor. Dice llamarse Kit Hubbard. Asegura que trae un mensaje importante para usted. Algo sobre un hombre muerto.

25

El cadáver estaba despatarrado en una estrecha callejuela próxima al río. Era un pequeño reino de penumbra perpetua incluso en los días soleados, y en la niebla apestaba a algo antinatural, malsano. Un escenario adecuado para morir, pensó Caleb. Se le levantó el pelo del cogote. Caleb abrió los sentidos a las corrientes de la violencia reciente que se arremolinaba en las inmediaciones.

—El joven Kit dice que en la calle lo conocían como Sharpy —dijo.

—Es uno de los secuestradores, desde luego —dijo Lucinda.

—¿Está segura? —dijo él, sin dudar de la afirmación de ella pero interesado, como siempre, en oír sus razones.

Pese a que él había intentado evitarlo, Lucinda lo había acompañado. La discusión había sido breve, concisa, y Caleb había perdido. En fin, él siempre se las había visto negras contra la lógica. Cuando Lucinda le había recordado fríamente que ella tenía cierta experiencia con la muerte violenta y que sus habilidades podían ser de ayuda, Caleb se había visto obligado a admitir la derrota.

A decir verdad, la parte de él que respondía a la caza resultaba excitada por la perspectiva de compartir la aventura con ella. Además, Caleb notaba que la reacción intensa no estaba toda en su lado. Resonaba energía entre los dos. Nunca había experimentado nada igual con otra persona.

—Estoy segura —dijo Lucinda—. No miré bien a ninguno de los dos, pero advertí la particular mezcla de *Nicotiana tabacum* que fumaba cada uno.

Caleb la miró por encima del cadáver. El rostro de Lucinda estaba ensombrecido por la capucha de la capa, pero él pudo distinguir la expresión seria en el inteligente semblante.

—Su talento es asombroso, Lucinda.

—Al fin y al cabo, el tabaco es un veneno. De efecto retardado, pero un veneno después de todo.

—¿Ah, sí? Pues he oído que va bien para los nervios.

—No crea todo lo que sale en la prensa, señor.

—Eso hago. —Caleb centró la atención otra vez en el muerto—. Muy bien, de todos modos dudo que Sharpy haya muerto a causa del tabaco. Y como en el caso de Daykin, no hay signos de violencia. ¿Alguna idea?

—No ha muerto envenenado. —Lucinda bajó la vista al cadáver—. Sólo puedo decir esto.

Caleb se agachó junto al cuerpo y examinó la expresión de inmenso horror reflejada en los ojos abiertos.

—Por lo visto, al desplomarse estaba aterrado.

—¿Como la señora Daykin?

—Sí. Esto explicaría los gritos que, según Kit, se han oído desde la taberna.

—Y por qué han visto a su compañero huir de este callejón como alma que lleva el diablo —dijo Lucinda, repitiendo exactamente las palabras de Kit.

—Pero ¿qué o a quién vieron? —Caleb registró con prontitud la ropa de Sharpy—. No hay duda de que se trata de un asesinato. —Sacó un cuchillo de una oculta vaina sujeta con una correa a la pierna del muerto—. Pero ¿cómo? Era un hombre duro, de la calle, y ni siquiera tuvo tiempo de sacar su arma para defenderse.

—¿Cree que ha muerto literalmente de miedo?

224

Caleb se enderezó.

—Me parece que la causa de la muerte fue de naturaleza psíquica.

Lucinda lo miró a través de la oscura niebla que se concentraba en la callejuela. Caleb advirtió en ella la impresión de pasmo.

—¿Hay gente capaz de matar con su talento sin dejar rastro? —preguntó horrorizada.

—Esta facultad es sumamente rara —le aseguró Caleb, que estudiaba el cadáver—. Pero de vez en cuando me he encontrado con descripciones de talentos así en los archivos y publicaciones de la Sociedad. En esencia, el asesino induce tal grado de pánico que provoca una apoplejía o un ataque cardíaco.

—Pero parece que este hombre ni siquiera intentó escapar.

—Daykin tampoco. Según mis investigaciones, la víctima se queda literalmente paralizada de miedo y no puede ni levantar una mano para defenderse, no digamos ya correr para salvar la vida.

—Mis padres eran miembros de la Sociedad. Yo nací en ese mundo. Sin embargo, nunca había oído hablar de esas horrendas facultades.

—Precisamente porque el Consejo y mi familia siempre se han tomado la molestia de eliminar la información. —Caleb la tomó del brazo y la condujo hasta la entrada del callejón—. Igual que hacen todo lo que pueden para relegar la fórmula del fundador al estatus de mito y leyenda.

—Supongo que entiendo por qué.

—En general, para la gente lo paranormal es una fuente de entretenimiento y asombro. A la inmensa mayoría de los que afirman poseer capacidades psíquicas se les considera magos, artistas, o, en el peor de los casos, unos farsantes. Pero imagínese cómo reaccionarían los ciudadanos si se hiciera público que ciertas personas pueden cometer asesinatos sin dejar pistas ni pruebas.

Lucinda sintió un escalofrío. Caleb lo notó porque le sostenía el codo con los dedos.

—El veneno perfecto —dijo ella en voz baja—. Indetectable e ilocalizable.

—Sí.

Lucinda se volvió para observarlo desde la misteriosa oscuridad de su capucha.

—En este asunto, la policía se verá impotente. No encontrará nada que lleve a pensar en un asesinato. Para este pobre hombre no habrá justicia a menos que descubramos a su asesino.

Caleb le apretó más el brazo.

—Este «pobre hombre» hace poco intentó secuestrarla y asesinarla.

—Reconozco que probablemente trató de raptarme, pero no estoy segura del todo de que quisiera matarme. Es su teoría y sólo una teoría.

—Créame lo que le digo. Tengo mucha más experiencia que usted en cuestión de mentes criminales, Lucinda.

—Dada la índole de mi labor asesora con el inspector Spellar, me parece improbable que sus conocimientos sean tantísimo más amplios que los míos.

—No es lo mismo declarar si un hombre ha sido envenenado o no que investigar su muerte.

—¿Y desde cuándo funciona la agencia Jones? —dijo ella con retintín—. ¿Algo menos de dos meses? Yo llevo con el inspector Spellar casi un año.

—Me parece increíble que estemos discutiendo esto. —Caleb sonrió con aire pesaroso—. Si nos importara mínimamente la respetabilidad o el decoro, sin duda nos quedaríamos escandalizados ante nuestra común fascinación por la mente criminal.

—Todo el mundo encuentra fascinante la mente criminal —soltó ella con brío—. Aunque la mayoría se resiste a admitirlo. Sólo hace falta ver la cantidad de periódicos y revistas sensacionalistas que salen a la venta a diario en las calles de Londres. Y todos ofrecen relatos morbosos de crímenes y muertes violentas.

—Lo reconozco. —Caleb miró el cadáver de la callejuela por encima del hombro—. Pero dudo que este asesinato suscite mucho interés.

—No —dijo Lucinda con tono sombrío; luego también miró atrás—. La prensa prefiere que las historias vayan acompañadas de un escándalo excitante. La muerte de un villano de los barrios bajos que evidentemente murió por causas naturales no levantará ninguna ceja durante el desayuno de mañana.

26

A la mañana siguiente, el titular de primera plana del *Flying Intelligencer* no tenía nada que ver con el descubrimiento de un cadáver en un callejón. Lucinda se quedó boquiabierta y al instante se atragantó con un sorbo de café. Agarró la servilleta para taparse la boca mientras intentaba recuperar el aliento.

Patricia, sentada frente a ella, frunció el ceño asustada.

—¿Estás bien, Lucy?

Edmund Fletcher, en mitad de su segunda ración de huevos revueltos, dejó el tenedor, retiró la silla, rodeó al punto la mesa y golpeó con brío a Lucinda entre los omóplatos.

—Gracias. —Ella agitó la servilleta para indicarle que volviera a su asiento—. Estoy bien, señor Fletcher —farfulló—. En serio.

Patricia alzó las cejas.

—¿Te ha afectado algo del periódico?

—Estoy acabada —dijo Lucinda—. Por segunda vez, creo, aunque admito que quizás haya perdido el hilo.

—No será tan malo —dijo Patricia—. Sea lo que sea, tienes que leérnoslo.

—¿Por qué no? —dijo Lucinda—. Seguro que el resto de Londres está haciendo precisamente esto ahora mismo.

Comenzó a leer el artículo en voz alta. Patricia y Edmund escucharon petrificados.

CRÓNICA DE INTENTO DE SECUESTRO EN GUPPY LANE
UNOS MALEANTES PRETENDÍAN VENDER A LA VÍCTIMA A UN BURDEL

por Gilbert Otford

A principios de esta semana, en Guppy Lane, una dama cuyo nombre apareció de forma destacada en este periódico en relación con un caso de asesinato por envenenamiento escapó por poco a un destino espantoso.

La señorita Lucinda Bromley, hija del envenenador de infausta memoria Arthur Bromley y sospechosa en su momento de la muerte de su prometido, casi fue raptada por un par de villanos que se dedicaban a entregar mujeres respetables a una vida de vergüenza. Según ciertos testigos, sólo la acción heroica de varias personas presentes en el lugar salvó a la señorita Bromley de un destino peor que la muerte.

El decoro y la profunda consideración hacia la delicada sensibilidad de nuestros lectores prohíben a este corresponsal ofrecer detalles del sombrío futuro que habría esperado a la señorita Bromley si los secuestradores hubieran tenido éxito. Basta con decir que hay pocas dudas de que la dama habría terminado instalada en uno de estos abyectos establecimientos que satisfacen los antinaturales deseos de lo más lascivo y depravado del género masculino.

No obstante, este humilde corresponsal se pregunta si los presuntos secuestradores habrían seleccionado una víctima diferente si hubieran conocido la identidad de la que eligieron. Al fin y al cabo, una dama cuyo prometido murió envenenado después de beber una taza de té que ella le había servido podría haber sido considerada en cierto modo peligrosa por su futuro patrón, no hablemos ya de los dueños del establecimiento.

—No estoy de acuerdo —dijo Caleb muy serio desde la puerta—. A mi juicio, un pasado interesante siempre añade un poco de sabor.

Sobresaltada, Lucinda tiró el periódico en la mesa y le fulminó con la mirada. Un silencio de pasmo invadió la salita. La expresión de Caleb era la de un hombre que acaba de hacer un comentario totalmente razonable sobre la noticia matutina. Pero en sus ojos se apreciaba un destello. Era, pensó Lucinda, un momento poco afortunado para exhibir lo que podría describirse como un singularísimo sentido del humor.

—Buenos días, señor Jones —dijo con brusquedad—. No le he oído llamar.

—Lamento mi tardanza. Una de las criadas me ha visto llegar y me ha abierto amablemente la puerta. —Se dirigió al aparador y estudió la serie de platos—. Esta mañana los huevos parecen excelentes.

—Lo son —dijo Edmund enseguida—. Y pruebe la mermelada de grosella. La hace la señora Shute.

—Gracias por la sugerencia.

Caleb cogió una cuchara grande de servir y se llenó el plato de huevos revueltos.

—¿Café, señor? —dijo Patricia, cogiendo la cafetera.

—Sí, gracias, tomaré un poco. —Se sentó a la cabecera de la mesa—. He estado levantado casi toda la noche investigando en mi biblioteca.

Lucinda golpeteó con el dedo el irrefutable titular.

—Habrá leído el artículo de Gilbert Otford, imagino.

—No me pierdo una edición del *Flying Intelligencer* —le aseguró Caleb—. La mejor fuente de chismes de la ciudad. ¿Le importa pasarme la mantequilla?

—Es indignante —soltó Lucinda echando chispas—. Lo juro, estoy tentada de ir a las oficinas del *Intelligencer* y decirle al director cuatro verdades.

—Habría podido ser peor —dijo Patricia al punto.

Lucinda entrecerró los ojos.

—No veo cómo.

Se produjo otro breve silencio mientras todos intentaban imaginar una historia más sonada.

—Si los secuestradores se hubieran salido con la suya, por ejemplo —sugirió por fin Edmund.

Los otros lo miraron.

Edmund se puso colorado.

—Sólo me mostraba de acuerdo con la señorita Patricia. El desenlace podría haber sido mucho más trágico.

Patricia puso mala cara.

—El señor Fletcher tiene razón. No quiero ni pensar en lo que habría pasado si esos hombres horribles hubieran conseguido secuestrarte, Lucy.

—Bueno, pues no lo consiguieron —dijo Lucinda con tono sombrío—. Y ahora probablemente tendremos que lidiar con las consecuencias de la historia de Otford. O acaso debería decir que será lady Milden quien deberá enfrentarse a ellas. Esta noticia resucitará el viejo escándalo, seguro.

Caleb cogió una tostada.

—Creo que subestima el poder de Victoria en la Sociedad y en el mundo social, Lucinda.

—¿Se refiere al poder de la familia Jones? —preguntó Patricia.

—En una palabra, sí. —Caleb no se mostraba orgulloso ni contrito, sólo exponía los hechos tal como los veía.

Lucinda sacudió el periódico delante de él.

—Hay cosas que ni siquiera un Jones puede arreglar.

—Ciertamente. —Echó una mirada al periódico sin demasiado interés—. Pero esta historia de Otford no es una de ellas.

Ella soltó un suspiro, dejó caer otra vez el periódico sobre la mesa y sonrió un poco.

—Nunca deja usted de asombrarme, señor Jones —dijo con ironía.

—Oigo esto a menudo. —Caleb cogió el cuchillo de la

mermelada—. Pero, por regla general, el comentario no se hace con un tono de aprobación.

—Lucy, si el señor Jones y lady Milden no están preocupados por los efectos que esta historia del periódico pueda tener en tu reputación, creo que nosotras tampoco debemos preocuparnos —dijo Patricia, que a renglón seguido miró el reloj de pie—. Hablando de lady Milden, estará aquí de un momento a otro. Hoy tenemos un día muy apretado; para empezar, esta mañana salimos de compras.

Edmund hizo una mueca.

—Qué emocionante. Me muero de ganas.

Patricia le dirigió una mirada furiosa.

—Nadie le ha dicho que nos acompañe.

—Sí, alguien ha dicho que debe acompañarlas. —Caleb cargó el tenedor de huevos revueltos—. Yo.

—Ah, sí, claro. —Patricia se aclaró la garganta y siguió con su lista—. Esta tarde asistiremos a una conferencia sobre arqueología.

—Donde sin duda hará acto de presencia ese idiota de Riverton —masculló Edmund.

Patricia ladeó la barbilla.

—El señor Riverton me aseguró que el tema le apasiona.

A Edmund aquello le pareció tristemente gracioso.

—Lo único que le apasiona a Riverton es hacerse con la herencia de usted.

—Lady Milden jamás me lo habría presentado si hubiera pensado esto —replicó Patricia. Desde el vestíbulo delantero llegó un golpe apagado—. Será ella.

—¿Qué tiene de fascinante la arqueología? —soltó Edmund—. Sólo un montón de reliquias y monumentos antiguos.

—Preste atención a la conferencia de hoy y quizá descubra lo que hay de intrigante en los artefactos. —Patricia volvió a su lista—. Esta noche hay otro acto social importante, el baile de Wrothmere.

Edmund frunció el ceño y miró a Caleb.

—¿Cómo se supone que debo vigilar a la señorita Patricia en un baile?

—Está claro que deberá también asistir usted —anunció Victoria, entrando majestuosamente en la estancia—. Y en su papel de amigo de la familia está, naturalmente, obligado a bailar con la señorita Patricia al menos una o dos veces para guardar las apariencias.

Caleb y Edmund se pusieron en pie para saludarla. Edmund le ofreció una silla. Parecía aturdido.

—¿Qué pasa? —Victoria tomó asiento—. ¿No tiene traje de etiqueta, señor Fletcher? Si es así, seguro que el sastre de Caleb podrá procurarle uno.

—Yo, esto... Sí tengo traje de etiqueta —dijo Edmund en voz baja—. Hacía falta en mi anterior empleo.

—¿Cuando hacía de mago, quiere decir? —dijo Victoria—. Estupendo. Pues entonces no hay problema, ¿verdad? —Se volvió hacia Lucinda—. ¿Le ha entregado madame LaFontaine el segundo vestido de baile que le pedimos?

—Llegó ayer por la tarde —contestó Lucinda—. Habrá visto la desafortunada historia del periódico, supongo.

—¿Cómo? —Lady Milden echó un vistazo al ejemplar del *Flying Intelligencer*—. Ah, sí, el de esos hombres que intentaron raptarla y venderla a un burdel. Muy interesante, diría yo. Apuesto a que esta noche todos los caballeros de la sala harán cola para bailar con usted.

27

Una hora después, Lucinda aún se debatía entre la irritación y el desconcierto más absoluto.

—Simplemente no entiendo por qué lady Milden está convencida de que mi condición de mujer de mala fama será un punto a favor en el baile de esta noche —soltó echando humo.

—No cuente con que yo se lo explique —dijo Caleb—. Los matices de la buena sociedad se me escapan.

Se encontraban en un territorio misterioso en el que ella jamás había imaginado que entraría: el laboratorio-biblioteca de Caleb. Cuando él la invitó a su residencia después de que lady Milden, Patricia y Edmund partieran de compras, primero se sobresaltó y luego se quedó intrigada. Era verdad que su estatus de solterona le confería un grado de libertad equivalente al de una viuda. Ya no tenía que proteger su reputación con el mismo cuidado que Patricia. De todos modos, visitar a un caballero soltero en su casa era decididamente algo temerario.

Pero claro, si se trataba de su reputación, ya no tenía prácticamente nada que perder, pensó.

Lucinda se apartó del estante más cercano de libros cubiertos de polvo y encuadernados en cuero y miró a Caleb.

—No, señor Jones, los matices no se le escapan —dijo—. No escapa nada a sus poderes de observación. Las convenciones dictadas por la sociedad acaso le aburran o le fastidien, pero no creo en absoluto que se le pasen por alto. Sabe usted muy bien cómo funcionan las cosas en los círculos sociales más elevados, pero me parece que simplemente prefiere ignorar las normas a menos que acomodarse a ellas convenga a sus objetivos.

Caleb cerró la puerta y se volvió, una mano fuerte cubriendo aún el pomo. Tenía la boca ligeramente torcida.

—Pues éste, querida, es el verdadero secreto del poder de la buena sociedad —dijo.

—¿Toda su familia es de la misma opinión?

—Podría ser muy bien el lema familiar. —La vio volverse de nuevo hacia los libros viejos—. Este estante está lleno de tratados de alquimia. ¿Le interesa el tema?

—Los antiguos alquimistas se ocupaban ante todo de los elementos, ¿no? Mercurio, plata, oro. Como usted sabe, yo me inclino hacia la botánica.

—Mi antepasado Sylvester Jones se consideraba un alquimista, pero la verdad es que sus intereses abarcaban todo el espectro científico. También llevó a cabo muchas investigaciones en el campo de la botánica. De hecho, la mayoría de los ingredientes de esa condenada fórmula suya derivaban de hierbas y plantas de varias clases.

—¿Guarda los diarios y documentos del fundador aquí en la biblioteca? —preguntó ella.

—Aquí tengo varios, pero desde luego no todos. Hay muchos más en el Gran Sótano de la Casa de los Arcanos. Gabe quiere poner en marcha un proyecto consistente en copiar los escritos del viejo cabrón para disponer de duplicados por si algunos se pierden o resultan destruidos. Pero no será una empresa rápida ni fácil.

—¿Por la cantidad de trabajo que dejó como legado?

—Por esto y por el hecho de que lo escribió todo en su código particular. También sospechamos que faltan varios volúmenes. Cuando excavamos la tumba de Sylvester, descubrimos una gran biblioteca, pero en lo referente a las fechas había lagunas importantes.

—¿Qué pasó con los libros que faltan?

—Quién sabe. En mi opinión, es muy probable que algunos de ellos acabaran en manos de las tres mujeres con las que se sabe que tuvo descendencia. Otros pueden haber sido robados. Tenía muchos rivales y enemigos.

—¿Dónde guarda los diarios de esta colección?

Caleb miró hacia una pesada puerta de acero incrustada en uno de los gruesos muros de piedra.

—Están en esa cámara, junto con... otros libros.

Lucinda intuyó por un instante que, fueran cuales fuesen esos libros, él no quería hablar de ellos.

—Qué lugar más fascinante. —Devolvió el libro al estante y deambuló despacio por un pasillo creado por dos largas estanterías, parándose de vez en cuando para leer los títulos impresos en los lomos—. Es como mi invernadero, un mundo en sí mismo. Cada vez que uno dobla una esquina se encuentra con algo único y precioso.

A su espalda se hizo el silencio. Lucinda miró a Caleb por encima del hombro y vio que estaba observando con atención la biblioteca como si no la hubiera visto antes.

—No lo había pensado así —dijo por fin—. Pero tiene usted razón, éste es mi invernadero. —Extendió la mano y tocó uno de los libros antiguos—. Para la mayoría de las personas, esta estancia es agobiante. Se preguntan cómo soy capaz de pasar aquí tanto tiempo. Demonio, toda la maldita casa les produce desasosiego.

Ella sonrió.

—Usted no es como la mayoría de las personas, Caleb.

—Usted tampoco.

Lucinda tomó otro pasillo de libros. Él siguió detrás.

—¿Aún está preocupada por el artículo del periódico? —inquirió.

—No tanto como al leerlo por primera vez —admitió ella,

que sacó otro libro del estante—. Lo que más me preocupaba era el efecto que esto pudiera tener en el proyecto de Patricia de encontrar marido. Pero si lady Milden cree que un intento de secuestro de la prima de su clienta con la intención de venderla a un burdel es sólo una fruslería, ¿quién soy yo para discutírselo?

—¿Y lo de estar a solas conmigo? —dijo Caleb—. ¿Esto no le preocupa?

Caleb y su voz recuperaron el aire sombrío, lo que agitó el minúsculo vello de la nuca de Lucinda. Y de pronto el ambiente estuvo cargado de la clase de energía que sólo él era capaz de generar, la que le elevaba los sentidos y los apremiaba. Las corrientes íntimas de poder que latían entre ambos, sobre todo cuando estaban muy cerca, parecían volverse más fuertes de un día para otro. ¿También él lo sentía?, se preguntó Lucinda. No podía ser ajeno a ello, seguro.

Llevada por un impulso, intentó aligerar las cosas.

—Olvida usted que escapé por poco de una situación que me habría obligado a satisfacer los deseos más lascivos y depravados del género masculino —dijo, abriendo el libro que tenía en las manos—. Le aseguro que, en comparación con un destino así, estar a solas con usted no es para mí motivo de gran preocupación.

—Pertenezco al género masculino —señaló él. En su voz no se apreciaba nada; era totalmente neutra.

—Sí, ya me di cuenta. —Pasó una página. El latín parecía hacerse algo borroso. Tuvo que concentrarse para traducirlo. *Una historia de la alquimia.*

—Y siempre que pienso en usted, me invaden deseos lascivos —dijo Caleb con el mismo tono uniforme.

Lucinda cerró el libro muy despacio y se volvió hacia Caleb. El calor en los ojos de él era tan intenso y tan íntimo como las corrientes invisibles de energía que se arremolinaban alrededor de ella. Lucinda reparó en que el corazón le latía muy deprisa.

—¿Son estos deseos de carácter depravado? —preguntó ella en voz baja.

—No lo creo —contestó él, turbadoramente serio, como de costumbre—. «Depravado» supone una cualidad contra natura, ¿no?

Lucinda agarró el libro con fuerza.

—Sí, creo que es una definición acertada.

—Cuando estoy con usted, lo que siento parece completamente natural. —Caleb se acercó adonde estaba ella y le quitó cuidadosamente de los dedos el pesado libro—. Y muy necesario.

—En este caso, no creo que deba preocuparme en exceso —susurró Lucinda.

28

Lo recorrió bruscamente de nuevo la indescriptible ráfaga de euforia y certidumbre, como siempre que estaba cerca de ella. Caleb sabía que, cuando la tocara, se olvidaría de los malditos libros de la cámara y de la sensación de inminente fatalidad que sentía cuando los estudiaba. Le temblaba la mano con la fuerza del deseo cuando devolvió al estante *Una historia de la alquimia*.

La atrajo hacia sí. Lucinda aceptó de buen grado; en los ojos de Caleb se apreciaba un calor sensual y embriagador.

—La otra noche, en la cabaña de secado, me liberaste durante un rato —dijo él contra la boca de ella—. Quiero sentirme así otra vez.

Los dedos de Lucinda le apretaron los hombros.

—Caleb, ¿de qué estás hablando?

—Nada. No es importante. Lo único importante eres tú.

Las sombras ocultaron la dulce calidez en los ojos de Lucinda. Caleb sabía que ella estaba a punto de discutir y exigir respuestas que él no quería dar. Así que, para evitarlo, la besó.

El abrazo empezó siendo lento y pausado. Caleb quería que las cosas durasen todo lo posible, saborear la sensación de rigor y la profunda certeza que lo atravesaba cuando estaba con Lucinda. Pero cuando ella suspiró y le echó los brazos al cuello, la pasión de Caleb ardió con una virulencia que amenazó con consumirlo. Su intuición estaba gritándole: «Quizá no vayas a pasar mucho tiempo con ella. No desperdicies ni un instante.»

La cogió en brazos y la llevó al camastro que había frente a la chimenea. Tardó un mundo en quitarle los botines de tacón alto, el pesado vestido y las capas de ropa interior.

Cuando ella sólo llevaba puestas las medias, la dejó sobre la arrugada colcha que cubría la estrecha cama.

Durante unos momentos él se quedó ahí sin más, empapándose de la imagen de Lucinda. En la cabaña de secado, en la oscuridad iluminada por la luna, Caleb había confiado en su sentido del tacto y la energía generada por ambos para saber que ella era perfecta. Pero ahora también podía verla, y la imagen de Lucinda ahí tendida, esperándolo, lo deslumbró.

—Eres hermosa —dijo.

Ella le dirigió una sonrisa tímida, temblorosa.

—Tú haces que me sienta hermosa.

Libre de la jaula que se cerraba poco a poco a su alrededor.

Caleb quería hablarle del diario y la libreta, pero temía echar a perder la magia entre ellos. Lo último que quería de ella era compasión. Para él aún había la posibilidad de escapar a su destino. Cuando estaba con Lucinda, en su interior florecía la esperanza. Escaparía, maldita sea.

Se quitó la chaqueta, tiró del nudo de la corbata y se desabotonó la camisa. Después vendrían los pantalones y los zapatos. Hizo con todo un descuidado montón en el suelo. Luego se paró, incómodamente consciente de que ella lo estaba observando igual que él la había estado mirando a ella hacía un momento.

Le pasó por la cabeza que, seguramente, los únicos hombres desnudos que ella había visto en su vida habían sido estatuas del período clásico. Él no era un *David* hecho de mármol frío y pulido, perfecto en todos los detalles, sino un hombre con los bordes rugosos y los planos y ángulos planos consustanciales al género. Y tenía una erección completa, dolorosa.

240

—Mirar a los hombres no es, ni por asomo, tan agradable como mirar a las mujeres —avisó.

Ella sonrió lentamente.

—Pues a mí me resulta muy agradable mirarte, Caleb Jones.

Lucinda extendió la mano. Caleb se sintió aliviado. Le cogió los dedos y dejó que ella lo bajara a su lado en el catre, justo donde él quería estar. Volvió a besarla, reclinándola y atrapando una de sus piernas bajo una de las suyas para poder explorarla más a conciencia.

Cautivado por las suaves y delicadas curvas de sus pechos, Caleb inclinó la cabeza para tomar un pezón entre los labios. Ella se estremeció en sus brazos. Cuando Caleb le acarició las deliciosas esferas de las nalgas, Lucinda murmuró algo inaudible y le puso la mano plana contra el pecho desnudo. A él le pareció que la calidez de los dedos de ella llegaba directamente a algún lugar en lo más hondo, al corazón.

Caleb la tocó en todas partes, buscando los secretos calientes, húmedos, entre los muslos, queriendo sentir el pleno fulgor de la energía de Lucinda, que se enroscó a su alrededor y profirió un gritito ahogado.

Despacio y con cautela, ella inició un estudio táctil por su cuenta. Caleb se estremeció.

La inminente tormenta de su deseo mutuo removió la atmósfera, envolviéndolos. La intimidad del momento excitó a Caleb como nunca nada antes. Quizás estaría poco tiempo con ella, pero el poco que estuviera lo saborearía con todos los sentidos. Había estado toda su vida buscando esa sensación sin saberlo.

Al fin, cuando Caleb ya no podía soportar la desesperada necesidad, la penetró, empujando despacio, a fondo, reclamándola con su propio poder incluso al abandonarse a ella.

Con Lucinda, Caleb era libre para dar rienda suelta al peligroso calor que ardía en el núcleo de su ser. Las corrientes chocaban y resonaban. La aurora de sus energías amalgamadas iluminaba el espacio a su alrededor con colores y hogueras que él sólo podía apreciar de veras cuando todos sus sentidos estaban abiertos de par en par.

Por un instante, atrapado en el centro de la tormenta, Caleb vislumbró el poder del caos salvaje y se rio ante los dibujos que vio.

Al cabo de un rato, notó que ella se agitaba contra él. La apretó con fuerza. Lucinda forcejeó para desasirse de sus brazos. Caleb abrió los ojos y la soltó a su pesar. Ella se incorporó al instante, se puso de pie y empezó a vestirse con una velocidad y una eficiencia resuelta que provocaron en Caleb una sacudida de inquietud.

—¿Qué pasa? —dijo al tiempo que miraba el reloj de pie. Habían pasado menos de cuarenta minutos. Se enderezó y cogió sus pantalones—. ¿Llegas tarde a alguna cita por mi culpa?

—Sí. —Lucinda se puso la fina camisa por la cabeza, se plantó las gafas en la nariz y lo miró con expresión severa—. La cita es ahora. Contigo. Ya es hora de que me expliques qué estás ocultándome, sea lo que sea.

A Caleb se le hizo un nudo en el estómago. El dorado resplandor se evaporó como si nunca hubiera existido.

—¿Qué demonios te hace pensar que tengo secretos? —dijo él.

Lucinda pisó las amontonadas faldas de su vestido y se subió el corpiño para taparse los pechos.

—No intentes eludir la cuestión, Caleb Jones. Tienes más secretos que la mayoría de los hombres. Me dije a mí misma que tienes derecho a tu privacidad, pero me doy cuenta de que no puedo soportar el misterio ni un minuto más. Ahora somos amantes. Yo también tengo mis derechos.

—Hemos hecho el amor exactamente dos veces. —Caleb cogió los pantalones y empezó a vestirse, inexplicablemente enfadado—. ¿Y a qué viene eso de que tienes derechos?

—Soy un tanto inexperta en estos asuntos, pero no ingenua. —Se abrochó la parte delantera del vestido mientras lo observaba con ojos entrecerrados—. Los amantes no tienen secretos entre sí.

—No sabía que había una regla. Desde luego, antes nunca tuve problemas si oculté algún secreto a... —Se interrumpió y se aclaró la garganta.

—¿Otras mujeres con las que tuviste relaciones íntimas? —terminó ella con tono tajante—. Yo no soy otras mujeres, Caleb.

Caleb notó que estaba poniéndose colorado.

—No hace falta que me lo recuerdes. —De repente estaba a punto de perder los estribos, algo que casi nunca sucedía. Agarró la camisa y se concentró furiosamente en abotonársela.

—No puedo continuar así —dijo Lucinda en voz baja.

Ahora Caleb estaba tan frío por dentro que pensó que podía quedarse congelado para siempre.

—Entiendo. —Siguió absorto tratando de abotonar la camisa. Por algún motivo, el patrón de los botones y los ojales parecía extraordinariamente complicado—. Tienes todo el derecho a exigir matrimonio. Pero ya te dije que es lo único que no puedo darte.

—Tonterías. No tiene nada que ver con el matrimonio, sino con algo mucho más importante.

Caleb se puso las manos en las caderas.

—¿Y de qué diablos se trata?

—De la verdad.

Él espiró lenta y profundamente.

—Tampoco puedo darte esto.

—¿Por qué no?

Caleb se pasó los dedos por el pelo.

—Porque esto destruiría lo que tenemos, y no puedo hacer esto. Te necesito demasiado.

—Oh, Caleb, sea lo que sea, no será tan terrible como para no poder afrontarlo. —Lucinda rodeó el catre y le agarró de la camisa—. ¿No lo entiendes? Hemos de enfrentarnos a esto juntos.

—¿Por qué?

—Porque nos afecta a los dos.

—Me afecta a mí, no a ti. No te metas en eso, Lucinda.

—Basta ya. —Ahora estaba furiosa—. No vengas a decirme que ignoras la conexión entre nosotros. Aunque mañana te marcharas al último rincón del mundo, yo nunca me libraría de ti.

Entonces la ira abrumó a Caleb, que agarró a Lucinda por las muñecas, aprisionándola.

—Tampoco yo escaparía jamás de ti —dijo—. Al margen de lo que me suceda, del grado de locura en el que me hunda, nunca te olvidaré, Lucinda Bromley. Te lo juro por lo más sagrado.

—¿Locura? —Los ojos de ella se abrieron de par en par—. ¿De qué estás hablando? Me doy cuenta de que tiendes a ser muy intenso y decidido, un pelín obsesivo a veces. Pero desde luego no estás loco.

—Aún no.

La soltó y desapareció en el laberinto de estantes. Cuando llegó a la puerta de la cámara, introdujo la combinación que abrió la maciza puerta.

Cuando Lucinda llegó a su altura, la puerta metálica estaba abriéndose pesadamente para dejar ver la noche encharcada. En las sombras latía energía palpable, consecuencia de tantos objetos paranormales concentrados. Notó que se le agitaban los sentidos y supo que Lucinda era igualmente consciente de las corrientes perturbadoras.

A medida que la abertura se ensanchaba, la luz de la lámpara más cercana se fue derramando en la oscuridad profunda, iluminando los estantes llenos de libros antiguos y extraños artefactos. Caleb extendió la mano y bajó la trabajada caja de acero que contenía el diario y la libreta.

Lucinda arrugó las cejas sobre la montura de las gafas. Se

abrazó a sí misma y se estremeció, como si de repente hubiera soplado una corriente de aire gélido.

—¿Qué demonios es esto? —preguntó, ahora recelosa.

—La razón por la que estos días he estado un poco tenso. —Caleb caminó a zancadas por el laberinto de estanterías y dejó el arcón sobre la mesa que había frente a la chimenea. Levantó la tapa y sacó los dos volúmenes encuadernados en cuero.

Ella los examinó con gran curiosidad.

—¿Qué son?

—Te interesará saber que la agencia Jones ha resuelto hace poco un viejo caso de asesinato. El nombre del asesino es Barnabus Selbourne, que lleva muerto casi un siglo. Pero Selbourne no va a dejar que una pequeñez como la muerte lo detenga. Hay una probabilidad muy elevada de que vuelva a matar.

—Santo cielo, ¿a quién?

—Al parecer, yo soy la siguiente persona de su lista.

29

La comprensión iluminó el rostro de Lucinda. Tras los cristales de las gafas, sus ojos eran muy vivos y azules.

—¿Crees que esta libreta puede matar?

—Creo que ya lo ha hecho. La víctima fue mi bisabuelo, Erasmus Jones.

Caleb volvió a dejar en libro en el arcón metálico y cogió la licorera de brandy.

—¿Dices que quieres saber la verdad? —Vertió brandy en un vaso—. Muy bien, siéntate y escucha.

Lucinda se sentó lentamente en una de las sillas, mirando con inquietud cómo Caleb se tomaba de un trago la mitad del contenido del vaso antes de sentarse a su vez y coger de nuevo la libreta de la caja.

—Primero, los detalles de nuestro ingenioso asesinato —dijo. Sostuvo el libro con ambas manos y contempló la cubierta de cuero—. El móvil quedó claro en cuanto hube terminado de descifrar el código utilizado por Erasmus en el diario. Se inicia con un triángulo amoroso. —Dirigió a Lucinda una mirada burlona—. Ya te dije que no soy ningún romántico, ¿verdad?

—Sí, creo que lo has mencionado una o dos veces.

—No tengo la certeza, por descontado, de que Erasmus Jones no creyera en el amor. En cualquier caso, sí comprendía lo que eran el deseo y las ganas de salvar a una joven de un matrimonio horroroso. El padre de Isabel Harkin pretendía obligar a su hija a casarse con nuestro villano de la obra.

—¿Barnabus Selbourne?

—Sí. Parece que Selbourne era conocido por su carácter violento. Había enviudado ya tres veces antes de ofrecer un dineral al padre de Isabel por la mano de su hija. Las tres esposas anteriores habían sufrido una muerte prematura tras, según los rumores, matrimonios muy breves y desdichados.

—¿Selbourne las mató? —preguntó Lucinda en voz baja.

—Ésta fue la conclusión a la que llegó Erasmus. Como he dicho, él estaba resuelto a evitarle a Isabel el mismo destino. Se fugaron. A su regreso, el padre de Isabel estaba furioso, pero esto no era nada al lado de la cólera de Selbourne. Mi bisabuelo escribió en su diario que era como si a Selbourne le hubieran quitado su presa escogida.

—Vaya expresión más horrenda.

—Erasmus advirtió que las anteriores esposas de Selbourne guardaban un parecido superficial, aunque sorprendente, con Isabel. El color del pelo, los ojos, las proporciones, la edad, etcétera.

—En otras palabras, Selbourne estaba obsesionado con las mujeres que se parecían a Isabel.

—El año siguiente a la boda, hubo dos intentos de asesinar a mi bisabuelo, quien sospechaba que Selbourne estaba detrás de los ataques, pero no podía demostrarlo. Entonces Selbourne trató de asesinar a Isabel. Llegados a ese punto, Erasmus consideró que no le quedaba otra alternativa. Tenía que matar a Selbourne.

—¿Cómo planeaba hacerlo? —inquirió Lucinda, fascinada.

—A la antigua. Pistolas de madrugada. Selbourne resultó gravemente herido y murió dos días después. No obstante, ya había preparado su venganza por si no sobrevivía al duelo. Quiso, en efecto, que fuera un plato que se sirviera frío.

—¿Qué pasó?

—Unas semanas después del duelo, llegó a manos de mi bisabuelo esta libreta. Se rumoreaba que era un cuaderno perdido nada menos que de Sylvester Jones. Como es lógico, Erasmus sintió una gran curiosidad y de inmediato acometió la tarea de intentar descifrar el código.

—¿Y lo consiguió?

Caleb dejó la libreta sobre la mesa.

—Después de pasar varias semanas enfrascado en la labor, fue capaz de traducir algunos fragmentos, pero no se entendía nada. Llegó a la conclusión de que había otro código oculto dentro del primero y empezó a buscar las pautas. En los meses que siguieron, se fue obsesionando cada vez más con el desciframiento de la libreta. No tardó en volverse loco. Poco después se murió.

—¿Qué le pasó?

—Al final incendió su laboratorio, saltó por una ventana y se rompió el cuello. —Caleb inclinó la cabeza hacia el respaldo de la silla y cerró los ojos—. Pero antes se aseguró de que su diario y la libreta quedaban a salvo para los que vinieran tras él y poseyeran su talento.

Lucinda tuvo un escalofrío.

—Vaya tragedia.

Caleb abrió los ojos, bebió un poco de brandy y bajó el vaso con gran precisión.

—Y así nació una leyenda familiar.

—¿Que los hombres de la familia Jones que han nacido con tu talento están condenados a volverse locos debido a sus capacidades psíquicas? ¿Es ésa la leyenda?

—Sí.

—¿Crees de veras que hay algo en este cuaderno que volvió loco a tu bisabuelo?

—Sí.

—¿Crees que lo escribió Sylvester?

—No. Casi seguro que es una falsificación debida a Barnabus Selbourne.

—¿Cómo puede un libro volver loco a un hombre? —preguntó ella.

—Me parece que es algo relacionado con el código. —Caleb hizo girar el vaso de brandy en la mano—. Para Erasmus, descifrar el código llegó a ser una obsesión. Se hundió cada vez más en el laberinto buscando la clave, pero nunca la encontró. Sabía que estaba volviéndose loco, si bien en algún momento del proceso acabó convencido de que en el maldito libro estaba el secreto para eludir su destino. De todos modos, al final aquello fue su condena.

Lucinda se inclinó hacia delante y le puso la mano en el muslo. El cálido contacto tuvo un efecto milagrosamente tranquilizador en los sentidos de Caleb.

—Hablas como si el libro hubiera hechizado a tu bisabuelo —dijo ella con dulzura—. No irás a creer en la magia, Caleb.

—No. Pero sí creo en el poder de la obsesión. Que Dios me asista, Lucinda, durante meses me he sentido absorbido en el caos que hay dentro de esta libreta abominable.

—Quémala —dijo ella con brío.

—Ojalá pudiera. Pienso en esta opción día y noche. Ya he perdido la cuenta de las veces que he encendido un fuego en la chimenea y he intentado arrojar el cuaderno a las llamas. No he sido capaz.

—¿Qué te lo impide? —inquirió Lucinda.

Caleb la miró.

—Lo mismo que a Erasmus. Sé que suena estrambótico e irracional, pero mi talento me dice que ni hablar de destruir el libro antes de descubrir sus secretos.

—¿Por qué?

—Por alguna razón que no sé explicar, estoy seguro de que, aunque la libreta puede suponer la muerte para mí, también es mi única esperanza de escapar a la maldición.

—Ummm...

Caleb se terminó el brandy y dejó el vaso sobre la mesa.

—No sé exactamente qué reacción esperaba de ti, pero «ummm» seguro que no.

Se sentía extrañamente abrumado. Se había dicho a sí mismo que no quería la compasión de Lucinda, pero ésta habría podido mostrarse un poco más comprensiva. Antes de que Caleb aceptara su reacción ante ese ummm, ella cogió la libreta y la abrió.

—Vaya, vaya —dijo pasando las páginas despacio—. Qué interesante.

Caleb se agarró a los brazos de la silla y se puso en pie de golpe. Necesitaba otro brandy.

—Me alegra que encuentres interesante esa maldita cosa —dijo Caleb, que cogió la licorera y se sirvió una buena medida—. Sobre todo porque dudo de que hayas podido leer siquiera la portada. Está escrita en el mismo puñetero código utilizado por Selbourne en todo el cuaderno.

—No sé qué pone —dijo ella, pasando tranquilamente otra página—, pero sí puedo asegurarte que no va a volverte loco.

A Caleb casi se le cae la licorera. Durante un instante lo único que pudo hacer fue mirarla, petrificado.

—¿Cómo lo sabes? —dijo por fin.

Lucinda hojeó unas cuantas páginas más.

—Tienes razón en cuanto a la libreta. En efecto, volvió loco a tu bisabuelo, pero no atrayéndole con malas artes a un universo caótico creado por un código indescifrable.

Caleb se olvidó del brandy; se limitó a quedarse ahí, mirándola boquiabierto.

—Entonces, ¿cómo? —dijo con una voz que incluso a él le sonó áspera y cortante.

—Con veneno, desde luego.

—¿Veneno?

Lucinda arrugó la nariz.

—Está infundido en las mismas páginas del libro. Sin duda, alguien sumergió el papel en la sustancia tóxica y luego dejó que se secara antes de que el autor cogiera la pluma. Cada vez que tu bisabuelo pasaba una página, absorbía un poco más de la sustancia. Imagino que Selbourne utilizó guantes para protegerse mientras escribía todo ese absurdo. Por suerte para ti, la cosa esa tiene casi cien años.

Caleb cayó en la cuenta de que Lucinda sostenía la libreta con las manos desnudas.

—Maldita sea, Lucinda, deja eso.

Ella le dirigió una mirada burlona.

—¿Por qué?

—Acabas de decir que estaba envenenado. —Caleb le arrebató el cuaderno de los dedos y lo tiró a la apagada chimenea—. No debes tocarlo.

—Oh, en cuanto a eso, no me afecta, ni a mí ni a la mayoría de las personas. El veneno tiene efectos psíquicos, pero está finamente adaptado para actuar sólo en individuos con tu talento concreto. Yo puedo percibirlo, pero no me hará daño.

—¿Estás segura?

—Segurísima. —Lucinda miró el libro—. Si Selbourne fue capaz de preparar una sustancia tan refinadamente letal, es que era un verdadero genio de los venenos. Sospecho que sus facultades eran muy parecidas a las mías.

—No se parecía a ti en nada. Selbourne era un alquimista del que se rumoreaban sus escarceos con las ciencias ocultas.

—Creo más probable que tuviera escarceos con ciertas sustancias alucinatorias exóticas. Reconozco algunos de los ingredientes del veneno, pero no todos. Propongo quemar eso.

—Una idea excelente. —Caleb se acercó a la chimenea y se puso a encender un fuego—. Es extraño, pero incluso ahora que sé que la libreta estaba envenenada, una parte de mí se resiste a la idea de destruirla.

—Tu malsano interés es perfectamente comprensible. La sustancia ha perdido casi toda su fuerza, pero la poca que queda es más que suficiente para sacudirte los sentidos y provocar tu enfermiza fascinación. Tu bisabuelo no tuvo ninguna posibilidad contra la fuerza del veneno, pues éste estaba recién preparado.

Caleb miraba cómo las llamas comenzaban a lamer el cuaderno y prender.

—Acerté en una cosa: que el maldito cuaderno era el arma asesina.

—Sí.

Se levantó, se agarró a la repisa de la chimenea y se valió del atizador para abrir la cubierta de cuero con el fin de que las llamas llegaran más fácilmente a las páginas. Tuvo que reprimir el impulso de sacar la condenada libreta del fuego.

—Yo de ti me apartaría de las llamas —dijo Lucinda—. Es muy posible que el humo contenga resto de veneno.

—Tenía que habérseme ocurrido. —Regresó a la silla, se sentó y observó el cuaderno mientras ardía—. Te debo mi cordura y mi vida, Lucinda.

—Tonterías. No me cabe ninguna duda de que habrías seguido resistiendo los efectos del veneno.

Él la miró.

—No estoy del todo seguro. Aunque la libreta no hubiera conseguido volverme loco, desde luego habría convertido mi vida en un infierno.

—Sí, bueno, admito que para ti es una gran suerte ser tan excepcionalmente resuelto. Tengo la impresión de que un hombre dotado de una constitución psíquica más débil seguramente a estas alturas ya llevaría puesta una camisa de fuerza.

Caleb se obligó a apartar la mirada del libro en llamas.

—¿Sentiré la misma fascinación hipnotizadora por esa cosa el resto de mi vida, aunque el libro haya quedado reducido a cenizas?

—No, los efectos desaparecerán con rapidez. De todos modos, unas cuantas tazas más de la tisana que te preparé acelerarán el proceso de recuperación, sobre todo ahora que ya no estás expuesto a la sustancia. —Lucinda le dirigió una mirada suspicaz—. Has estado tomándote la tisana, ¿no?

—Sí. —Caleb miró el cazo y los pequeños paquetes que había en un estante cercano—. Me sentí mejor tras una o dos tazas, pero en cuanto volvía a coger el diario, caía de nuevo en la obsesión.

—Cada vez que abrías el libro tomabas otra dosis de veneno. —Lucinda sonrió—. Enhorabuena por la resolución del caso, señor Jones.

—No —dijo él—. Lo has resuelto tú. No sé cómo agradecértelo, Lucinda. No podré pagártelo jamás.

—No seas ridículo. —Lucinda usó de pronto un tono bastante brusco. Se cogió las manos con fuerza en el regazo y contempló fijamente el libro en el fuego—. No me debes nada.

—Lucinda...

Ella volvió la cabeza y lo miró con una expresión fría, inescrutable.

—No he hecho por ti más de lo que hiciste tú por mí cuando resolviste el caso Fairburn. Creo que estamos empatados.

—No sabía que llevábamos la cuenta de los tantos. —Caleb empezaba a irritarse de nuevo—. Pero me da la impresión de que hacemos un buen equipo.

—Estoy de acuerdo. Parece que nos produce gran satisfacción el proceso de resolver crímenes. Cuando el asunto del helecho haya terminado, consultaré encantada con la agencia Jones sobre casos futuros.

Caleb juntó verticalmente las yemas de los dedos de ambas manos.

—La verdad es que yo pensaba en una alianza un tanto más formal.

—¿Ah, sí? —Lucinda alzó las cejas—. Bueno, supongo que podríamos redactar un contrato, pero me parece que no es precisa la participación de abogados. Creo que con las cosas en un terreno más informal ya nos arreglaremos, ¿no?

—Maldita sea, Lucinda. Estoy hablando de nosotros. De ti y de mí. Acabamos de ponernos de acuerdo en que formamos un buen equipo.

Ella abrió más los ojos.

—Sí.

Él pudo relajarse un poco.

—Muy bien, entonces ¿por qué no hacerlo legal?

En la expresión de Lucinda se reflejaba la emoción. Estaba radiante.

—¡Qué idea tan fantástica! —dijo entusiasmada—. Tendré que pensarlo, naturalmente.

—Siempre me has parecido una persona decidida.

—Sí, pero esta decisión es tan vinculante. Tan formal. Tan legal.

—Bueno, sí. De esto se trata, ¿no?

—Estoy casi segura de poder prometer que mi respuesta será sí.

Caleb se relajó otro poco.

—Bien.

—Al fin y al cabo, la oportunidad de ser socia de pleno derecho en tu agencia es demasiado atractiva para dejarla pasar.

—¿Qué?

—Ya lo veo. —Lucinda levantó las dos manos, enmarcando una imagen invisible—. Bromley y Jones.

Caleb se inclinó hacia delante, sin creerse lo que acababa de oír.

—¿Qué diablos...?

—Ya, tú preferirías Jones y Bromley. Después de todo, eres el fundador de la empresa. Sin embargo, hay que tener en cuenta los aspectos mercadotécnicos de esta clase de acuerdos. Bromley y Jones suena bien. No sé por qué, pero tiene más ritmo.

—Si has llegado a pensar por un momento que voy a llamar a la agencia Bromley y Jones, ya puedes quitártelo de la cabeza. Además, no estoy hablando de esto, y lo sabes.

—Ah, muy bien, si quieres buscar pegas, has encontrado una en Jones y Bromley. Pero es mi última oferta.

—Demonios.

—Oh, cariño, me temo que deberemos continuar esta negociación en otro momento. —Lucinda se levantó al punto—. Se hace tarde. He de volver a casa.

—Maldición, Lucinda...

—Esta noche se celebra el baile de Wrothmere. Debo ocuparme de muchos detalles. Victoria ha dicho que la peluquera llegaría a las dos, me parece. —Le dirigió una sonrisa llena de vitalidad—. No te preocupes, estoy segura de que, en cuanto te hayas acostumbrado al sonido de Bromley y Jones, te gustará.

30

—El caso es que la señorita Patricia es una mujer muy inteligente —dijo Edmund, la frustración borbotando en cada palabra—. ¿Cómo puede ser que no vea por sí misma que no le conviene ninguno de esa panda de dandis aduladores? La mitad la cortejan sólo por la herencia, y la otra mitad están deslumbrados por su belleza. Pero ninguno está de veras enamorado de ella.

—Si me estás pidiendo que te explique qué busca una mujer en un marido y por qué, te has equivocado de hombre. —Caleb se sirvió un poco de jerez en un vaso—. Pregúntame algo fácil, como la probabilidad de que un científico trastornado llamado Basil Husley esté en este preciso momento trabajando en una nueva versión de la fórmula del fundador. En cosas así soy muy bueno.

Se dispuso a beber un poco de jerez. No le gustaba nada el jerez, sobre todo el empalagosamente dulce que al parecer sí gustaba mucho a Lucinda. Pero sus opciones eran limitadas. Él y Edmund se hallaban en la biblioteca de Lucinda, y lo único que había era jerez. Lucinda y Patricia estaban vistiéndose para el baile. Victoria se encontraba con ellas, supervisando los detalles de última hora.

Edmund vagaba por la estancia. Se detuvo, aturdido por momentos.

—¿Alguna novedad en la búsqueda de Hulsey?

—Sí. —Caleb estaba apoyado justo en el borde del escritorio de Lucinda—. Pero no es ni mucho menos suficiente. —Sacó el reloj de bolsillo y miró la hora—. Esta noche espero algo más.

—¿Qué piensa averiguar esta noche?

—Tengo una cita con el segundo secuestrador.

—¿Lo ha encontrado? —La emoción sustituyó brevemente a la creciente irritación en los ojos de Edmund—. ¿Y ha accedido a reunirse con usted?

—No exactamente. El joven Kit ha venido a verme hace una hora. Al parecer, desde que murió su compañero el hombre ha sido visto las últimas noches en cierta taberna bebiendo hasta acabar totalmente borracho. Mi plan sólo consiste en abordarlo. Confío en que el elemento sorpresa juegue en mi favor.

Edmund frunció el ceño.

—No debería ir solo. Lléveme con usted.

—No. Necesito que vigiles con mucha atención a Patricia y Lucinda.

—Entonces llévese a otro. Quizás alguno de mis primos.

—Según Kit, el hombre tiene los nervios destrozados. Evidentemente, la experiencia de ver morir a su colega le ha afectado mucho. Si se le acercan dos desconocidos, probablemente huirá y desaparecerá en la noche y tendré que dar con él otra vez. No, es mejor manejar estas situaciones con cierta delicadeza.

—Si usted lo dice. —Edmund no estaba del todo convencido, pero no siguió con el tema. Volvió a su ir y venir por la estancia—. ¿Cree realmente que lady Milden conoce su oficio de casamentera?

—Ni idea. —Bebió un poco más del jerez malo y se dio por vencido. Dejó el vaso a un lado—. Se dedica a esto desde hace poco. Aún no podemos evaluar su capacidad.

—Podrían hacer falta años para averiguar si realmente tiene talento para eso. Entretanto, la señorita Patricia podría muy bien acabar casada con un bruto o con un cazador de fortunas. Echaría a perder su vida. Riverton me parece especialmente desagradable. Dudo que para casarse con una heredera se detenga ante nada.

Caleb pensó en eso un par de minutos mientras observaba a Edmund marcar un sendero en la alfombra.

—La señorita Patricia no es exactamente una heredera —dijo con tono neutro—. Tengo entendido que heredará una buena renta, pero desde luego no una gran fortuna.

—Lo único que sé es que a Riverton esa renta, sea la que sea, le parece muy tentadora. Lo juro, si he de escuchar que le dice a ella otra vez lo mucho que le apasiona la arqueología, lo haré desaparecer por la ventana más próxima.

—Pareces excesivamente preocupado por la futura felicidad de la señorita Patricia —observó Caleb—. Tenía la impresión de que considerabas su enfoque del matrimonio un tanto frío.

A Edmund se le ensombreció el semblante.

—Es precisamente eso, la señorita Patricia no es una mujer fría. De hecho, es totalmente lo contrario. Me temo que, en su ansiedad por que las emociones no la confundan, actúa en contra de su naturaleza afectuosa. Este supuesto planteamiento científico para encontrar un marido apropiado es absurdo. ¿Ha visto esta maldita lista de requisitos que dio a lady Milden?

—Sí, creo que mencionó sus criterios. —Entrecerró los ojos pensando en aquello—. Evidentemente tomó la idea de la señorita Bromley.

«Bromley & Jones.» ¿Cómo demonios se le había ocurrido eso a Lucinda? Ella era demasiado inteligente para no haber entendido el ofrecimiento. Si no quería casarse con él, ¿por qué no lo decía claro? ¿Por qué toda esa estúpida cháchara sobre ser socia en la agencia?

A menos que no le hubiera entendido. Dios santo. ¿Podía ser que él no hubiera hablado claro?

—El hombre que ella está buscando no existe —anunció Edmund.

—¿Qué? —Caleb hizo un esfuerzo por prestar atención a Edmund—. Ah, sí. La lista. Está claro que a lady Milden no le ha costado demasiado reunir a un número considerable de pretendientes.

—Pero no hay ninguno que sea apropiado para la señorita Patricia —insistió Edmund.

—¿Estás seguro?

—Segurísimo. Creo que es mi deber salvar a la señorita Patricia, pero ella no me escuchará. En serio, me trata como si yo fuera un perro guardián. Está todo el rato dándome órdenes o acariciándome la cabeza.

—¿Te acaricia la cabeza?

—Metafóricamente hablando.

—Comprendo.

Caleb tuvo la incómoda sensación de que tenía que decir algo maduro y eficaz a modo de consejo masculino, pero no se le ocurrió nada. Quizá porque aún estaba intentando encontrar un buen consejo para sí mismo sobre la misma cuestión.

«Bromley & Jones.»

Tal vez el verdadero problema era la maldita lista. Estaba dispuesto a admitir que él no satisfacía todos los requisitos que Lucinda demandaba en un marido. No obstante, ella había reconocido que los dos formaban un equipo excelente. Y desde luego también parecía sentirse físicamente atraída por él.

¿No bastaban esos factores para convencerla de que se comprometiera? ¿Debía él ostentar todas y cada una de las puñeteras características que ella enumeraba en la maldita lista? Al diablo. ¿Tenía que desarrollar él ahora un temperamento alegre y positivo? Había cosas fuera del alcance incluso del talento más poderoso.

Una aventura estaba muy bien a corto plazo, pero a él no

le gustaba la incertidumbre propia de una relación así. ¿Y si un día aparecía un hombre que satisfacía exactamente todas las condiciones y la encandilaba con una seductora conversación sobre los misterios de la reproducción de los helechos o los aspectos sensuales de los pistilos y la polinización?

Victoria entró majestuosamente en la estancia; detrás la seguían Lucinda y Patricia.

—Estamos listas, caballeros —proclamó con el tono de un comandante a punto de ordenar a sus tropas que entren en combate.

Caleb se apartó automáticamente del escritorio y se enderezó. Era vagamente consciente de que Edmund se había callado de golpe y se había vuelto hacia las dos mujeres.

Hubo un breve período de silencio absoluto mientras los dos miraban a las damas.

Lucinda torció el gesto.

—¿Pasa algo malo, señor Jones?

Él cayó en la cuenta de que la estaba mirando fijamente. No podía evitarlo. Lucinda estaba cautivadora con su vestido violeta intenso, adornado con ribetes de terciopelo y cristales discretamente colocados que reflejaban la luz. Unos guantes largos y ceñidos resaltaban la elegante forma de sus brazos. Una cinta de terciopelo en el cuello también iba aderezada con brillantes.

Caleb supo entonces que estaría condenado durante el resto de su vida a sentir ese estremecimiento de energía e intimidad cada vez que ella entrase en una habitación. «Muy bien. Eres parte de mí. Al diablo con tu marido perfecto. Y si es lo bastante idiota para aparecer, ya me encargaré de que desaparezca.»

Dios santo, se le estaba pegando el estilo de Fletcher. El caso es que pensaba todas esas palabras en serio. De todos modos, quizá no era el mejor momento para pronunciarlas en voz alta.

Ante la duda, mejor echar mano de los buenos modales.

Recobró la compostura, cruzó la estancia, tomó la mano enguantada de Lucinda y se inclinó.

—No —dijo—, no pasa nada malo. Me he quedado pasmado por momentos. Esta noche, usted y la señorita Patricia están impresionantes. ¿Verdad, Fletcher?

Edmund dio un pequeño respingo, como si también él acabara de salir de un trance. Se acercó a tomar la mano de Patricia y logró hacer una reverencia formal.

—Preciosa —dijo. Sonó como si de repente se le hubiera tensado la garganta—. Con este vestido aguamarina, parece usted una princesa de cuento.

Patricia se puso colorada.

—Gracias, señor Fletcher.

Victoria se aclaró la garganta para llamar la atención de todos.

—Señor Fletcher, usted nos acompañará a Patricia y a mí en mi carruaje. El señor Jones irá con Lucinda en el de ella. Después del reciente artículo del *Flying Intelligencer*, es crucial que esta noche lo vean llevando a Lucinda al salón de baile.

Lucinda puso mala cara.

—No creo que sea necesario, la verdad.

—No discuta nunca con una experta —dijo Caleb que, sin soltarle la mano en ningún momento, colocó el brazo de ella bajo el suyo.

Se dirigieron al vestíbulo delantero, y la señora Shute les abrió la puerta. Los dos carruajes esperaban en la calle. Caleb siguió a Lucinda al oscuro interior del pequeño vehículo y se sentó frente a ella.

—¿Qué ha pasado? —inquirió Lucinda de inmediato.

—¿Qué?

—Sé que ha pasado algo —dijo—. En tu aura hay otra clase de tensión. Esta tarde te habrás tomado una o dos tazas de la tisana tal como te he dicho, ¿no?

—Me temo que tu tisana, por extraordinaria que sea, tiene poco efecto en la actual fuente de mi tensión.

—Pero me dijiste que te relajaba.

—Y así es cuando se trata de veneno. Pero lo que estoy sintiendo ahora no tiene nada que ver con esa maldita libreta.

—¿Qué es, entonces? Quizá tenga otro remedio.

Caleb sonrió.

—Pues da la casualidad que sí lo tienes. Por desgracia, no tengo tiempo para tomar más que una pequeña dosis.

Se inclinó hacia delante y la besó; un beso rápido, duro, posesivo.

—Con esto bastará por ahora —dijo reclinándose antes de que ella pudiera siquiera empezar a responder—. Tengo noticias.

Caleb le habló del mensaje de Kit y de su intención de ir al encuentro del secuestrador. Lucinda se alarmó al punto.

—No has de ir solo —dijo ella—. Llévate al señor Fletcher.

—Edmund me ha sugerido lo mismo. Y te diré lo mismo que le he dicho a él. Su obligación es velar por ti y por Patricia. No me pasará nada.

—¿Vas armado?

—Sí. Pero seguro que no me hará falta recurrir a ningún arma. No te preocupes por mí. Te acompañaré a la sala de baile. Daremos una vuelta por la pista para que todo el mundo nos vea, y luego desapareceré durante una hora o así. Regresaré con tiempo de sobra para llevarte a casa.

—Vas vestido para una fiesta, no para encontrarte con un maleante en una taberna del muelle.

—Lo creas o no, he pensado bastante en el tema —dijo—. Tengo un abrigo y un sombrero que ocultarán mi traje de etiqueta.

—No me gusta el plan. —A la luz de las lámparas del carruaje, el rostro de Lucinda mostraba sombras de inquietud—. Presiento que algo saldrá mal.

—Reconóceme algo de talento, cariño. Según mis cálculos, hay más del noventa y tres por ciento de probabilidades de que el encuentro con el secuestrador transcurra sin incidentes.

—Por tanto, hay un margen de error del siete por ciento. —Lucinda asió el abanico con fuerza—. Prométeme que tendrás cuidado, Caleb.

—Haré más que esto. Te doy mi palabra de que llegaré a tiempo de bailar un vals contigo antes de llevarte a casa.

31

—Le digo que es un demonio. —Perrett hizo una pausa lo bastante larga para tomar otro trago de ginebra. Se limpió la boca con la mugrienta manga del abrigo. Se inclinó un poco más sobre la mesa y bajó la voz—. Llegado del mismísimo infierno. Si no lo veo, no lo creo. Tenía alas de murciélago gigante, garras en vez de dedos. Los ojos le brillaban como ascuas, lo juro.

Caleb no creía que la descripción fuera del todo exacta, pero estaba claro que Perrett se había asustado de lo lindo; y también tenía unas tremendas y sorprendentes ganas de hablar de su espeluznante experiencia con un desconocido. A Caleb le pareció que los amigos del secuestrador habían llegado a la conclusión de que éste había perdido el juicio y lo trataban como a un auténtico lunático. En cuanto Perrett conoció a alguien dispuesto a creer su historia, se desató el ciclón.

Estaban sentados en un compartimento de la parte trasera de una taberna con escasos clientes. Caleb era muy consciente de que la gruesa bufanda, el bombín, el largo abrigo y las botas que llevaba no constituían un disfraz perfecto, pero para salir del paso ya le valdría. Estaba seguro de que ninguno de los presentes en el local sería capaz más tarde de describirlo con detalle. Esto era lo único importante.

—¿Y dice que ese demonio les encargó que secuestrasen a la señorita Bromley? —preguntó Caleb.

Perrett frunció el entrecejo.

—Eh, oiga, ¿quién ha hablado de secuestros? Era un simple asunto de negocios. El cabrón nos dijo que era reclutador de un establecimiento que ofrece mujeres respetables a ciertos caballeros para su diversión. Ya sabe qué tipo de gente digo. En algunos ambientes hay demanda de damas refinadas.

—Entiendo.

—Pues yo nunca lo he entendido. Tráigame una chica lozana que ha aprendido el oficio en la calle. Una moza así sabe qué debe hacer cuando se trata de dar placer a un hombre. Por regla general, las mujeres respetables son mano de obra no cualificada. Es tirar el dinero, qué quiere que le diga.

—Pero el hombre que les contrató no quería cualquier mujer respetable, ¿verdad? Les pagó para que le llevaran a la señorita Bromley.

Perrett se encogió de hombros.

—Es así como funciona en general. El cliente selecciona una mujer concreta, normalmente una que no tenga mucha familia, ni dinero, ni un marido que pueda acudir a la policía. Contrato estándar. Se cobra la mitad por anticipado, el resto pagadero a la entrega de la mercancía.

—¿Por qué se reunieron con su cliente por segunda vez cuando sabían que no podían llevarle a la señorita Bromley?

—Creímos que él entendería el problema cuando le explicáramos lo que había pasado y que nos haría el encargo de otra mujer que sustituyera a Bromley. Fue culpa nuestra. La muy zorra nos lanzó a la cara una especie de polvo ardiente. Sharpy y yo pensábamos que nos volvíamos ciegos; casi nos morimos asfixiados ahí en medio de la calle.

—Pero el cliente no tenía interés en hacerles más encargos, ¿es eso?

—No. —Perrett se estremeció—. Le dio mil vueltas a eso. Dijo algo absurdo sobre que la muerte era el precio del fracaso cuando trabajabas para el Círculo. Si quiere que le diga la verdad, Sharpy y yo pensamos que estaba un poco loco. Luego él utilizó una especie de magia para matar a Sharpy. —A Perrett empezaron a saltársele las lágrimas—. No había ningún motivo para eso. No le habíamos hecho ningún daño. Si encima habíamos sido nosotros los que habíamos salido malparados, mierda.

A Caleb lo invadió la intensa emoción de cuando uno ya sabe. En lo más profundo del laberinto de cristal que había construido, de pronto resplandeció todo un corredor. Iba en la dirección correcta.

—¿El demonio utilizó la palabra «círculo»? —preguntó con cautela.

—Sí. —Temblaron los anchos hombros de Perrett, que bebió un poco más de ginebra para calmarse y luego bajó la botella—. Una especie de banda, me parece. —Torció la boca en una mueca de asco—. Los caballeros se asocian para sus negocios, igual que el resto de la gente. La única diferencia es que, para elaborar sus planes, ellos se reúnen en clubes exclusivos y no en tabernas o callejones, y para describir sus operaciones utilizan palabras elegantes como «consorcios» o «sociedades» en vez de «bandas».

—Sí —dijo Caleb—, así es. —Últimamente, la palabra que le venía la cabeza cuando pensaba en Basil Hulsey y el grupito de traidores que, estaba convencido, actuaban en el seno de la Sociedad de Arcanos, era «conspiración».

—Pero Sharpy y yo no sabíamos que habíamos sido contratados por una banda de caballeros denominada Círculo. Maldita sea, creíamos que estábamos trabajando para un hombre, el demonio. Sólo que no sabíamos que era un demonio, claro. Si lo hubiéramos conocido, jamás habríamos hecho tratos con él.

—¿Les contó algo más del Círculo?

Perrett negó con la cabeza.

—No. Nada. Sólo miraba a Sharpy con verdadera severidad. Entonces Sharpy se puso a gritar. De repente, yo tuve más miedo del que he tenido en toda mi vida. Sabía con seguridad que, fuera lo que fuese lo que el cabrón estuviera haciéndole a Sharpy, me lo haría luego a mí. Lo juro, notaba algo en el aire, como pequeñas descargas de electricidad. Sabía que no podía ayudar a Sharpy, así que escapé para salvar la vida.

—¿El demonio tocó a Sharpy? ¿Le dio algo de comer o beber? ¿Había alguna clase de arma?

—No, esto es lo que estoy intentando explicar. —Perrett recorrió con la mirada la tranquila taberna y bajó la voz hasta convertirla en un susurro—. Nadie me cree. Piensan que me he vuelto loco. Pero escuche bien, el monstruo no sacó nada en ningún momento, ni una pistola ni un cuchillo. Estaría al menos a diez pasos de nosotros cuando le hizo a Sharpy esa brujería.

—¿Qué más puede decirme del demonio? —preguntó Caleb—. Aparte de los ojos incandescentes y las alas y las garras, claro.

Perrett se encogió de hombros y bebió más ginebra.

—No mucho más.

—¿Hablaba como un hombre instruido?

A Perrett se le tensó el ancho rostro.

—Sí, pensándolo bien sonaba un poco como usted. Ya le digo, era un caballero. Sería raro que un demonio fingiera ser un obrero, ¿no?

—Desde luego. ¿Iba vestido como un caballero?

—Así es.

—¿Le vio bien la cara?

—No. Las dos veces que lo vimos fue de noche y en una callejuela oscura. Llevaba un sombrero, una bufanda y un abrigo abrochado hasta arriba. —Perrett se interrumpió y frunció el ceño, confuso—. Como usted.

—¿Llegó en carruaje privado?

Perrett meneó la greñuda cabeza. La ansiedad comenzaba a atravesar la niebla creada por la ginebra.

—En coche de caballos —dijo. Luego entrecerró los ojos—. Oiga, ¿por qué le interesa tanto el tipo de carruaje?

Caleb pasó por alto la pregunta.

—¿Llevaba joyas? —Al margen de lo borracho que estuviera, era improbable que a un delincuente profesional se le escaparan detalles relacionados con objetos de valor.

En los ojos de Perrett se apreció un fugaz destello de excitación.

—Tenía una caja de rapé muy bonita. La vi brillar a la luz del farol cuando se la sacó del bolsillo. Parecía de oro legítimo. Con una especie de piedras en la tapa. Demasiado oscuro para saber de qué tipo. Pero diamantes, no. Tal vez esmeraldas. Aunque supongo que también podían ser zafiros. A un perista que conozco habría podido sacarle una buena suma por ella.

—¿El demonio tomaba rapé?

—Sí. Tomó una pulgarada justo antes de utilizar su magia para matar a Ned.

—Interesante.

Perrett se hundió en una bruma de desesperación etílica.

—Es usted como los otros. No me cree.

—Creo todas y cada una de las palabras que ha dicho, Perrett. —Caleb introdujo la mano dentro del abrigo y sacó unos billetes. Los arrojó sobre la mesa.

Perrett clavó al instante los ojos en el dinero.

—¿Qué es esto?

—El pago por una historia de lo más reveladora. —Caleb se puso en pie—. También le daré un consejo gratis. Yo, de usted, evitaría futuros encuentros con el demonio.

Perrett se encogió de miedo.

—No se preocupe. Me aseguraré de que no me encuentre nunca.

—¿Cómo lo hará?

Perrett se encogió de hombros.

—Será un demonio, pero, como he dicho, también es un

caballero. Esa gente nunca viene a esta parte de la ciudad. Mire, no saben cómo arreglárselas en barrios así. Aquí estoy a salvo.

—No esté tan seguro —dijo Caleb en voz baja—. Un hombre conseguiría llegar a esta calle si quisiera realmente algo de usted.

Perrett se quedó paralizado. Sus ojos empañados por la ginebra se abrieron de par en par debido primero al sobresalto y luego al pánico. Hubo unos instantes de silencio mientras Caleb esperó que el otro asimilara el hecho de que, esa noche, un caballero había logrado llegar a la taberna El Perro Rojo.

—¿Quién es usted? —susurró Perrett.

—Recordará la dama que intentaron secuestrar en Guppy Lane, supongo.

—¿Qué pasa con ella?

—Es mía —dijo Caleb—. Usted sigue vivo únicamente porque yo necesitaba información. Pero le juro que si en adelante se le acerca, volveré a encontrarle, tan fácilmente como esta noche. —Sonrió.

La boca de Perrett se abrió y se cerró varias veces. No brotaron palabras. Empezó a temblar sin control.

Satisfecho, Caleb se dirigió a la puerta. Quizá no poseía el espectacular talento depredador que tanto abundaba en el árbol genealógico de los Jones, pero en el fondo era un cazador, capaz de mandar este mensaje por medio de una sonrisa.

32

Una hora después, Lucinda, Victoria, Patricia y Edmund estaban en un pequeño hueco frente al salón de baile, contemplando juntos la elegante multitud.

—Es tal como decía usted, lady Milden —declaró Patricia entusiasmada—. Parece que todos los caballeros presentes quieren bailar con Lucinda. Creo que ha estado en la pista más rato que yo.

—No lo entiendo. —Lucinda cogió otro vaso de limonada de una bandeja que pasaba. Estaba muerta de sed. La única razón por la que había aceptado tantas invitaciones era que la actividad física neutralizaba temporalmente su creciente sensación de que se avecinaba un desastre. No dejaba de pensar que Caleb había cometido un grave error al ir al encuentro del secuestrador—. ¿Dónde diablos está el atractivo de una mujer de la que todo el mundo cree que estuvo a punto de ser vendida a un burdel?

Victoria no pudo disimular una sonrisa de serena satisfacción.

—No subestime nunca el atractivo de una dama de mala reputación, sobre todo si ha sido pretendida por un miembro de la familia Jones.

A Lucinda se le atragantó la limonada.

—¿Pretendida? —farfulló—. ¿Pretendida? ¿Qué demonios está diciendo? El señor Jones ha bailado una vez conmigo esta noche y después se ha despedido.

—Créame, hace días que corren rumores de su relación con Caleb Jones —dijo Victoria con tono alegre.

Lucinda notó que, aun sin quererlo, se ponía roja como un tomate.

—Lo contraté únicamente como profesional para que investigara un asunto particular. Nuestra relación es comercial sin más.

Victoria rio entre dientes.

—Nadie que le viera bailar con usted la otra noche, y nuevamente hoy, pensaría que su relación se limita sólo a los negocios.

—Esta situación está volviéndose embarazosa —dijo Lucinda.

—Tonterías. —Victoria rechazó el comentario con un movimiento rápido del abanico—. Esto no tiene nada de embarazoso. —Alzó una ceja en dirección a Edmund—. Creo que ya es hora de que usted y Patricia salgan a la pista, señor Fletcher. Hemos de mantener la impresión de que es usted un miembro de la familia.

Lucinda podría haber jurado que Edmund se había puesto ligeramente colorado. Patricia, con las mejillas de un rosa cálido, enseguida se afanó en ajustarse los corchetes que sujetaban la cola del vestido.

Edmund se puso rígido e inclinó la cabeza muy ceremoniosamente.

—Señorita Patricia, ¿me hace el honor?

Patricia dejó de toquetear el vestido, respiró hondo y le tendió la mano enguantada. Edmund se la llevó entre la multitud.

Victoria irradiaba entusiasmo.

—¿Verdad que hacen buena pareja?

Lucinda observó a Edmund y Patricia mientras salían a la pista de baile.

—Cuando no están discutiendo. La verdad, nunca había visto a dos personas jóvenes pelearse tanto. Esto basta para... —Se calló y volvió la cabeza hacia Victoria—. Oh, por Dios, no irá a decirme que formarán pareja de verdad.

—Una pareja perfecta. Lo supe en el mismo momento en que los vi juntos, desde luego. Ahora veremos qué pasa. Nada como el vals para acelerar el pulso del romance.

Lucinda vio a Edmund atraer a Patricia algo más hacia sí y hacerle dar largas y rápidas vueltas. Incluso desde lejos era fácil ver que ella estaba eufórica.

—Ummm...—dijo—. Bueno, supongo que esto explica las riñas y las risitas. De todos modos, preveo problemas. El señor Fletcher parece muy buena persona, y salta a la vista que protege a conciencia a Patricia, pero me temo que no satisface los requisitos para ser su marido. Para empezar, no parece tener unos ingresos regulares y decentes. Por lo que yo sé, su trabajo para el señor Jones es de naturaleza un tanto irregular e imprevisible. Y no sabe nada de arqueología.

—Meras nimiedades, se lo aseguro.

—No tengo muy claro que para Patricia o sus padres estas cuestiones sean nimiedades.

—Cuando la energía es la adecuada, el amor encuentra su camino.

Lucinda la miró.

—El amor encontrará su camino, aunque puede que éste conduzca al desastre. Una cosa es que una mujer de cierta edad mantenga una relación ilícita, y otra muy distinta que lo haga una dama joven como mi prima. Usted sabe esto igual que yo.

—No me dedico a fomentar relaciones ilícitas, se lo aseguro. —Victoria estaba sinceramente ofendida—. Soy una casamentera y me tomo muy en serio mis responsabilidades profesionales. Patricia y el señor Fletcher se casarán como es debido, ya lo verá.

—¿Pese a los obstáculos evidentes?

—No —dijo Victoria—, gracias a ellos. Cultivar el amor es como cultivar buena uva.

—¿Quiere decir que el fruto es más dulce cuando se obliga a las vides a sobrevivir en condiciones difíciles?

—Exacto.

33

En los oscuros callejones cercanos a la taberna El Perro Rojo no circulaban carruajes ni coches de alquiler. No debido a la densa niebla, sino al hecho de que los conductores eran muy conscientes de que pocos vecinos del mal iluminado barrio podían permitirse el lujo de desplazarse en coche de caballos.

Caleb caminó hasta la esquina, donde en la neblina brillaba una solitaria farola de gas. La deslumbradora luz servía de faro, pero no penetraba mucho en la noche. Su intuición le avisó de que estaban siguiéndole antes incluso de oír los pasos que resonaban a su espalda. La puerta de la taberna no había vuelto a abrirse. Quien estuviera ahí atrás en las sombras había estado vigilando la entrada desde el otro lado de la calle, esperándole.

Lo habían seguido desde el baile de Wrothmere, pensó. Esto sin duda explicaría la tensa sensación que había experimentado la última hora.

Calor y energía latían en su interior, los mismos efectos excitantes que había percibido cuando de súbito se iluminaron ciertas secciones del laberinto antes a oscuras. También era posible que su perseguidor fuera un vulgar delincuente en busca de una víctima adecuada a la que robar, pero su talento le decía otra cosa. Estimó en un noventa y nueve por ciento las probabilidades de estar a punto de encontrarse con el demonio de Perrett.

Mantuvo el paso regular y pausado, como si no fuera consciente del hombre que tenía detrás. Los pasos se acercaron. No tenía sentido volverse para vislumbrar a su perseguidor. Sólo un verdadero cazador dotado de visión psíquica nocturna habría sido capaz de ver algo más que una sombra oscura en la espesa niebla.

Se quitó un guante, metió la mano en el bolsillo del abrigo y sacó la pistola. Con el arma oculta junto a la pierna, se dirigió a la claridad que rodeaba la farola.

La horrible explosión de miedo surgió de la nada. Se le cortó por un instante la respiración, dispersándole los sentidos y haciéndole trizas los nervios. Se oyó un sonido metálico agudo. Caleb se dio cuenta vagamente de que se le había caído la pistola.

Fue dando traspiés hasta pararse, paralizado por un miedo indescriptible que, como se le revelaba desde algún lugar recóndito del cerebro, no tenía ninguna base lógica ni razonable. Sus latidos eran ruidos sordos. Se le tensaron los pulmones. Se las vio y las deseó para respirar.

De pronto se encontró sumergido en su pesadilla suprema, tambaleándose al borde del abismo, el caos. Un pánico salvaje le abrasaba las venas.

Por intuición e instinto, agudizó todos los sentidos en respuesta a la agresión. Su talento se enardeció. La sensación de caos inminente menguó un poco, lo suficiente para permitirle arrancar algunas certezas de la ciénaga de incomprensible oscuridad que amenazaba con tragárselo.

«Está haciéndote esto a ti. Así es como mató a Sharpy y Daykin. Provoca en sus víctimas un pánico atroz. Has de hacerle retroceder o te hundirá en el caos.»

Caleb no abandonaría el mundo así, víctima de una vorágine de energía sin sentido, totalmente aleatoria. Descubriría los patrones de claridad, estabilidad y razón. Ése era su don, y se valdría de él para alcanzar el equilibrio aunque muriese en el intento.

Hicieron falta todas las fibras de su fuerza de voluntad, pero al final consiguió volverse y encararse con el asesino. El proceso pareció tardar una eternidad, pues para hacer que sus músculos respondieran tuvo que concentrarse con todas sus fuerzas.

El demonio de Perrett se materializó en la niebla y se acercó a la luz difusa. No se veían llamas en sus ojos, ni garras ni alas gigantes de murciélago, pero Caleb no dudó ni un instante que estaba frente al monstruo.

—Me sorprende verle por aquí esta noche, Jones. —La criatura se detuvo a unos metros—. No es el tipo de barrio en el que suele encontrarse uno a un caballero de su condición, ¿verdad? ¿Qué le trae por estas calles? ¿Algún deseo que no puede ser satisfecho en una parte mejor de la ciudad? ¿Su antro de opio preferido?

Caleb no dijo nada. No estaba seguro de poder hablar. Era como si la corrosiva energía que se abalanzaba sobre sus sentidos le hubiese paralizado la lengua. No obstante, el talento respondía a la voluntad. En lo más profundo de su mente, un laberinto se hacía cada vez más nítido, más claro, más comprensible. Aquí brillaba una pared de cristal, allí un suelo. Lo único que debía hacer ahora era hallar la manera de conectar las partes iluminadas.

—Permita que me presente —dijo el demonio, que con gesto pausado se quitó un guante, introdujo la mano en el bolsillo del abrigo y sacó un pequeño objeto que relucía como el oro bajo la luz neblinosa—. Me llamo Allister Norcross.

Abrió la cajita de rapé y cogió una pizca del polvo que contenía. Llevó el preparado a la nariz e inhaló bruscamente.

Un momento después, otro intenso estallido de pánico abrasó los sentidos de Caleb. Le costó lo suyo no desplomarse en el pavimento presa de un pavor ciego, estremecedor.

—A propósito, la nueva versión de la fórmula está funcionando muy bien, en efecto —dijo Norcross—. Hulsey tenía razón.

Dentro del laberinto brillaban más corredores. Caleb hizo retroceder la oleada de miedo y se concentró en el patrón. Podía hacerlo. Sabía cómo mantener a raya las emociones mientras utilizaba sus facultades. Había pasado la mayor parte de su vida aprendiendo a controlar el núcleo de la energía peligrosa y salvaje que constituía la fuente de su poder psíquico.

—Debo decirle que me ha decepcionado, señor. —Norcross cerró la cajita y la dejó caer en el bolsillo—. Esperaba más de un miembro de la legendaria familia Jones.

—¿Qué quiere de mí? —soltó Caleb.

—Así que ha recuperado el habla, ¿eh? —Norcross estaba contento—. Muy bien. La verdad es que estoy ciertamente impresionado. Muy poca gente es capaz de articular una frase coherente después de que yo haya hecho una demostración de mi talento.

Caleb no dijo nada.

—Le diré lo que quiero de usted, Caleb Jones. —Se empezó a notar la emoción en la voz de Norcross—. Quiero verle volverse loco de miedo, y después verle morir de puro pavor.

—¿Por qué?

—Porque me gusta divertirme así, naturalmente. Si le sirve de consuelo, usted será un apropiado conejillo de Indias para la última versión de la fórmula. Hulsey me la ha dado esta tarde y aún no he tenido ocasión de experimentarla. Pero será un público formado por una persona. Por desgracia, la verdad de lo que puedo hacer con el poder de mi mente debe ser conocida y evaluada sólo por un círculo reducido.

—Uno de los Círculos de la Orden de la Tablilla Esmeralda.

La presión del miedo disminuyó durante un par de segundos. Caleb reparó en que la frase había sorprendido a Norcross hasta hacerle perder el hilo unos momentos. Provocar miedo a un nivel tan alto exigía mucha energía y una intensa concentración.

Un instante después, sin embargo, le alcanzó otra oleada de pánico. Aunque estaba preparado para ello, Caleb notó que el caos se acercaba cada vez más.

—Así que sabe algo de la Orden —dijo Norcross—. Quizá más de lo que algunos grupos piensan. Muy bien, señor Jones. En respuesta a sus palabras, soy miembro del Séptimo Círculo del Poder. Pero esto está a punto de cambiar. Los pertenecientes a ese Círculo pronto seremos ascendidos a un nivel muy superior.

—¿Matarme a mí es el precio del ascenso?

Norcross soltó una risotada.

—No, Jones. Matarle ha acabado siendo necesario porque ha llegado a ser una amenaza para mi Círculo. No tenemos más remedio que librarnos de usted ahora que a todas luces ha descubierto la pista de Hulsey. No puede encontrarle, entiéndalo. Esto lo echaría todo a perder. Cuando usted haya desaparecido, me encargaré de la señorita Bromley y habremos atado todos los cabos sueltos.

Y entonces otra docena de pasillos empezaron a brillar en diferentes dimensiones del laberinto. Caleb se estremeció debido a otra clase de miedo. Ya no era cuestión de aferrarse a su cordura hasta el último suspiro. Tenía que sobrevivir a ese encuentro para proteger a Lucinda. Tras darse cuenta de eso, fue capaz de concentrarse con renovada intensidad.

—La señorita Bromley no supone ninguna amenaza para usted —dijo.

—Tal vez no, pero la verdad es que no podemos correr más riesgos. Al público y la prensa no les sorprenderá excesivamente la noticia de que ella le ha envenenado igual que hizo antes con su prometido. Después la señorita Bromley se suicidará, como hiciera su padre. Todo muy ingenioso, ¿no le parece?

—Lucinda no sabe nada de su maldito Círculo.

—Usted más que nadie ha de entender la necesidad de ser meticuloso. Bien, esta conversación ha sido muy entretenida pero ha tocado a su fin. Adiós, señor Jones.

El caos se elevó del abismo, una ola oscura de poder incontrolado. Caleb se refugió en la parte mejor iluminada del laberinto, en la dimensión donde la verdad más importante resplandecía con la intensidad del sol. Tenía que sobrevivir porque él era todo lo que había entre el demonio y Lucinda. Las respuestas, cuando por fin las veía uno, eran siempre asombrosamente sencillas.

La envolvente oscuridad se estrelló contra el constructo psíquico de su mente. Caleb observaba la escena desde dentro, desde la seguridad de la estructura cristalina. Se apoderó de él una euforia extraña. No era frecuente tener la oportunidad de ver el poder salvaje del caos puro. Estaba cautivado.

Creyó oír a un hombre gritar en algún lugar de la noche, pero no hizo caso, toda la atención fija en las embravecidas corrientes. Se concentró más, convencido ahora de que era capaz de percibir los más tenues destellos de un patrón en el mismo núcleo de la tormenta de energía.

Caleb sabía que todas las respuestas estaban allí, esperándole. Sabía también con absoluta certeza que ningún hombre podía comprender plenamente esas grandes verdades sin perder la cordura. Un vislumbre o dos bastarían para estremecerle hasta el fin de sus días.

—Basta ya, maldito seas.

El chillido que acompañaba las palabras era enloquecedor. Caleb lo pasó por alto. ¿Quién podía imaginar que hubiera tal deslumbrante belleza en el caos? Nunca sería capaz de analizarlo, no digamos ya controlarlo. Pero al menos tendría derecho a recrearse en el virulento poder de la abrasadora energía que alimentaba su talento.

—Mi corazón. Mi corazón. No puedes hacerlo. Basta ya.

La última palabra terminó con otro grito escalofriante.

Caleb ya no podía soportar el aturdimiento. Había que hacer algo con Norcross. Apartó la mirada de las hipnotizadoras corrientes del caos.

Norcross había sacado un arma, que se agitaba violentamente aunque él la agarraba con ambas manos. Su rostro era una deformada máscara de terror.

—¿Qué está haciendo conmigo? —dijo con voz entrecortada—. Voy a estallar. Me está matando. —Intentó apuntar con la pistola al corazón de Caleb—. Es usted el que debe morir, cabrón, no yo.

Norcross pretendía hacer daño a Lucinda. Sólo había que hacer una cosa.

Caleb cogió un puñado de caos y aplastó a Norcross como si fuera un insecto molesto.

Allister Norcross abrió la boca por última vez, pero de ella no brotó ningún grito. Se desplomó en el suelo y se quedó inmóvil.

34

—¿Seguro que está muerto? —preguntó Lucinda.

—No es un estado de diagnóstico tan difícil —dijo Caleb, en cuya voz no había emoción alguna.

—A veces el estado de inconsciencia puede adquirir la apariencia de muerte.

—Está muerto, créeme, Lucinda. Pronto lo verás por ti misma.

Estaban en el carruaje de ella, camino de la escena del enfrentamiento. Un rato antes, Lucinda se había sentido tan aliviada al verle entrar en la sala de baile que se las había visto y deseado para no echarse a llorar. Pero cuando Caleb hubo llegado a su lado, había percibido en él la energía volátil de violencia rielando a su alrededor.

Lucinda sabía que la ansiedad experimentada durante toda la noche no había sido producto de su imaginación. Caleb había estado a punto de morir. Pensó que sus nervios tardarían mucho tiempo en recuperarse de esa idea atroz.

Con todo, estaba más preocupada por Caleb. Algo iba muy mal. Lo notaba. Se recordó a sí misma que él acababa de luchar por su vida y había matado a un hombre. Los efectos de esas cosas luego se hacían sentir.

—¿Dijo que se llamaba Allister Norcross? —preguntó.

—Sí.

—¿Lo conocías?

—No.

—¿Qué has hecho con el cadáver?

—No he tenido más remedio que dejarlo en un edificio abandonado. —Caleb miró por la ventanilla, hacia la noche envuelta en niebla—. No había alternativa. Es difícil encontrar un coche de alquiler en esa parte de la ciudad, y eso si por casualidad sigue uno con vida. Además, creo que ningún conductor habría estado dispuesto a aceptar un muerto como pasajero.

—¿Por qué quieres que vea el cadáver? —inquirió ella.

—Porque con tu talento quizá seas capaz de percibir cosas que para mí resultan confusas. —Se volvió hacia ella—. Lamento hacerte pasar por esto, Lucinda. Pero me parece que es importante.

—Comprendo. —Lucinda se ciñó la capa alrededor de los hombros. Estaba temblando, no por el frío de la noche sino en respuesta a las corrientes de hielo y fuego en el aura de Caleb.

Shute detuvo el carruaje en una calle desierta, frente a un edificio a oscuras. Caleb fue el primero en apearse. Lucinda le siguió al punto.

—Quédese aquí y vigile —dijo Caleb a Shute.

—Sí, señor —dijo Shute—. Tome, necesitará la linterna.

Caleb cogió la linterna y la encendió. El estallido de luz convirtió sus ojos en charcos de sombras insondables. Lucinda sintió otro escalofrío. Se intensificó la sensación de que algo marchaba mal.

Sin decir palabra, Caleb se volvió y echó a andar por un estrecho callejón. Se paró delante de una puerta que empujó hacia dentro. Lucinda recobró la calma como solía hacer cuando sabía que iba a encontrarse con la muerte y entró con cautela.

Se esfumaba la posibilidad de que Norcross pudiera estar en coma. No había ninguna duda de que el hombre del suelo estaba muerto.

—¿Sabes quién es? —preguntó Caleb.

—No.

—¿Ningún botánico o científico que hayas podido conocer? ¿Quizás en una conferencia o una charla? ¿Algún conocido de tu padre?

Lucinda negó con la cabeza.

—No le conozco, Caleb.

—¿Qué puedes decirme sobre su muerte?

Ella alzó la vista, sorprendida por la pregunta.

—Has dicho que lo has matado.

—Sí.

—Yo... suponía que habías usado tu arma —dijo ella vacilante.

—No.

—¿Un cuchillo?

—Mira bien, Lucinda... —dijo él en voz baja—. No hay sangre.

Ella se acercó al cadáver a regañadientes.

—Tal vez se golpeó la cabeza durante la pelea.

—No —volvió a decir Caleb con el mismo tono terminante y rotundo.

Lucinda se expuso cautamente al residuo psíquico adherido al cuerpo. Restos de la energía de hierbas extrañas y peligrosas le salpicaron enseguida los sentidos. Aspiró súbitamente y dio un paso atrás.

—¿Qué es? —inquirió Caleb.

—Aquí hay veneno —dijo ella con voz tranquila—. Pero es diferente de cualquier otro que yo conozca. En todo caso, sin duda es de índole psíquica, y habría afectado al talento de este hombre de manera imprevisible. Tiene efectos muy corrosivos; destruye los sentidos a la vez que los intensifica temporalmente.

—La fórmula del fundador. —Caleb sonaba muy convencido—. Dijo que esta tarde Hulsey le había dado una nueva versión mejorada.

—Te aseguro que si no lo hubieras matado tú, lo habría matado la droga. Y muy pronto, me parece.

Caleb sacó un pañuelo y se agachó junto a Norcross. Llevaba las manos protegidas con guantes de piel, pero se valió del trozo de grueso lino para coger un pequeño objeto del abrigo del muerto.

La luz de la linterna brilló en una elegante cajita de rapé decorada con un triángulo hecho de piedrecitas verdes.

—¿Tomaba rapé? —Lucinda torció el gesto—. No le he notado nada de tabaco.

—Aquí hay un polvo. Creo que es la droga.

Lucinda se ajustó las gafas y observó de cerca la tapa de la cajita.

—Parecen esmeraldas.

—Seguro que lo son. —Caleb examinaba la caja de rapé como si fuera un pequeño artefacto explosivo—. El propio diseño es alquímico, el símbolo del fuego.

Lucinda volvió a agudizar los sentidos.

—Lo que haya en esta caja de rapé contiene los ingredientes del veneno que estaba tomando el muerto —dijo.

—¿Es peligroso manipularla?

—No. Dudo mucho que tocar simplemente el polvo tenga efectos graves o duraderos. Habría que inhalar una o dos dosis como mínimo para que afectara a los sentidos psíquicos de una forma permanente. Al principio, al menos, el efecto sería bastante estimulante. La víctima creería sin duda que la droga estaba intensificando sus poderes.

—Cuando en realidad lo estaba matando.

—Sí. —Ella vaciló. Intentaba evaluar la esencia letal del polvo—. Un hombre joven y fuerte como Norcross duraría como mucho tres o cuatro horas. Alguien más viejo o más débil sucumbiría mucho antes.

Caleb contemplaba el diminuto objeto de oro y esmeraldas.

—¿Cómo sugieres que destruyamos el polvo de esta caja?

—Casi cualquier cosa lo volverá inocuo. Percibo que la

composición de la fórmula es sumamente frágil e inestable. Una sustancia ácida como el vinagre destruiría su poder. Igual que el alcohol o los licores fuertes. El calor también afectaría a sus propiedades nocivas.

—¿Qué le pasaría a alguien que comiera un poco?

—No gran cosa, imagino. El proceso digestivo lo debilitaría. Pero mejor no ingerirlo.

—No era mi intención. —Caleb envolvió cuidadosamente la cajita de rapé con el pañuelo y se puso de pie—. Me desharé de esto lo antes posible.

Lucinda miró a Norcross.

—¿Y qué hacemos con él?

—Avisaré al inspector Spellar. Él se encargará del asunto.

—¿Y cómo le explicarás la causa de la muerte?

—Éste será problema de Spellar, no mío. —Caleb cogió la linterna—. Lo cual es una suerte, dadas las circunstancias.

Ella lo siguió hacia la puerta.

—Entiendo que no quieras verte implicado en la investigación de un crimen, aunque al fin y al cabo ha sido en defensa propia.

—El problema no es éste, Lucinda.

—¿Qué quieres decir?

—El problema es que no sé cómo he matado a ese hombre.

35

Se encontraban los dos en el laboratorio de Caleb, mirando la copa de cristal que había sobre una mesa de trabajo. La copa estaba llena de un brandy que brillaba sugerente a la luz del hogar. La caja de rapé descansaba en el fondo de la copa, abierta y vacía, una joya de oro y esmeraldas atrapada en un líquido ámbar.

Caleb había diluido la droga en polvo, que se había tornado inocua mediante un proceso que incluía sumergir la cajita varias veces en el brandy. Lucinda le había asegurado que la fórmula había quedado totalmente destruida tras la primera inmersión en el licor, pero él no quería correr riesgos. Tras cada inmersión, había vaciado en un cazo de hierro el brandy utilizado y lo había quemado en el rugiente fuego.

—¿Seguro que ahora ya no hay ningún peligro? —preguntó Caleb.

—Oh, sí... —contestó Lucinda—. De hecho, no lo había después de mojarla la primera vez. Ya te lo he dicho, la droga es muy inestable. Una vez se descompone, pierde las propiedades que le permiten afectar a los sentidos. Aun sin interferencias, creo que conservaría su fuerza sólo unos cuantos días, como mucho.

Caleb la miró desde el otro extremo del banco de trabajo.

—¿Puedes percibir esto?

—Sí. Este polvo es como una flor cortada. Empieza a deteriorarse enseguida. Pero ¿por qué tomaría alguien adrede una fórmula que es tan letal y actúa con tanta rapidez?

—Como te decía antes, según Norcross era una versión nueva de la droga. Quizá no había habido tiempo de llevar a cabo experimentos.

—O quizás el experimento era Norcross —sugirió ella.

—Puede que tengas razón. Desde luego parecía muy satisfecho con los efectos. Obviamente no se daba cuenta de que eso lo estaba matando.

Caleb se quedó callado un momento. Lucinda lo vio hundirse en su mundo privado.

—¿Crees que podrías fabricar un antídoto de la droga? —preguntó al cabo de un rato.

Ella negó con la cabeza.

—Lo siento. No conozco ninguna planta o hierba capaz de contrarrestar con eficacia la extraña energía de lo que había en esa cajita. Esto no significa que algún día no se pueda conseguir un remedio, pero ahora mismo está fuera de mi alcance. Supongo que harán falta algunos avances en el campo de la química así como mucha investigación y experimentación.

—No te disculpes. Sylvester afirmaba haber descubierto un antídoto eficaz para la versión original de la fórmula. Llegó hasta a grabar los ingredientes en una lámina de oro que recubría su caja fuerte. Sin embargo, señaló que debía tomarse al mismo tiempo que la droga. Como es obvio, no hay una forma práctica de verificar su eficacia.

A Lucinda le picó la curiosidad.

—¿Tienes la receta del antídoto?

—El original está en la Casa de los Arcanos, pero hice una copia.

Caleb desapareció en el laberinto de estantes. Unos instantes después, Lucinda oyó que se abría la cámara de seguridad. Cuando reapareció, él llevaba en la mano un cuaderno.

—La anoté tal como estaba grabada exactamente en la lámina de oro —dijo.

Caleb abrió el cuaderno, pasó una página y lo empujó a un lado para que ella viera las notas. Lucinda se ajustó las gafas, se inclinó un poco y leyó rápidamente los nombres en latín de diversas hierbas y plantas.

—Ummm... —dijo.

—¿Qué es?

—Reconozco la mayoría de estos ingredientes y estoy familiarizada con sus propiedades normales y paranormales, pero no estoy muy segura de que alguno de ellos tenga efecto en el polvo de la cajita de rapé o, si vamos a eso, en cualquier otro veneno. De hecho, más bien todo lo contrario.

—¿Qué quieres decir?

Lucinda se enderezó.

—Una copa de este supuesto antídoto mataría a una persona en cuestión de minutos.

Caleb espiró despacio e hizo un gesto de asentimiento.

—Tenía la sensación de que podía ser eso. Era demasiado evidente, maldita sea. El astuto cabrón tendió una última trampa a sus enemigos y rivales.

—¿Dices que grabó la fórmula en una caja fuerte?

Caleb cerró el cuaderno de golpe.

—Sylvester sabía que un día alguien podía robarle su valiosa fórmula. Así que dejó el aviso de que era un veneno de acción lenta y, siempre tan servicial, proporcionó el antídoto. Grabado en oro, nada menos. ¿Qué alquimista habría sido capaz de resistirse?

—Entiendo.

Caleb se dirigió a la chimenea y se quedó allí contemplando las llamas.

—Es imperioso descubrir la dirección de Norcross y sus contactos lo antes posible —dijo—. Ahí está nuestra última esperanza de encontrar a Hulsey y los otros miembros del Séptimo Círculo.

Lucinda sintió que la recorría un escalofrío.

—¿Y qué harás con ellos cuando los encuentres, Caleb? No creo que descubras muchas pruebas de que cometieron asesinato.

Caleb no apartó la atención del fuego.

—Discutiré este asunto con Gabe, pero creo que la respuesta es clara. Hay que parar los pies a Hulsey y a la gente que le encargó que preparase la droga.

Lucinda cruzó los brazos y lo miró atentamente.

—Quieres decir matarlo, ¿no?

Caleb no contestó.

—No. —Ella descruzó los brazos y corrió a su lado—. Escúchame, Caleb. Una cosa es llevar a cabo investigaciones en nombre de la Sociedad de Arcanos, y otra dejar que la organización te convierta en una especie de verdugo a sueldo. Una actividad así te destruirá igual que cualquier veneno mortal.

Caleb se agarró a la repisa de la chimenea.

—Entonces ¿qué demonios se supone que voy a hacer con Hulsey y quienes le contrataron? ¿Y qué pasa con los monstruos que crea la fórmula?

—Estoy de acuerdo en que hay que parar a esos locos. Pero dado el atractivo de la fórmula, me temo que siempre habrá quienes busquen su poder. No puedes emprender la espantosa tarea de matarlos a todos. No lo permitiré.

Caleb le dirigió una mirada severa.

—¿No lo permitirás?

Lucinda alzó la barbilla.

—Crees que no soy quién para decirte lo que debes hacer, ya lo veo. Pero no puedo mantenerme al margen sin hacer nada mientras tú hablas de transformarte en un asesino profesional.

—¿Se te ocurre una solución mejor?

Lucinda respiró hondo.

—Creo que la respuesta reside en la propia naturaleza de la fórmula. Por lo que has contado, los que toman cualquier versión de la misma no sobreviven mucho tiempo si se les priva de ella.

—Si destruyo la droga donde y cuando la encuentre, los que la toman también acabarán destruidos. ¿Es ésta tu respuesta?

—Admito que la Sociedad tiene el deber de luchar contra quienes pretenden volver a fabricar la droga. Comprendo también que a veces uno se ve obligado a actuar como tú anoche. Pero creo que, siempre que sea posible, debes dejar que la droga haga su trabajo mortífero por ti.

Caleb la miró fijamente.

—¿Crees que, si te hago caso, seré menos responsable de las muertes que puedan producirse?

—Sí —respondió ella, ahora con tono enérgico—. Lo creo. No es una solución perfecta. Ninguna muerte, al margen de qué la provoque, será fácil para ti. Todo te perturbará. Pero los que preparan la droga no son inocentes, Caleb. Son muy conscientes de que están realizando investigaciones prohibidas y peligrosas. Si mueren a consecuencia de su actividad, pues que así sea. El castigo debe ser acorde con el delito.

—Eres una mujer extraordinaria, Lucinda Bromley.

—Y tú eres un hombre extraordinario, Caleb Jones.

Más relajado, Caleb soltó la repisa y le tomó la cara con las manos.

La besó con una urgencia ardiente, imperiosa, que cogió a Lucinda por sorpresa. Estalló la energía, pero parecía distinta de las otras veces en que él le había hecho el amor. Estaba el poder sensual que ella había percibido antes, pero también un ansia desesperada. Afloró la sanadora que había en Lucinda.

—Caleb, ¿estás enfermo?

—Creo que sí. No estoy seguro. Lo único que sé es que esta noche te necesito, Lucinda.

Comenzó a quitarle el vestido violeta. Ella oyó saltar los corchetes y rasgarse la frágil seda.

Alarmada, alzó las manos para cogerle la cara. Dio un grito ahogado al notar el calor que emanaba, no sólo del cuerpo sino también del aura.

—Tienes fiebre —susurró.

Pero en cuanto dijo las palabras supo que la fiebre que rabiaba en Caleb no tenía orígenes físicos, sino metafísicos. Y entonces lo entendió.

—El hombre que, según crees, mataste anoche...

—Lo maté. Es más, volvería a hacerlo sin dudarlo un instante. Pero estoy descubriendo que utilizar mi talento así tiene un precio.

Sobresaltada, Lucinda le examinó la cara.

—Caleb, ¿estás diciéndome que para matar a ese hombre utilizaste tu talento?

—Sí.

Lucinda lo vio claro. La fiebre psíquica que ardía en Caleb era un efecto secundario de lo que había hecho la noche anterior. Si efectivamente había matado a Norcross con su talento, desde luego se había visto forzado a llegar hasta sus límites. Probablemente pronto se desmoronaría agotado. Pero entretanto Caleb intentaba contener y controlar los inquietantes torbellinos y los patrones energéticos discordantes que serían el resultado de tan enorme esfuerzo.

—No pasa nada, Caleb. Estás conmigo.

—Lucinda. —Sus ojos eran los de un hombre en el filo de una noche interminable—. Te necesito. Nunca he necesitado nada tanto en mi vida.

Ella lo rodeó con sus brazos, intentando infundirle su energía y su luz.

—Estoy aquí —susurró.

Caleb la empujó al catre y se desabrochó los pantalones con movimientos rápidos. No se tomó la molestia de desnudarse del todo. Lo siguiente que supo Lucinda fue que él estaba abalanzándose sobre ella, aplastándola contra el delgado colchón. El catre crujía y gemía bajo su peso.

Esta vez no hubo delicadeza ni caricias preliminares. Caleb la trató con desespero implacable. Ella sabía que él estaba ejerciendo un control tremendo para no hacerle daño. Pero la ardiente necesidad de Caleb generó otra clase de excitación.

Lucinda le agarró los hombros.

—No soy frágil.

—Lo sé. —Dejó caer la afiebrada cara entre los pechos de ella—. Lo sé. Eres fuerte. Muy fuerte.

Deslizó la mano entre las piernas de Lucinda, ahuecándola, asegurándose de que ella estaba húmeda, y acto seguido la penetró con un virulento ímpetu que pareció prender fuego incluso a sus auras.

Caleb empujó una vez, dos, una tercera, y luego se quedó rígido encima de Lucinda, latiendo su esencia dentro de ella.

Cuando todo hubo terminado, Caleb se desplomó de repente y se hundió en un sueño profundo.

36

Lucinda aguardó varios minutos antes de quitarse de encima como pudo el enorme peso de Caleb. Éste se removió un poco, pero no abrió los ojos. Ella le tocó el pulso en la garganta. Los latidos fuertes y regulares la tranquilizaron. Ahora también estaba más frío.

Lucinda se puso en pie y comenzó a vestirse. La luz gris del alba iluminaba las ventanas. Sabía que debía irse a casa, pero decidió no dejar a Caleb hasta que despertase. Se acomodó en la silla de delante de la chimenea y esperó.

Al final, él abrió los ojos. Ella se sintió aliviada al no advertir señal alguna de calor psíquico.

—¿Qué hora es? —preguntó Caleb.

—Casi las cinco. Menos mal que mandé a Shute a casa después de que nos trajera aquí. Me sabría mal que se hubiera pasado toda la noche en el carruaje esperándome.

Caleb se incorporó despacio e hizo girar las piernas hasta el suelo.

—No tienes por qué preocuparte. En la buena sociedad, no tiene nada de particular regresar a casa de madrugada después de haber asistido a una fiesta. Tus vecinos ni siquiera repararán en ello.

—No conoces a mis vecinos, está claro.

Caleb se puso en pie y se miró, a todas luces sorprendido

al descubrir que todavía llevaba puesta la mayor parte de la ropa. Hizo una mueca y se abrochó los pantalones.

—¿De veras no te importa lo que digan los vecinos? —inquirió él.

—Sí —dijo ella.

—No me lo parecía. —Acabó de arreglarse la ropa y la miró—. Te pido disculpas por mi falta de delicadeza, Lucinda. ¿Te he...?

—No me has hecho daño —dijo con suavidad—. Nunca me haces daño.

Caleb exhaló con fuerza.

—Ha sido como una fiebre súbita. No me lo explico.

—He estado pensando en ello. Creo que la explicación está en lo que le hiciste a ese loco anoche.

Caleb se quedó inmóvil.

—Ya te lo he dicho. No sé qué le hice.

—Pero estás totalmente seguro de que le provocaste la muerte de algún modo con tu talento.

—De esto no hay duda. —Se le endureció la mandíbula—. Cuando pasó... lo noté.

—¿Pensaste en matarlo antes de hacerlo? ¿De alguna forma deseabas su muerte?

—Esto es imposible. Uno no puede desear la muerte de otro.

—Por lo visto, él estaba haciéndote algo muy parecido.

—No, él no deseaba mi muerte. —Caleb se frotó la parte posterior del cuello—. Utilizó su talento intensificado de alguna manera para desbaratar mi aura. Todo lo sucedido anoche puede explicarse mediante la física psíquica, no la brujería.

—Explícame exactamente qué ocurrió.

Caleb bajó la mano.

—Yo sabía que me estaba matando. Y también que si yo moría, después él iría por ti. Y no podía permitir que pasara esto. Apenas era capaz de moverme, ni siquiera de coger el arma que se me había caído. Cierto instinto me dijo que mi única esperanza radicaba en recurrir a toda la fuerza de mi talento. Tenía alguna idea de cómo utilizarlo a modo de escudo contra las corrientes de su energía.

—En otras palabras, intentaste apagar fuego con fuego.

—Supongo que ésta era la idea general. Pero cuando mis sentidos se desplegaron hasta su grado máximo, *supe* de pronto qué hacer. Era como alcanzar el núcleo de la tormenta, Lucinda. Tenía la sensación de haberme apoderado de un puñado de caos. De un modo que no sé explicar, logré arrojar la energía sobre ese hombre, dando al traste con su aura. Murió al instante. Es más, en el mismo momento en que lo hacía, sabía que él moriría.

Lucinda pensó un rato en eso.

Caleb esperó.

—Ummm... —dijo ella por fin.

Caleb puso mala cara.

—¿Qué demonios se supone que significa esto?

—Bueno, tal vez suena como si hubieras conseguido encauzar tu talento de manera tal que pudo ser usado como un arma.

—Lo creas o no, también yo he sido capaz de llegar a esta conclusión —dijo Caleb con tono grave—. Las preguntas son cómo lo hice y por qué no supe que era capaz de hacerlo hasta verme en la situación.

—No tengo las respuestas pero puedo aventurar una hipótesis.

—¿Cuál?

—En mi opinión, no supiste que podías manipular así la energía de tu talento hasta ese instante porque nunca te habías visto implicado en una lucha a vida o muerte en la que no hubiera otras armas disponibles. —Lucinda extendió las manos—. Estuviste a las puertas de la muerte. Tus instintos se hicieron con el control.

Caleb contemplaba el fuego mortecino.

—Qué extraño saber que uno es capaz de matar de esta forma.

—Creo que lo que realmente te preocupa es que, en ese momento, sentiste que no tenías el control de ti mismo ni de tus facultades. Dependías exclusivamente del instinto y la intuición y no de la razón y la lógica.

Hubo un largo silencio. Cuando Caleb alzó la vista del fuego, su expresión ya no era de asombro solemne.

—Como he dicho antes, eres una mujer muy perspicaz, Lucinda.

Ella hizo un gesto hacia el laberinto de estantes que los rodeaban.

—Me dijiste que ha habido otros casos de talento poderoso capaz de matar con su energía psíquica.

—Sí, pero las referencias a tales individuos en la Sociedad son tan raras como lo es el material del que están hechos los mitos y las leyendas.

Lucinda sonrió.

—Tú eres un Jones. Un descendiente directo de Sylvester el Alquimista, lo que te convierte en material de mito y leyenda.

—Pero yo no poseo ninguna de estas facultades tan poco comunes. Mi don consiste tan sólo en un sentido muy agudo de la intuición combinado con una habilidad especial para descubrir patrones. ¿Cómo es posible que una capacidad así se convierta en un arma?

—No lo sé... —manifestó ella—. Pero, independientemente de cómo se canalice, el poder es el poder, y tú posees mucho.

Caleb pensó en esto un buen rato.

—Tienes razón —dijo por fin—. Es una explicación incompleta, pero bastará. Mantendremos esta información en secreto, Lucinda. ¿Lo entiendes? No quiero que ni siquiera los miembros de mi familia sepan lo que pasó realmente anoche.

—En otras palabras, esta capacidad tuya recién descubierta va a ser un secreto oculto y misterioso de la agencia Jones.

—Más vale que te vayas acostumbrando a guardar secretos —dijo él—. Algo me dice que la agencia va a acumular muchos en los próximos años.

37

—¿Que vas a ser socia del señor Jones? —Patricia corría por el sendero del invernadero, intentando dar alcance a Lucinda—. Pero si tú eres botánica y sanadora, no investigadora privada.

—He dicho que estoy pensándome lo de ser socia de su agencia. —Lucinda se paró para inclinar la regadera sobre una bromeliácea—. Ya sabes que tengo talento para detectar veneno. Esta capacidad es muy útil en el campo de la investigación.

—Sí, pero ser socia de la agencia Jones... Qué emocionante. —Patricia estaba rebosante de admiración—. Siempre has sido para mí una inspiración, Lucy.

—Muchas gracias. —Lucinda se sintió invadida por una pequeña oleada de complacencia—. El señor Jones cree que mi talento sería de especial importancia para la agencia en los próximos años debido al problema de esta nueva Conspiración.

—Lo entiendo, desde luego. Edmund me explicó que también espera trabajar mucho como asesor de la agencia.

Lucinda levantó el tubo de la regadera.

—¿Edmund?

Patricia se puso colorada.

—El señor Fletcher.

—Ya veo. En el desayuno, no pude menos que notar que tú y el señor Fletcher os lleváis mucho mejor.

—Es un caballero muy interesante —dijo Patricia—. Su conversación me resulta de lo más estimulante.

—¿En serio?

—Me doy cuenta de que no satisface todos mis requisitos, por supuesto —dijo Patricia rápidamente.

—Ummm...

—Posee un talento fuera de lo común.

—Eso nos dijo el señor Jones.

—Y un pasado un tanto extraordinario.

Lucinda la miró.

—¿Cómo de extraordinario?

—Bueno, antes de ser mago se vio obligado a ganarse la vida mangando algún que otro objeto de valor aquí y allá.

—Por Dios, ¿era un ladrón?

—Me lo confió todo, Lucy. Sólo robaba a otros criminales y peristas. Y tenía cuidado de coger sólo cosas muy pequeñas que nunca se echaran en falta.

—En otras palabras, sus víctimas eran personas que, como bien sabía él, no iban a llamar a la policía.

A Patricia se le iluminó la cara.

—Exacto. Tiene talento para atravesar puertas cerradas y percibir dónde están escondidos los objetos valiosos. Capacidades muy útiles para el señor Jones.

—Pareces muy interesada en el futuro del señor Fletcher en la agencia Jones.

Patricia se puso derecha.

—Pienso casarme con él, Lucy.

—Oh, Patricia. —Lucinda dejó a un lado la regadera y abrió los brazos—. ¿Qué dirán tus padres cuando se enteren de que vas a casarte con un hombre que en otro tiempo fue mago y ladrón?

A Patricia empezaron a saltársele las lágrimas. Se arrojó en brazos de Lucinda.

—No lo sé —dijo sollozando—. Pero le amo, Lucy.

—Lo sé. —Lucinda la abrazó—. Lady Milden también es consciente de tus sentimientos.

Sobresaltada, Patricia alzó la cara manchada de lágrimas.

—¿Lo sabe?

—Anoche, en el baile, me dijo que tú y el señor Fletcher hacíais muy buena pareja.

—Madre mía. —Patricia sacó un delicado pañuelo y se secó los ojos—. ¿Qué voy a hacer? ¿Cómo voy a convencer a papá y mamá de que me dejen casarme con el señor Fletcher?

—Contratamos a lady Milden para que nos orientara en la tarea de encontrarte un marido. Como dice el señor Jones, hay que confiar en los expertos. Dejaremos que la casamentera solvente el problema de hablar con tus padres.

Patricia guardó el pañuelo en el bolsillo del vestido y levantó la barbilla.

—Si papá y mamá no dan su consentimiento, juro que me fugaré con el señor Fletcher.

—Ummm...

—¿Crees de veras que lady Milden puede convencer a mis padres de que le acepten?

—La creo capaz de conseguir cualquier cosa que se proponga.

Patricia sonrió y parpadeó para reprimir la última lágrima.

—Oh, Lucy, le quiero tanto.

—Te comprendo —dijo Lucinda con tacto—. Más de lo que te imaginas.

38

Edmund apareció entre las sombras de detrás de la joyería. Caleb notaba la energía que crepitaba en el ambiente. Fletcher tendría intenciones honestas, aunque el hombre disfrutaba enormemente cuando usaba su talento. «¿No nos pasa a todos?»

—Cabría pensar que una joyería debería tener mejores cerraduras —dijo Edmund, cuyas palabras denotaban triunfo y satisfacción.

—¿Lo tienes? —preguntó Caleb.

—Por supuesto. —Edmund levantó un libro encuadernado en cuero—. El registro de Ralston de los encargos. Esto abarca el año pasado.

—Buen trabajo. —Caleb cogió el libro—. Podemos examinarlo en el carruaje. Luego lo devolverás al sitio exacto donde lo has encontrado. Si hay suerte, por la mañana el joyero no sospechará que alguien lo haya tocado.

—Cuente con ello, señor Jones. —Edmund estaba a todas luces ofendido por la insinuación de que quizá no sería capaz de encargarse de una tarea así—. Mañana por la mañana, nadie echará en falta nada.

—Te creo. Vamos.

Regresaron por la callejuela hasta donde Shute esperaba con el carruaje. A primera hora de la noche, Caleb había pedido a uno de sus muchos parientes, un cazador joven, que asumiera el cometido de guardaespaldas en Landreth Square. Podía haber resuelto la cuestión entrando por la fuerza en la joyería, pero no había duda de que, en esa clase de cosas, Fletcher acreditaba una destreza muy superior.

Edmund había sido quien había reconocido el sello del joyero en el fondo de la cajita de rapé. Caleb se había abstenido de preguntar la razón por la que un mago estaba tan familiarizado con las firmas de joyeros caros. Tenía una idea bastante clara de cómo había subsistido Fletcher antes de actuar en los escenarios.

Dentro del exiguo vehículo, Caleb corrió las cortinillas, encendió las lámparas y abrió el libro de cuentas. No tardó mucho en encontrar lo que buscaba.

—Una cajita de rapé de oro decorada con el dibujo de un triángulo resaltado con esmeraldas de excelente calidad —leyó—. Exactamente igual a los dos encargos realizados anteriormente.

—¿Hay más cajas parecidas a éstas? —preguntó interesado Edmund.

—Al menos tres, según parece.

—¿Quién era el cliente?

Caleb desplazó el dedo por la página. Ahora le tocaba a él sentir la estimulante ráfaga de energía, cuando de pronto se iluminó una nueva parte del laberinto.

—Lord Thaxter. Vive en Hollingford Square.

—¿Lo conoce?

—No muy bien, pero hemos coincidido. —Caleb alzó la vista—. Es un miembro adinerado de la Sociedad de Arcanos. Una especie de talento de la botánica. Le dije a Gabe que esta Conspiración llega a niveles profundos de la organización. Sólo podemos hacer conjeturas sobre qué otros miembros de la Sociedad están vinculados a la Orden de la Tablilla Esmeralda.

—¿Cuál es el próximo paso?

—Haremos una visita a Hollingford Square.

—Es pasada la medianoche.

—No vamos a tomar el té con Thaxter.

Hollingford Square estaba empapada de luz de luna. Caleb y Edmund dejaron a Shute y el carruaje en las densas sombras y rodearon los jardines que había detrás de la casa. Fletcher despachó en un santiamén la verja cerrada.

—No hay luces encendidas —señaló en voz baja—. Todo el mundo está acostado. Estamos de suerte. No parece que haya perros, así que no hará falta que cortemos un trozo del asado que nos hemos llevado de la taberna.

—En este caso, puedes comértelo luego. Considéralo a cuenta de beneficios por tu trabajo en la agencia Jones.

Edmund no respondió. Estaba totalmente concentrado en la tarea que tenían por delante.

—El mayor peligro son los criados —continuó—. Nunca sabes si uno ha decidido de pronto ir a la cocina a tomar un bocado de madrugada. Además, hay que contemplar la posibilidad de que el dueño de la casa sea una de esas personas tan ansiosas que guardan una pistola en la mesita de noche. Pero por regla general no se despierta nadie.

—Gracias por los consejos —dijo Caleb—. Siempre es bueno trabajar con un profesional.

—Sí, bueno, debo decirle que he hecho estas cosas antes una o dos veces, señor Jones.

—Lo imaginaba.

—Sé que usted proviene de un largo linaje de cazadores y que sabe moverse silenciosamente, pero a mi juicio sería mejor que entrase yo solo.

—No. —Caleb examinó la casa a oscuras, la expectación bullendo en su interior. Sentía las respuestas que aguardaban—. Debo entrar.

—Dígame qué espera descubrir. Ya lo encontraré yo.

—Ésta es la cuestión —dijo Caleb—. No sabré qué estoy buscando hasta que lo vea.

—De acuerdo, señor. —Edmund miró alrededor—. Estos jardines son increíbles.

—Ya he dicho que el talento de Thaxter está relacionado con la botánica. Me da la impresión de que si alguien tiene intención de volver a crear la fórmula, es lógico que cuente al menos con algunos individuos dotados de esa clase de capacidad psíquica.

—No parece que Allister Norcross tuviera mucho interés en la botánica.

—No, no creo que lo tuviera. Me parece que su papel en el Séptimo Círculo era de índole un tanto distinta.

—Mató a la boticaria y también a uno de los secuestradores, ¿verdad?

—Sí.

Entraron por la cocina. Los dos se pararon al instante. Caleb supo que Edmund estaba captando el mismo efecto de vacío sobrecogedor.

—Abajo no hay sirvientes —dijo Edmund en voz baja—. Estoy seguro. Pero en la casa hay alguien. Lo percibo.

—Yo también.

—Me recuerda la sensación que tuve cuando entré en la mansión de Jasper Vine y lo hallé muerto. Aquella noche el personal se había ido. La casa estaba vacía y se respiraba una atmósfera extraña.

—¿Pudiste robar al más poderoso señor del hampa de Londres?

—Varias veces. Creo que nunca se dio cuenta. Adquirí la costumbre de coger sólo cosas pequeñas, ya sabe, un reloj de bolsillo, un anillo.

—Las cosas que un hombre muy rico pensaría que ha extraviado sin más.

—Exacto —dijo Edmund—. De todos modos, Vine no habría llamado a la policía. Yo sólo quería que no me buscara.

—¿Dónde encontraste el cadáver?

—En la biblioteca. Fue un descubrimiento inquietante, la verdad sea dicha. Era como si antes de morir hubiera visto un fantasma. Tenía toda la cara crispada por el miedo. Mangué un reloj muy bonito y un collar de perlas que él había comprado a una de sus mujeres y me fui.

—Hijo de puta —dijo Caleb en un susurro. Con esto se iluminó otra parte del laberinto—. Parece obra de Allister Norcross.

—¿Cómo podía Vine estar implicado en este asunto?

—Todavía no lo sé. Pero percibo que así era.

Cruzaron la cocina y salieron a un largo pasillo. Caleb se detuvo frente a la puerta de la biblioteca. Los cajones del escritorio estaban abiertos. La mayoría de ellos se veían vacíos, sin los papeles o carpetas que antes contuvieran.

—Alguien se nos ha adelantado —dijo.

—Un trabajo chapucero —observó Edmund.

—Quienquiera que fuese tenía prisa.

La salita y el salón estaban tranquilos y en silencio. La luz de la luna y el resplandor de las farolas entraban por las ventanas descubiertas. Los sirvientes se habían ido sin tomarse la molestia de correr las cortinas.

Empezaron a subir la ancha escalera. Se hizo audible una débil voz procedente de la opresiva quietud de arriba.

Un hombre que habla con alguien, pensó Caleb. Pero sin obtener respuesta.

Sacó el arma del bolsillo del abrigo y echó a andar por el corredor en silencio. Edmund seguía justo detrás.

La voz iba haciéndose más fuerte a medida que se acercaban al último dormitorio de la izquierda, del que salía susurrando una fría corriente de aire. Alguien había abierto una ventana.

—... He sido envenenado, fíjate. Por eso puedo hablar con fantasmas. Hulsey me ha asesinado. Me culpa de la muerte de ella. Pero ¿cómo iba a saber yo...?

Las palabras sonaban estremecedoramente normales, coloquiales, con el mismo tono que un hombre habría utilizado en su club o para hablar del tiempo.

—... La verdad es que no tenía elección. Sobre todo después de que se implicara Jones. A ver, era imposible saber lo que sabía la boticaria. Era imposible saber lo que Hulsey pudo haberle dicho...

Caleb se paró en la puerta abierta del último dormitorio y se pegó bien a la pared. Edmund pasó por su lado, una sombra silenciosa, y se apostó en el otro lado del umbral.

Caleb miró al interior. Había un hombre sentado en un sillón de lectura delante de una chimenea apagada. Tenía las piernas cruzadas con aire despreocupado, los codos apoyados en los brazos del sillón. Juntó los dedos y le habló a la franja de luz de luna que se colaba por la ventana de bisagras.

—... Si me pongo a recordar, creo que fue un grave error llevarle al Círculo. Tenía que haberlo pensado mejor. Pero yo estaba convencido de que necesitaría su talento, claro. Naturalmente, no sabía nada sobre la locura en la familia. Nunca le habría aceptado como miembro si hubiera sabido esto, seguro...

Tras indicar a Edmund que se mantuviera oculto, Caleb bajó el arma hasta el costado de su pierna y entró en la habitación.

—Buenas noches, Thaxter —dijo, con voz sosegada, sin modulaciones—. Lamento interrumpir.

—¿Qué pasa? —Thaxter giró la cabeza revelando cierta sorpresa, aunque no inquietud—. Oiga, ¿es usted otro fantasma, señor?

—Aún no —dijo Caleb, que se dirigió al recorte de luz de luna y se detuvo—. Me llamo Jones. Nos conocemos.

Thaxter lo miró detenida y atentamente y asintió.

—Sí, desde luego —dijo con el mismo aire despreocupado—. Caleb Jones. He estado esperándole.

—¿Ah, sí? ¿Y cómo es eso, señor?

—Sabía que aparecería usted tarde o temprano. —Thaxter se dio unos golpecitos en la cabeza con el índice—. Los que tenemos talento somos capaces de percibir estas cosas. Espero que en su caso suceda lo mismo. También usted es un hombre de facultades considerables. Bueno, me temo que ahora es demasiado tarde. He sido envenenado, ya ve.

—Por la fórmula del fundador.

—Tonterías. Por el doctor Basil Hulsey. Anoche me dio una provisión nueva de la droga. Me dijo que era mucho más estable que la versión anterior. No me importa reconocer que tuve algunos problemas con la otra. Todos los tuvimos.

—¿Hulsey le dio una versión nueva de la fórmula?

—Así es. —Thaxter movió una mano en un gesto de impaciencia—. Resulta que estaba disgustadísimo porque habíamos eliminado a Daykin. Pero, en serio, ¿qué otra cosa se podía hacer? Fue culpa suya.

—¿Qué quiere decir?

—Hulsey no tenía que haberse llevado el helecho del invernadero de la señorita Bromley ni haber preparado el veneno para Daykin. Esto le metió a usted en el asunto. Corríamos el riesgo de que al final usted llegara hasta la boticaria. Era evidente que debía ser eliminada. No se lo dije a Hulsey, pero como es lógico él lo averiguó enseguida.

Caleb recordó perfectamente la fotografía en la habitación de Daykin.

—Daykin y Hulsey eran amantes. Ella era la madre de su hijo. Hulsey le envenenó a usted para vengar la muerte de ella.

—Tenía que haberlo pensado mejor antes de enredarme con alguien de la condición y los antecedentes de Hulsey. Esa clase de personas suelen ser poco de fiar. No saben comportarse. El problema es que la combinación de talento y habilidad que atesora Hulsey es sumamente rara. Porque uno no puede ir sin más al asilo a contratar a un científico con facultades psíquicas, ¿verdad?

—Usted no mató a Daykin, ¿verdad, Thaxter? Encargó a Allister Norcross que lo hiciera.

—Ése era su talento. La razón por la que accedí a introducirle en el Círculo. Sabía que podía sernos útil.

—¿No le preocupaban sus antecedentes?

—Desde luego que no. Norcross era un caballero. Como he dicho, yo no era consciente de la vena de locura. De todos modos, lo hecho hecho está, ¿no? Todos cometemos errores. —Sacó un reloj de bolsillo de oro y lo examinó con atención—. No queda mucho tiempo, ya veo.

—¿Dónde está Hulsey? —preguntó Caleb.

—¿Cómo? —Thaxter parecía distraído. Se levantó del sillón y se dirigió a la cómoda que había cerca de la ventana abierta—. ¿Hulsey? Él y su hijo pasaron por aquí anoche. Mencionó algo de que quería ver cómo iba el experimento. Por lo visto, el veneno tarda un par de días en matar. También dijo que quería concederme algún tiempo para pensar antes de pasar al Otro Lado.

—¿Hulsey y su hijo estuvieron aquí anoche?

—Cuando se marcharon, se llevaron consigo todos mis archivos y diarios. Ya se lo he dicho, no se puede fiar uno de esa clase de gente.

—¿Sabe adónde fueron?

—Supongo que los encontrará en ese laboratorio que tienen en Slater Lane. Hulsey vive prácticamente allí. Bueno, debo irme. Todo el proyecto ha fracasado. Uno no sobrevive a estos desastres si es miembro de la Orden de la Tablilla Esmeralda. Ha quedado perfectamente claro.

—Hábleme de la Orden —dijo Caleb.

—La Orden es para caballeros, y para un caballero sólo hay un modo adecuado para salir de una situación así, ¿verdad?

Thaxter metió la mano en el cajón.

—¡No, maldición! —Caleb se lanzó al otro extremo de la estancia.

Fue muy rápido, pero no lo bastante. Thaxter cogió la pistola de la cómoda, se la llevó a la sien y apretó el gatillo en un movimiento rápido y eficiente.

En la oscuridad destellaron rayos en miniatura. El estruendo fue ensordecedor.

Y luego sólo hubo el profundo y repentino silencio de la muerte.

39

El laboratorio había sido despojado de todo cuaderno o instrumento de valor que pudiera haber albergado en otro tiempo. Lo único que quedaba eran algunos vidrios rotos y unas cuantas botellas de productos químicos corrientes que se podían conseguir con facilidad.

—Hulsey y su hijo se dieron prisa en desaparecer tras haber dado a Thaxter y Norcross la droga envenenada —dijo Edmund.

Caleb encendió la lámpara y observó la caótica escena.

—Algo ha muerto aquí hace poco.

—En la parte de atrás hay una jaula. —Edmund se acercó con cierta cautela, arrugando la nariz en una mueca de profundo asco—. Ratas. Media docena. —Se volvió—. Bueno, parece que ahora la agencia Jones tiene que localizar a dos científicos locos.

—Que sin duda pronto estarán buscando a alguien que financie sus investigaciones. Es lo que tiene la ciencia. Imposible dedicarse a ella sin dinero. Tarde o temprano Hulsey encontrará un nuevo patrocinador. Y será entonces cuando le descubramos.

—Me da la impresión de que precisará usted ayuda para dar con Hulsey y su hijo y los otros miembros de la Conspiración.

—No hace falta que me recuerdes la enormidad del proyecto que tengo por delante —gruñó Caleb.

—Sólo me gustaría aprovechar esta oportunidad para hacerle saber que estoy dispuesto a ofrecer mis servicios profesionales a su agencia en cualquier momento.

—Esto no es una agencia de colocación, Fletcher.

—Muy bien. —Edmund se aclaró la garganta—. Sólo quería mencionarlo. ¿Qué hacemos ahora?

—Registrar este sitio. La última vez que Hulsey tuvo que huir, se olvidó algunos documentos. A ver si ahora tenemos suerte y nos ha dejado algo que nos revele adónde ha ido.

—¿Tendría aquí el helecho de la señorita Bromley? —dijo Edmund mirando alrededor—. No lo veo por ninguna parte.

—Traeré a Lucinda enseguida. Ella quizá descubra algún indicio de naturaleza vegetal.

—No creo que vaya a descubrir nada en este lugar.

Caleb cruzó la estancia hasta la jaula. Miró los cuerpos inmóviles de las ratas en el interior.

—No estoy tan seguro de eso —dijo.

—Mi *Ameliopteris amazonensis* ha estado aquí —dijo Lucinda, bufando de cólera—. Lo percibo. Ese asqueroso ladrón del doctor Hulsey se lo llevó al marcharse del invernadero. O sea, que lo ha robado dos veces.

—Las ratas, Lucinda —dijo Caleb con tono paciente.

Lucinda exhaló un suspiro, cruzó la estancia hasta la jaula y contempló las ratas muertas. Sus sentidos se estremecieron. Se arropó con la capa.

—Las alimentaba con la misma versión envenenada de la droga que había en las cajitas de rapé de lord Thaxter y Allister Norcross —dijo—. Lo probaría en las ratas para asegurarse de que podía matar.

—Hulsey quería garantizar su venganza —señaló Caleb.

40

—He traído la nueva versión de la droga, señor. —De las profundidades de su arrugado abrigo, Hulsey sacó un paquete que dejó sobre la mesa de trabajo—. Creía que el señor Norcross pasaría por el laboratorio a recogerlo esta mañana, pero como no ha venido, he decidido traerlo yo mismo. Sé que estos días usted no puede salir de casa.

Ellerbeck miró el paquete intentando reprimir su creciente sensación de desespero. Hacía dos noches que Allister se había marchado diciendo que se proponía seguir a Caleb Jones. Y no había regresado.

Algo había salido muy mal, pensó Ellerbeck, pero le resultaba imposible hacer indagaciones. Allister era el que le llevaba las noticias del mundo exterior; poco podía hacer ahora que estaba solo. No se atrevía a ponerse en contacto con Scotland Yard para averiguar si en las calles de Londres había sido descubierto el cadáver de cierto caballero. Y desde luego no iba a acudir a la agencia Jones en busca de ayuda.

Por mucho que se devanara los sesos, Ellerbeck concluía tan sólo que su hijo no llevaba encima nada que pudiera conducir a alguien a su casa de Ransley Square. Si Allister estaba efectivamente muerto, probablemente esa noticia llegaría en forma de crónica periodística sobre la muerte misteriosa de un hombre no identificado.

—¿Estás seguro de que esta nueva versión surte efecto? —preguntó a Hulsey.

—Ya lo creo, señor. —Hulsey inclinó la cabeza—. Las ratas están estupendamente. Parece que no hay ningún efecto adverso. Le aseguro que se sentirá mejor en uno o dos días. Pruébela. Entenderá por qué lo digo. Se trata de una sustancia muy estimulante y muchísimo más estable.

Ellerbeck agarró el paquete y lo abrió. Cogió una pizca y la examinó con atención, intentando evaluarla con lo que le quedaba de talento antes de inhalarla. Tomó conciencia de fuertes energías, pero nada más. El problema era que tenía los sentidos tan deformados, que ya no era capaz de detectar los matices de las corrientes botánicas.

—Parece mucho más fuerte —dijo. En su interior brilló una minúscula chispa de esperanza. Quizá no era demasiado tarde.

—Así es —confirmó Hulsey—. También le aseguro que esta nueva forma se conserva mucho más tiempo.

—¿Cuánto?

—Oh, uno o dos meses, yo diría. —Hulsey inspeccionó el invernadero con gran entusiasmo—. Vaya, tiene usted aquí una colección muy interesante, señor. ¿Me permite dar una vuelta y echar un vistazo?

—En otra ocasión —contestó Ellerbeck, cortante—. Hoy no me encuentro nada bien. No tengo ganas de visitas guiadas.

Hulsey retrocedió ante el rechazo, pero se recuperó al instante.

—Sí, claro, señor. Lo siento mucho, señor. Perdone el atrevimiento.

Ellerbeck inhaló una pulgarada del polvo. «No tengo nada que perder.»

Dentro de él floreció una conciencia con filo de diamante que eliminó la ansiedad. El poder se adueñó de sus sentidos. Por primera vez en semanas alcanzó a sentir la fuerza plena de las cambiantes corrientes que inundaban el invernadero. Fue

313

presa de la euforia. No era demasiado tarde, después de todo.

No sólo sobreviviría, sino que además se convertiría en el miembro más poderoso de la Orden. Según las notas de Stilwell, la droga podía hacer renacer la fuerza y el vigor de un hombre. Stilwell creía que la droga tenía capacidad para añadir un par de décadas a la duración de una vida normal. Tendría tiempo, pensó, de engendrar más hijos, vástagos sanos que ocuparían el lugar de Allister.

—Tienes razón, Hulsey —susurró, esforzándose por retener el puro éxtasis que estaba purgando sus atascados sentidos—. Parece surtir efecto de veras.

—Sí, señor. Tal como le prometí, señor. —Hulsey se aclaró la garganta—. Si no le importa, señor Ellerbeck, debo pedirle que me pague. Últimamente, con todos los ingredientes nuevos para perfeccionar la fórmula, en el laboratorio ha habido muchos gastos.

Ellerbeck mostró un genuino desdén que fue seguido de cierto regocijo.

—Quizá seas un científico brillante, Hulsey, pero Thaxter está en lo cierto. En el fondo eres un tendero, ¿a que sí? Como la boticaria.

—Sí, señor. —Los ojos de Hulsey brillaban tras los cristales de sus gafas—. Igual que la boticaria.

41

Caleb estaba apoyado en un banco de trabajo del invernadero de Lucinda, observándola mientras ella examinaba el en-
vés de una hoja de helecho con un pequeño instrumento.
Siempre le causaba placer verla trabajando ahí, en su pequeña
y alegre jungla, pensó. La energía que la envolvía era estimulante. Pero la verdad es que Caleb se estimulaba del mismo
modo sólo con verla tomar café por la mañana. Caray, para es-
timularse sólo tenía que pensar en ella.

—¿Qué demonios es esto? —preguntó.

—*Gymnogramma triangularis* —contestó ella sin levantar
la vista—. Helecho dorado.

—No el helecho, sino el instrumento que utilizas para examinarlo. Parece un catalejo pequeño.

—Un cuentahilos plegable de latón. Los que se dedican al
comercio de tejidos usan estos artilugios para contar el número de hilos de un trozo de tela. Es muy práctico para mirar
esporas de helecho. Lo puedes llevar en el bolsillo. El señor
Marcus E. Jones lo recomienda encarecidamente en su libro
Ferns of the West [Helechos de Occidente].

Él sonrió.

—¿En serio?

Lucinda se calló, el semblante pensativo.

—No será pariente tuyo.

—¿Marcus E. Jones? No lo creo.

—Lástima —dijo ella—. Es un pteridólogo muy respetado, ya ves.

—Jones es un apellido corriente.

—Sí —dijo ella—. Es verdad. Tan corriente, de hecho, que una agencia especializada en una esfera tan poco habitual como las investigaciones psíquicas quizá prefiera un nombre más llamativo que, pongamos, Jones y Cía.

—No estoy de acuerdo. El nombre, tal como está, procura un grado de anonimato que, en mi opinión, resultará muy útil en el futuro.

—Ummm... —Lucinda volvió a escudriñar a través de su lente de aumento—. ¿Alguna noticia sobre Hulsey?

—Nada, maldita sea. Él y su hijo han desaparecido. Pronto estarán buscando nuevos patrocinadores, sin duda.

—No si llega a saberse que envenenaron a los últimos.

—Le conté a Gabe lo del veneno que tomaron Thaxter y Norcross, pero ha decidido no informar al Consejo. Está convencido de que en la Sociedad hay otros miembros de alto rango involucrados en la Conspiración. No quiere ponerles sobre aviso de que Hulsey podría ser un empleado muy poco de fiar.

—Entonces, el caso de la fórmula envenenada se convierte en otro secreto oscuro y profundo de la agencia.

—A este ritmo, va a ser difícil llevar la cuenta de todos los secretos de la agencia Jones.

Lucinda hizo otra pausa, la pequeña lente suspendida en el aire.

—Ummm...

—¿Qué? —dijo Caleb.

—A saber si el doctor Hulsey y su hijo estarán usando la fórmula.

—Buena pregunta. Yo tengo otra.

—¿Ah, sí? —dijo Lucinda con un tono que inducía a hablar.

—He estado pensando en la tercera cajita de rapé.

—¿A qué viene eso? Thaxter se la daría a Hulsey. Aunque no estuviera usándola, huiría con ella para conservar una provisión de la droga. Al fin y al cabo, era muy valiosa, y al parecer Hulsey andaba siempre falto de dinero.

—Quizá —dijo Caleb.

Lucinda juntó las cejas.

—Tú nunca dices quizá, Caleb Jones. Cuando se trata de evaluar posibilidades y probabilidades, siempre das respuestas númericas.

—A veces.

Ella alzó los ojos al techo del invernadero en una silenciosa súplica de paciencia.

—Muy bien, ¿entonces crees que Hulsey y su hijo se han ido de Londres?

—Hay casi el noventa y nueve por ciento de probabilidades de que se hayan marchado, pero será algo temporal.

—¿Por qué temporal?

—Resultaría difícil encontrar en las remotas tierras de Escocia o Gales el tipo de patrocinadores que necesitan. El problema es que la agencia Jones no es una fuerza policial, maldita sea. No puedo mandar a centenares de agentes a dar batidas en las calles, no digamos ya en el campo. Y además tengo otros casos que atender. De hecho, esta mañana me ha llegado uno nuevo.

Lucinda levantó la vista al instante, el brillo en los ojos reflejando el interés.

—¿Tiene que ver con veneno?

El entusiasmo de Lucinda era gratificante.

—Me temo que no. Según parece, alguien dotado de cierto grado de talento se hace pasar por médium.

—¿Qué tiene esto de especial? Hoy día habrá en Londres miles de individuos haciéndose pasar por médiums. Todos unos farsantes.

—Ésta posee de veras talento.

Lucinda dio un resoplido fino.

—Bueno, desde luego no estará usándolo para establecer contacto con espíritus del Otro Mundo. Esto es del todo imposible. Quien afirme hablar con los muertos es un consumado charlatán.

—Por lo visto, esta médium suministra sus propios fantasmas.

—¿Qué quieres decir?

—El cliente está convencido de que la médium mató a uno de los miembros que asistieron a su sesión de espiritismo. La víctima está sin duda muerta, por lo que he accedido a investigar el caso.

Lucinda se guardó la lente de aumento en el bolsillo y miró a Caleb.

—No tienes tiempo de ocuparte personalmente de todos los casos, Caleb Jones. Has de aprender a delegar funciones. Además, hemos de crear turnos de agentes que puedan intervenir en diversas investigaciones a la vez.

Caleb la miró.

—¿Hemos? —repitió con cuidado.

—He decidido aceptar tu oferta de ser socia. —Lucinda sonrió con serenidad—. Siempre y cuando, naturalmente, mi nombre aparezca también en las tarjetas de la agencia.

—Si piensas por un momento que voy a encargar una remesa de tarjetas con el nombre Bromley y Jones impreso en cada una...

—Oh, pues muy bien. —Lucinda levantó una mano con la palma abierta en señal de rendición—. Estoy dispuesta a transigir. Acepto Jones y Bromley, pero, en serio Caleb, no suena bien. Admítelo.

—No —dijo él—. No suena nada bien.

—Y Jones y Cía tampoco.

—Maldición, Lucinda...

Un movimiento en la puerta lo indujo a mirar. En el umbral estaba Victoria con un aire muy resuelto.

—Victoria —dijo él—. Un placer verla. Pero ¿por qué de pronto me ha embargado una sensación de mal presagio?

—Muy probablemente porque tiene usted facultades psíquicas, señor. —Victoria entró en el invernadero, miró alrededor y se le iluminó la cara—. Es la primera vez que estoy aquí. El ambiente es de veras reconfortante, justo es decirlo.

—Gracias —dijo Lucinda—. Supongo que ha venido a hablar con Caleb. Les dejaré solos para que tengan mayor intimidad.

—No es preciso. —Victoria se detuvo a admirar un denso macizo de helechos—. Mira por dónde, agradeceré su presencia en esta conversación.

Caleb la miró con cautela.

—¿Qué quiere de mí, Victoria?

Victoria se apartó de los helechos.

—Quiero que le encuentre al señor Fletcher un puesto permanente en la Sociedad.

—Ya es miembro de ella.

—Sabe muy bien que no me refiero a eso. Le hacen falta unos ingresos dignos y regulares.

—¿Por qué? —preguntó Caleb.

—Porque se va a casar pronto.

42

Más tarde, Lucinda y Victoria estaban sentadas en la biblioteca tomando té.

—Mi plan consiste en presentar al señor Fletcher a los padres de Patricia más o menos dentro de una semana —dijo Victoria—. Para entonces lo tendré todo controlado.

—¿Cómo explicará el pasado del señor Fletcher a los McDaniel? —inquirió Lucinda con gran interés.

—De hecho, hay muy poco que explicar cuando se llega al meollo del asunto. El señor Fletcher es un caballero de gran talento, huérfano procedente de una buena familia. Nació en la Sociedad de Arcanos, desde luego, igual que Patricia. De un tiempo a esta parte ha estado realizando investigaciones clandestinas en nombre del Consejo. Muy secretas. El Maestro lo considera valiosísimo.

—Parecerá que es un agente de la Corona.

—Bueno, todo es verdad. No entraré en detalles sobre sus experiencias anteriores en este terreno. —Victoria levantó la taza—. He aconsejado encarecidamente a Patricia y al señor Fletcher que tampoco mencionen estos detalles.

—Seguro que no lo harán.

—También dejaré claro que el señor Fletcher ha sido recibido en las casas de distinguidos miembros de la familia Jones.

—En otras palabras, que el señor Fletcher está bien relacionado.

—Al más alto nivel —añadió Victoria con tono afable—. Esto debería disipar cualquier duda que aún pudieran albergar los McDaniel sobre la respetabilidad del señor Fletcher.

—Magnífico trabajo, madame. Realmente magnífico. Estoy impresionada.

Victoria consintió en esbozar una ligera sonrisa de satisfacción.

—Ya le dije que estas cosas tienen un modo de resolverse.

Lucinda cogió su taza.

—Las cosas no se resuelven solas. Es usted quien está organizando el final feliz para mi prima y el señor Fletcher.

—Bueno, una no puede quedarse sin hacer nada y dejar que dos personas jóvenes vean truncados sus propósitos sólo porque los padres no dan su aprobación al matrimonio.

—Sabe usted tan bien como yo que muchísimas personas no habrían tenido ningún problema en hacer precisamente esto. La mayoría consideraría prioritarios otros aspectos tales como el nivel social, la herencia o los ingresos.

—Sí, bien, creo que tengo cierto ingenio para afrontar esta clase de cuestiones.

—Sin lugar a dudas —dijo Lucinda, llena de admiración—. Siempre es un placer ver trabajar a un experto.

—El último toque, naturalmente, lo daré cuando informe a los McDaniel de que, a juicio del Maestro y el Consejo, el talento del señor Fletcher es de importancia tan crucial que ha sido nombrado jefe de la nueva Oficina de Seguridad del Museo, que estará tutelada por la agencia Jones.

—Esto debería bastar para convencer a los McDaniel de que el señor Fletcher tiene ingresos propios y no se casa con su hija por dinero.

—Debo admitir que para esto último conté con la ayuda de Caleb. —Victoria alzó una ceja—. Y creo que también con la de usted.

—Le aseguro que no costó demasiado persuadir a Caleb de que creara la Oficina de Seguridad del Museo. Él comienza a darse cuenta de que, si quiere cumplir con su misión, la agencia Jones necesitará importantes recursos y cierta cantidad de agentes y asesores. No puede seguir supervisando todas las investigaciones él solo.

—En efecto. —Victoria tomó delicadamente un sorbo de té y miró a Lucinda por encima del borde de la taza—. Ahora que he terminado con Patricia y el señor Fletcher, ¿qué tal usted y el señor Jones?

—¿Qué pasa con nosotros?

—Vamos, Lucinda, sabe tan bien como yo que usted y Caleb están hechos el uno para el otro.

Lucinda se puso colorada.

—Qué extraño que lo mencione ahora. Pues da la casualidad de que estoy de acuerdo. De todos modos, el señor Jones aún no ha sentado cabeza.

—Entiendo.

—Y mientras no lo haga, le interesará a usted saber que voy a ser socia colectiva en la agencia Jones.

—Dios santo —exclamó Victoria.

—En lo sucesivo, la agencia se llamará Bromley y Jones. O quizá Jones y Bromley. Aún no hemos llegado a un acuerdo con respecto al nombre.

Victoria estaba atónita.

—Dios santo —repitió—. Sea como fuere, me cuesta mucho imaginar que Caleb Jones acceda a cambiar el nombre de su agencia.

Lucinda sonrió.

—A mí también.

43

—Muchas gracias por venir, señorita Bromley —dijo Ira Ellerbeck.

—He venido tan pronto he recibido su mensaje... —dijo Lucinda—. Lamento enormemente que esté tan enfermo, señor.

Estaban sentados en las agobiantes sombras de la gran biblioteca de Ellerbeck. Todas las altas ventanas palladianas menos una estaban cubiertas con gruesas cortinas azules de terciopelo, lo que de hecho impedía el paso de casi todo el sol de primera hora de la tarde. Poco después de llegar Lucinda, apareció una tetera.

—Le agradezco su preocupación —dijo Ellerbeck, que estaba sentado tras su escritorio, como si para sostenerse necesitara un mueble grande. Tomó un sorbo de té y bajó la taza—. Confieso que, en los últimos meses, no he estado en condiciones de recibir visitas, y me temo que ya queda poco para el final. Por eso quería despedirme de algunos de mis amigos y colegas más cercanos.

—Es un verdadero honor que me haya incluido entre ellos, señor.

—Difícilmente podía pasar por alto a la hija de un hombre que fue uno de mis más queridos amigos. A pesar de lo que ocurrió, quiero que sepa que siempre respeté a su padre.

—Gracias, señor.

—Confieso que, además de querer despedirme de usted, le pedí que viniera hoy con la idea de recabar su consejo. Los médicos me han dicho que no se puede hacer nada más. De hecho, mi propio talento confirma esa opinión. No espero curarme, desde luego.

—Comprendo —dijo ella.

—Aunque usted y yo compartimos facultades similares, hay algunas diferencias marcadas. Se me ocurrió que quizá podría sugerirme alguna planta o hierba terapéutica para aliviar el dolor.

—Haré todo lo que esté a mi alcance. Describa sus síntomas, por favor.

—Son a la vez físicos y psíquicos. Mis sentidos están deteriorándose deprisa, señorita Bromley. Se han vuelto imprevisibles, poco fiables. Sufro alucinaciones aterradoras y sueños inquietantes. Tengo los nervios destrozados. Además, padezco tremendos dolores de cabeza.

—Supongo que habrá probado con la morfina o algún otro brebaje opiáceo.

—Bah. Ya sabe lo que pasa con la leche de la adormidera. La cantidad necesaria para mitigar los síntomas físicos me hunde en un sueño profundo. —Hizo una mueca—. Y es entonces cuando vienen los sueños. No quiero terminar mi vida en mitad de una pesadilla. Busco una alternativa.

Lucinda bajó la vista a la cartera que había dejado sobre la alfombra, junto a sus pies. Acto seguido, alzó los ojos para encontrarse con los de Ellerbeck.

—Lo lamento. Creo que no tengo nada lo bastante eficaz para paliar sus particulares síntomas.

—Me lo temía. Bueno, era cuestión de intentarlo.

—¿Quiere que le sirva otra taza de té? —dijo ella poniéndose de pie.

—Gracias, querida. Perdone que no me levante. Hoy me siento de veras agotado.

—No se preocupe, por favor. —Lucinda se dirigió al escritorio y cogió la taza y el platillo de Ellerbeck, que llevó hasta la bandeja—. ¿Tiene alguna idea de qué le provocó esta enfermedad tan poco común? ¿Fue precedida de fiebre alta o de alguna infección?

—No. Los primeros síntomas aparecieron hace unos meses, aunque durante algún tiempo fui capaz de mantenerlos en cierto modo a raya. Sin embargo, poco a poco han ido empeorando. Los médicos están tan desorientados como yo mismo. Pero dejemos ya esta conversación tan deprimente, querida mía. Se dice por ahí que es usted amiga íntima de Caleb Jones.

Lucinda volvió a llevar al escritorio la taza y el platillo.

—Por lo visto, el hecho de no haber podido salir de casa no le ha impedido enterarse de las últimas noticias.

—Los chismes se cuelan por todas partes, ¿no es así?

Ella regresó a su silla, tomó asiento y cogió su taza.

—En efecto.

—¿Puedo abusar de la vieja amistad con su padre y preguntarle si el señor Jones tiene intenciones honestas?

—El señor Jones es un hombre muy honesto —dijo ella con tono cortés.

Ellerbeck apretó la mandíbula. Pareció vacilar. De pronto exhaló un profundo suspiro.

—Perdóneme, querida, si está usted considerando una proposición de matrimonio de Jones, creo que debo sacar a colación un tema muy desagradable.

—¿De qué se trata, señor?

—Andando los años, han corrido rumores respecto a una vena de inestabilidad en la rama Jones de la familia.

—Quizá deberíamos cambiar de tema —dijo ella con relativa calma.

Ellerbeck se ruborizó.

—Sí, claro. Comprendo que no soy quién para ofrecerle consejo paterno.

—Sobre todo teniendo en cuenta que estuvo usted implicado en el asesinato de mi padre así como en los de Gordon Woodhall y mi prometido.

Ellerbeck tuvo tal sobresalto, que la mesa quedó salpicada de té. Miró fijamente a Lucinda.

—No tengo ni idea de lo que está diciendo.

—Estoy totalmente segura de que también ha tenido usted que ver con el reciente atentado contra la vida del señor Jones. Quizá le gustaría hablar de esto y no de lo otro.

—Me deja atónito, señorita Bromley.

—Por qué tomarse la molestia de mentir. Está usted muriéndose, al fin y al cabo.

—Sí, tiene usted razón, querida. Mucha razón.

—Sé que está tomando la última versión de Hulsey de la fórmula. Lo he notado en su aura en cuanto he entrado en la estancia. Es mortífera.

—Posee usted un talento realmente asombroso.

Lucinda hizo un leve movimiento de rechazo con la mano enguantada.

—Es un veneno. Y soy una experta en detección de venenos.

Ellerbeck resopló con sorna. Metió la mano en el bolsillo y sacó una cajita de rapé de oro. En la tapa brillaban piedrecitas verdes. La dejó sobre el escritorio y la examinó como si fuera un artefacto extraño procedente de otro planeta.

—Ayer por la tarde, Hulsey me dio lo que, según él, era la versión nueva, más estable —dijo—. Tomé tres dosis y me sentí muy bien. Parecía mucho más fuerte que las versiones anteriores. Hasta la cuarta dosis, anoche, no me di cuenta de lo que me había hecho el muy cabrón. Lo que nos había hecho a todos, sospecho.

—También envenenó a Thaxter y Norcross, si se refiere a eso. Están muertos los dos.

—Me lo imaginaba. Calculo que a mí me quedan como mucho uno o dos días.

—La versión original de la droga también era un veneno. Dice que sus síntomas empezaron hace unos meses.

—El deterioro causado por la primera versión era mucho más lento. —Ellerbeck cerró el puño—. Tenía tiempo. Ahora no.

—Si sabía que la droga del fundador era peligrosa, ¿por qué la tomaba?

Ellerbeck clavó en Lucinda una mirada sombría.

—Los grandes avances científicos conllevan algún riesgo. No eres capaz de empezar siquiera a imaginar el poder de la droga. Te invaden las sensaciones de lo más emocionantes. Mi talento aumentó y superó sus límites previos. Alcanzaba a ver colores del reino vegetal que nunca antes había visto. Comprendía aspectos de la vida de las plantas que siempre habían estado fuera de mi alcance. Habría podido llevar a cabo grandes cosas, señorita Bromley.

—Si no hubiera sido porque desgraciadamente la droga lo estaba matando —concluyó Lucinda.

—Resulta que soy alérgico a ella.

—En otras palabras, lo estaba matando más rápido de lo que matará a los otros de la Orden.

—Mucho más rápido. La mayoría tardará años, tiempo suficiente para obtener una versión más estable. Pero pronto reparé en que me quedaban sólo meses.

—Si es usted tan alérgico a la droga, ¿cómo es que ha sobrevivido hasta hoy?

—Utilicé mis facultades para ganar algún tiempo mientras Hulsey trabajaba para mejorar la sustancia. Ayer me dio los resultados de su última investigación. —A Ellerbeck se le crispó el rostro—. El hijo de puta me aseguró que muy pronto aliviaría todos los síntomas alérgicos. Y en vez de ello, me meterá en un ataúd antes de cuarenta y ocho horas. Que Hulsey me ha asesinado es tan rigurosamente cierto como que estoy aquí sentado.

—¿Por qué me ha pedido que viniera?

—No quiero morirme antes de haberme vengado de usted, señorita Bromley.

—¿Me echa la culpa de lo sucedido?

—Pues sí, señorita Bromley, le echo la culpa.

Ellerbeck se puso en pie con gran esfuerzo. Lucinda vio el arma en su mano.

—¿Pretende dispararme aquí, en su biblioteca? —manifestó ella, levantándose despacio—. La alfombra quedará hecha una pena y además será un tanto difícil explicarlo a la policía, ¿no?

—A mí la policía ya me trae sin cuidado, señorita Bromley. Es demasiado tarde. Usted lo ha destruido todo. Pero me vengaré de usted aunque sea lo último que haga en esta vida. De todos modos, me siento bastante débil. Necesito un poco de mi tónico especial. Venga conmigo. Probablemente es usted la única persona de Londres capaz de valorar de veras lo que he creado.

Lucinda no se movió.

Ellerbeck dirigió bruscamente la pistola al invernadero y luego volvió a apuntarle.

—Abra la puerta, señorita Bromley. Hágalo o le dispararé aquí mismo y al diablo con la alfombra.

Lucinda cruzó la estancia y abrió la puerta del invernadero. Estaba preparada para el impacto, pero las corrientes de energías malignas y distorsionadas le golpearon los sentidos con tal fuerza que se tambaleó. Se agarró al marco tratando instintivamente de cerrar sus sentidos.

Ellerbeck se le acercó por detrás y la empujó a la cámara acristalada de los horrores botánicos.

—Bienvenida a mi infierno privado, señorita Bromley.

Todavía desequilibrada, Lucinda trastabilló hacia delante y casi se cayó. Fue haciendo eses, consiguiendo apenas agarrarse al borde del banco de trabajo. La falda se le enredaba peligrosamente en los tobillos.

El ruido de una llave en una cerradura provocó a Lucinda

otro escalofrío. Ellerbeck la había encerrado en el invernadero. Ella miró alrededor, atónita y aterrada.

La estancia de hierro y vidrio estaba llena de plantas deformes y vegetación que emitía una luz misteriosa. Lucinda reconoció una selección de híbridos extraños, variedades cultivadas y docenas de especies peligrosas y venenosas. Otros ejemplares estaban tan alterados que era imposible identificarlos. Cuando abrió sus sentidos con gran cautela, alcanzó a detectar indicios de las plantas originales, pero las turbadoras energías producidas por aquellas raras creaciones le helaban la sangre.

—¿Qué ha hecho usted aquí, señor Ellerbeck? —susurró, aturdida—. En este invernadero nada está bien.

—La naturaleza no entiende de bien y mal, señorita Bromley. Sólo de lo que sobrevive.

—Lo ha distorsionado todo.

—Tras desarrollar la alergia a la droga del fundador, descubrí que el ambiente de esta cámara podía aliviar los peores efectos secundarios. En realidad, he aguantado los últimos meses gracias a esto. He sido incapaz de salir de aquí más de una hora o dos a lo sumo. Me veía obligado a dormir aquí dentro. En la práctica, este invernadero se ha convertido en mi prisión.

—¿Por qué les hizo esto a las plantas?

—Este invernadero contiene el trabajo de mi vida. Años atrás, me dediqué a la investigación psíquica con plantas en un esfuerzo por encontrar un remedio para la locura de mi hijo. El resultado es lo que usted ve aquí.

—¿Llegó a encontrar el remedio? —preguntó ella, incapaz de contener a la botánica que llevaba dentro.

—No, señorita Bromley. También fracasé en esto. Y ahora Allister está muerto.

Lucinda lo entendió de golpe.

—¿Allister Norcross era su hijo?

Él asintió con gesto triste.

—Sí, señorita Bromley.

—Dígame por qué mató a mi padre y a su socio.

Ellerbeck sacó un pañuelo y se secó la sudorosa frente.

—Porque descubrieron que yo era quien había cogido una de las plantas que ustedes habían traído del Amazonas.

—El señor Jones tenía razón —dijo ella—. Todo viene de la última expedición.

44

—Al final Thaxter estaba loco pero lúcido, por extraño que parezca —dijo Caleb—. Era el jefe del Séptimo Círculo de Poder. Como en el caso del Tercero, no se aprecia un vínculo claro con los otros Círculos o con los del nivel superior de la Conspiración.

Él y Gabe se hallaban en su biblioteca-laboratorio. Caleb intentaba hacerle a su primo un informe completo de lo sucedido, pero estaba atormentándole una creciente sensación de desasosiego. No era la inquietud que solía apoderarse de él cuando sabía que estaba pasando por alto alguna pieza vital del rompecabezas. Se trataba de otra cosa, de algo relacionado con Lucinda.

—Hemos de suponer que no encontramos todos los documentos y notas de Stilwell —dijo Gabe—. Con toda evidencia, hay otras copias de esa fórmula circulando por ahí. Probablemente fue así como los miembros de la Conspiración obtuvieron la receta.

—El genio ha escapado de la botella, Gabe.

—Sí. —Gabe cruzó los brazos—. De modo que Hulsey quería vengar la muerte de la señora Daykin y con ese fin alteró adrede la droga: para matar a Norcross y Thaxter.

—Ella era su amante de toda la vida, socia en los negocios y madre de su hijo. Él descubrió que el Séptimo Círculo había decidido que Norcross la asesinara. Se entiende su deseo de venganza.

—¿Aún no estás seguro de cuántos miembros había en el Círculo de Thaxter?

—Según los registros del joyero, se encargaron tres cajas de rapé. Las dos primeras, hace unos seis meses. La tercera se vendió un mes después. Evidentemente, Thaxter las repartió entre los integrantes de su Círculo.

—Hasta ahora sólo se ha dado razón de dos cajitas. La de Norcross y la de Thaxter.

—Hulsey tendrá la tercera. La encontraremos cuando le localicemos a él.

La necesidad de ir adonde estuviera Lucinda era cada vez mayor.

—A mi juicio, hay un noventa y siete por ciento de probabilidades de que Hulsey no tenga la tercera cajita —dijo. «Cálmate. Ella está a salvo en casa.»

—¿Qué te hace pensar esto?

—Thaxter no trataba a Hulsey como su igual desde el punto de vista social. En lo que a él respectaba, Basil Hulsey era tan sólo mano de obra cualificada. Afirmaba que la Orden de la Tablilla Esmeralda sólo aceptaba miembros procedentes de un medio social adecuado.

—En otras palabras, Thaxter habría estado dispuesto a contratar a un hombre como Hulsey por su talento, pero no le habría invitado al Círculo.

—Para él habría sido como invitar a entrar en su club al jardinero o al cochero. Desde luego, no me lo imagino dándole a Hulsey una cara cajita de rapé de oro que, según su modo de pensar, había sido diseñada para un caballero.

—Tal vez Hulsey insistió en ser tratado como un igual en el Círculo y exigió una caja de rapé como parte de su remuneración.

—Por lo que he averiguado de su carácter, creo que a Hulsey le trae sin cuidado el estatus social. Sólo le importan sus investigaciones. Pero me preocupa otra cosa. La tercera cajita fue encargada hace cinco meses. Entonces Hulsey ya no estaba vinculado al Séptimo Círculo.

—Si estás en lo cierto, hay un tercer miembro del Círculo del que aún hemos de dar cuentas.

—Y otro robo de una planta sin resolver. —Caleb miró el papel que había dejado sobre la mesa de trabajo—. Ha de haber alguna relación con la última expedición de Bromley al Amazonas.

—¿Qué tienes aquí?

—Una lista de Lucinda con los nombres de los botánicos que vieron los especímenes de la última expedición inmediatamente después de que los Bromley y Woodhall hubieran regresado del viaje.

—¿Qué estás buscando?

—La persona que robó la primera planta hace dieciocho meses. No sabes el trabajo que supone simplemente averiguar si cierto individuo estaba o no en Londres determinado día de hace un año y medio.

—Parece difícil —admitió Gabe.

—Más que difícil. Es casi imposible, maldita sea. Voy a necesitar más ayuda, Gabe. Y más dinero.

—¿Sólo para encontrar a otro ladrón de plantas?

—No sólo para esto, también para la agencia. Los clientes habituales pagan por las investigaciones, pero para dar caza al resto de los Círculos de la Orden e identificar a los miembros de la Conspiración harán falta varios asesores. Y resulta que los asesores son caros.

—Creía que ya habíamos acordado un presupuesto para la agencia Jones.

—Habrá que incrementarlo.

Les interrumpió un golpe en la puerta.

—Sí, señora Perkins, ¿qué pasa? —gritó.

El ama de llaves abrió.

—Ha venido el inspector Spellar, señor.

—Hágalo pasar enseguida.

—Ya está aquí, señor. —La señora Perkins se acercó—. Como recordará, le dije que me despedía, señor. Dejo el empleo al final de la semana.

—Sí, sí, señora Perkins —murmuró Caleb—. Lo mencionó, en efecto.

—Espero que entonces me pague, señor.

—No se preocupe, señora Perkins, tendrá su dinero.

—Señor Jones. —Spellar entró en la estancia con aire resuelto. Estaba masticando un pastelito. Primero miró a Gabe y luego a Caleb—. Y señor Jones. Buenos días a ambos. Como pueden ver, la señora Perkins ha tenido la bondad de darme un tentempié.

—¿Alguna novedad, Spellar? —preguntó Caleb.

Spellar tragó el último bocado de pastelito y se sacudió las migas de las manos.

—Pensé que quizá le interesaría saber que por fin he descubierto la dirección de Allister Norcross. Lo hemos localizado por medio de su sastre.

—¿El sastre lo recordaba? —preguntó Gabe.

—Los sastres siempre recuerdan a los buenos clientes —dijo Spellar—. Éste me informó de que había enviado la factura de Norcross al número catorce de Ransley Square.

Caleb torció el gesto.

—Es un barrio de casas grandes, no una calle donde un hombre soltero alquilaría una habitación.

—Norcross estaba alojado en la casa de su tío, que según parece está muy enfermo. Acabo de pasarme por ahí para hacer indagaciones, y me han dicho que el propietario de la casa estaba demasiado débil para recibir visitas. —Spellar sonrió—. Se me ha ocurrido que quizás a un Jones le resultaría más fácil cruzar la puerta de entrada.

Caleb miró la lista de nombres y direcciones. De repente se iluminaron los últimos pasadizos del laberinto.

—Ranslay Square —dijo—. El cabrón estará muriéndose.

No hay prácticamente ninguna duda de ello si tomó la última versión de Hulsey de la fórmula.

Le había dicho a Lucinda que no siempre entendía el modo de actuar de las personas, aunque sí comprendía muy bien algunos móviles. Uno era la venganza. Y eso era todo lo que le quedaba a un hombre en la situación de Ellerbeck.

Se puso en pie y se dirigió a la puerta sin pensarlo, basándose exclusivamente en la intuición.

—Apártese, Spellar —dijo.

—¿Adónde vas? —gritó Gabe a su espalda.

—A Ransley Square. Lucinda está allí.

45

—¿Es usted quien robó la primera planta de mi invernadero? —dijo Lucinda—. ¿Por qué la cogió?

—Recordará que tan pronto usted y los demás hubieron
regresado de esa última expedición, su padre y Woodhall me
enseñaron los especímenes que habían recogido. Gracias a mi
talento, capté el verdadero potencial de uno de ellos. Sin embargo, sabía también que Bromley y Woodhall jamás me per-
mitirían cultivarlo para el fin que yo me proponía.

—¿Fabricó veneno con la planta?

—Preparé una droga de lo más interesante, señorita Bromley. Lleva al individuo a un estado hipnótico sumamente su-
gestionable. Mientras se encuentra en este estado, hace todo
lo que le dicen sin rechistar. Cuando los efectos de la droga
van desapareciendo, la víctima no recuerda qué ha pasado
mientras estaba bajo su influencia. Como bien se imaginará,
hay gente que estaría dispuesta a pagar muchísimo para tener
un poder así sobre los demás.

—¿Vendió la droga?

—No era tan sencillo —dijo Ellerbeck en un susurro; empezaba a arrastrar las palabras—. Me di cuenta de que tenía un
producto valiosísimo, pero no sabía qué hacer para encontrar
compradores. Al fin y al cabo, soy un caballero, no un tendero. Conocí a la señora Daykin una tarde que entré en su esta-

blecimiento. Percibí los venenos que guardaba tras el mostrador y pensé que quizá se avendría a llegar a un acuerdo comercial.

—¿Ella le encontró clientes?

—Encontró uno en particular —matizó Ellerbeck—. Un señor de los bajos fondos listo para pagar el elevado precio que yo pedía por la droga. Al mismo tiempo, aceptaba adquirir toda la cantidad que yo pudiera suministrarle. Fue una asociación muy provechosa para todos los implicados mientras duró.

—¿Cuándo acabó?

—Hace unos seis meses, cuando me incorporé al Séptimo Círculo.

—Supongo que ese criminal protestó enérgicamente al enterarse de que usted pretendía no suministrarle más droga.

—Allister se encargó de Jasper Vine por mí. —Ellerbeck hizo una mueca—. En la prensa causó verdadera sensación. Los colegas del maleante y Scotland Yard estaban convencidos de que había sucumbido a un ataque cardíaco. Le hice un favor a la sociedad, se lo aseguro.

—¿Cómo es que se involucró usted en la Orden de la Tablilla Esmeralda?

—Lord Thaxter vino a verme. Él era miembro de la Orden y estaba autorizado para hacerse con los servicios de talentos en botánica para un nuevo Círculo de Poder.

—La Orden quería que usted trabajara en la fórmula del fundador, imagino.

—Había quedado claro que la versión creada a partir de las notas de John Stilwell era muy defectuosa —dijo Ellerbeck—. Los miembros del Primer Círculo están realmente deseosos de conseguir que sea más estable.

—Entonces, ¿la Orden está llevando a cabo investigaciones para mejorar la droga?

—Sí. Yo ansiaba encargarme del proyecto. Estaba seguro de que, con mis sentidos agudizados, pronto encontraría las respuestas. Pero cuando mi hijo y yo comenzamos a sufrir los efectos secundarios, la tarea adquirió una urgencia nueva.

—¿Le dio el preparado a su propio hijo? ¿Cómo pudo hacer algo así? Esto es algo que uno experimenta consigo mismo. ¿Por qué ponerle también a él en peligro?

—Usted no sabe nada de mi hijo —dijo Ellerbeck en voz baja—. La fórmula era su única esperanza.

—¿Qué quiere decir?

—Como le he dicho, está totalmente loco, señorita Bromley. Me vi obligado a encerrarlo en un manicomio privado cuando sólo contaba doce años. Lo hice un día después de que asesinara a su madre y a su hermana con un cuchillo trinchante.

—Dios mío.

—Conté a la policía que Allister había muerto a manos del desconocido intruso que había matado a mi esposa y a mi hija. Cuando lo metí en el manicomio le cambié el apellido. En lo que respecta al resto del mundo, Allister Ellerbeck lleva años muerto. Gracias a usted y a Caleb Jones, ahora también ha desaparecido de veras para mí.

—¿Qué le hizo pensar que la fórmula le curaría la demencia?

—Yo estaba convencido de que su enfermedad mental tenía que ver con sus inestables sentidos psíquicos. Creí que si podía fortalecerlos, se volvería cuerdo. Pareció funcionar durante un breve período. Pude sacarlo del manicomio y traerlo a vivir conmigo. Y lo presenté a mis amigos y colegas como sobrino mío, pues no iba a decir que había regresado de entre los muertos.

—Pero pronto comenzaron a manifestarse los efectos secundarios tóxicos de la droga, ¿verdad? —dijo Lucinda.

—Allister estaba precipitándose en la locura ante mis propios ojos, pero esta vez se mostraba mucho más peligroso, toda vez que la fórmula había agudizado sus sentidos hasta un grado que le permitía matar mediante su talento. Supe que los dos estábamos condenados a menos que fuera posible estabilizar la droga y reducir su toxicidad.

—Sin embargo, no estaba haciendo demasiados progresos con la droga, ¿verdad? ¿Fue entonces cuando descubrió que en la Orden el castigo por el fracaso era la muerte?

—Sí, señorita Bromley.

—Y entonces usted y Thaxter empezaron a buscar un alquimista de nuestro tiempo que les ayudara, ¿me equivoco?

—Lo crea o no, contemplé la posibilidad de invitarla a usted a incorporarse a la Orden, señorita Bromley. Pero Thaxter no quería ni oír hablar de llevar una mujer al Círculo. En cualquier caso, yo temía que si usted llegaba a enterarse de la verdad sobre la muerte de su padre y Woodhall, quizás acudiría a la policía o al Consejo.

—Yo nunca habría accedido a ayudarles a trabajar en la fórmula —dijo ella con aire tenso.

—Es usted igual que su padre —dijo Ellerbeck con fastidio—. Qué tediosa resulta toda esta puñetera superioridad moral. Bien, pues a la desesperada recurrí a la señora Daykin en busca de consejo. Yo sabía que ella conocía en Londres a otros botánicos de talento que acaso se atuvieran a unos principios éticos distintos. Daykin me sugirió que hablara con un tal doctor Basil Hulsey, quien dio la casualidad de que estaba buscando un nuevo patrocinador.

—¿Por qué envió usted a Hulsey a mi invernadero a robar mi *Ameliopteris*?

—Yo no lo mandé a robar ese maldito helecho —soltó Ellerbeck entre dientes—. Él lo quería para sus propios experimentos particulares. Daykin le había hablado de ello. No hubo forma, él tenía que conseguir el helecho.

—Pero en principio estaba trabajando en la fórmula del fundador.

—Para lograr que nos ayudara, tuvimos que llegar a un pacto. —Ellerbeck se dejó caer en un banco de trabajo y volvió a secarse la frente—. Acordamos financiar su investigación privada a cambio de que avanzara en la estabilización de la fórmula.

—Pero no lo ha conseguido, ¿verdad?

—No tengo ni idea, señorita Bromley, y ya nunca lo sabré, pues pronto estaré muerto. Todo ha salido mal porque usted metió en este asunto a Caleb Jones.

La mano que sostenía el arma estaba temblando.

—Otra pregunta —dijo ella en voz baja—. ¿Por qué mató a mi prometido?

—No tuve elección. —Ellerbeck resopló—. Glasson no era más que un consumado oportunista. Él sospechaba que yo había matado al padre de usted y a Woodhall. Me siguió hasta la tienda de Daykin y se dio cuenta de que yo estaba comerciando en veneno. Trató de chantajearme. Tuve que librarme de él. Esa pequeña escaramuza entre ustedes dos en los jardines de la Sociedad Botánica Carstairs preparó el terreno a pedir de boca.

—Es usted responsable de la muerte de muchas personas, señor Ellerbeck, pero se acabó. No va a matarme.

—Se equivoca, señorita Bromley. —La pistola se agitaba precariamente en la mano de Ellerbeck—. Me vengaré aunque sea lo último que haga.

—Ya no es capaz de apuntarme con esa arma, no digamos ya de apretar el gatillo. Está usted totalmente exhausto y pronto caerá en un sueño profundo.

—¿De... de qué está hablando?

—He puesto droga en su té —dijo ella con delicadeza—. Una que surte efecto con rapidez.

Ellerbeck tiritaba, como si se hubiera apoderado de él una fiebre virulenta. Parpadeó en un intento de ver mejor. Se le escurrió el arma de la mano. La miró fijamente, atónito.

—¿Me ha envenenado? —preguntó en un susurro.

—En cuanto he entrado en esta casa he notado la atroz energía que emana de este invernadero. Sabía que algo andaba mal. Cuando su ama de llaves ha ido a informarle de mi llegada, he cogido de mi cartera un poco de somnífero en polvo. Es inodoro e insípido. No me ha costado nada echárselo en el té. Ha tomado dos tazas llenas.

—Imposible —soltó jadeando—. La he visto servir el té. No había pequetes ni botellas que pudieran contener veneno.

El vidrio se rompió haciéndose añicos. Caleb entró en el invernadero. El arma de su mano apuntaba a Ellerbeck.

—¿Estás bien? —preguntó a Lucinda sin apartar la vista de Ellerbeck.

—Sí —contestó ella.

Ellerbeck cayó de rodillas.

—¿Cómo lo ha hecho? —quiso saber—. ¿Cómo ha envenenado mi té?

Lucinda alzó su mano desenguantada para que él viera el anillo de lapislázuli y ámbar. A renglón seguido abrió muy lentamente la minúscula tapa con bisagras para dejar ver la cámara oculta.

—Algunas de las historias que cuentan sobre mí son ciertas, señor Ellerbeck.

46

—La buena noticia es que Hulsey no tuvo ocasión de regresar a la residencia de Ellerbeck para llevarse archivos y documentos —dijo Caleb—. Tal vez haya algo útil en los papeles y cuadernos que hemos confiscado Fletcher y yo.

Se encontraban en la biblioteca. Caleb andaba de un lado a otro frente a la chimenea. Desde que habían llegado no se había estado quieto. Lucinda estaba sentada con las manos encima de la mesa, haciendo todo lo posible para aferrarse a su paciencia.

—Hulsey seguramente estaba esperando que el veneno hiciera todo su efecto para actuar —dijo Lucinda—. Sin duda pretendía volver ayer por la noche, una vez estuviera seguro de que Ellerbeck estaba muriéndose. Afortunadamente fui yo por la tarde.

—Tu presencia en la casa de Ellerbeck no tuvo nada de afortunado. —Caleb le dirigió una mirada temible—. Maldita sea, Lucinda, podía haberte matado. ¿Qué demonios te pasó por la cabeza cuando decidiste ir corriendo a verle tú sola?

—Me has hecho esta pregunta unas cincuenta veces —soltó Lucinda—. Y te he dado la misma respuesta al menos el mismo número de veces. Fui porque me envió una nota en la que decía que estaba muriéndose y quería despedirse.

—Debías haberme esperado para que te acompañara —dijo él.

—Te olvidas de una cosa —dijo Lucinda resignándose al interminable sermón—. Estamos hablando de Ira Ellerbeck. Yo lo consideraba amigo de mi padre. Y no fui exactamente sola. Llevé a Shute conmigo.

—Para lo que sirvió... —rezongó Caleb—. Shute estaba en la calle, fuera de la casa. Para él era imposible saber que estabas en peligro. Tenías que haberte marchado en cuanto notaste la energía peligrosa de la casa.

Lucinda frunció la boca.

—Supongo que ésa habría sido la conducta más adecuada que tendría que haber tomado.

—¿Lo supones? —Caleb se paró frente al escritorio, apoyó las palmas de las manos en la superficie y se inclinó hacia delante en lo que sólo cabía describir como una actitud amenazadora—. Tu lógica es ridícula, perdona.

—Nunca he dicho que aquí hubiera ninguna lógica. Tan pronto entré en la casa, supe que ahí estaba la explicación del asesinato de mi padre. No podía irme sin las respuestas.

—Dejemos claro esto, Lucinda. En el futuro no toleraré esa clase de conductas imprudentes. ¿Me entiendes?

Por fin Lucinda dio rienda suelta a la tensión acumulada. Se puso en pie de golpe.

—Pues resulta que no es sólo mi conducta lo que puede considerarse imprudente. ¿Qué me dices del modo en que te entrevistaste con el secuestrador? Quisiste ir solo, y gracias a eso Allister Norcross casi te mata.

—Eso fue diferente.

—No veo por qué.

—Maldición, Lucinda, si vas a ser socia de la agencia, tendrás que aprender a obedecer órdenes.

—Seré una socia, no una empleada. Por definición, los socios no reciben órdenes.

—Pues entonces, maldita sea, tendrás que aprender a consultar con el otro socio de la agencia antes de tomar decisiones tan impetuosas.

—Oh, vamos, Caleb. Tu reacción es exagerada.

—Ni siquiera he empezado a reaccionar. No vuelvas a intentar aventuras como ésa sin hablar antes conmigo. —Rodeó el escritorio, agarró a Lucinda por los hombros y tiró de ella con fuerza para sí—. ¿Estamos de acuerdo, Lucinda?

Ella pensó en la angustiosa energía que había sentido emanar de él cuando la tarde anterior hubo echado abajo la puerta del invernadero de Ellerbeck. En ese momento supo que Caleb se había vuelto medio loco temiendo por la seguridad de ella. La verdad es que un Caleb Jones medio loco era un hombre muy peligroso. No quería hacerle pasar otra vez por esa dura prueba.

—Sí —dijo en voz baja—. Estamos de acuerdo.

Una tos discreta procedente de la puerta les hizo volverse. Ahí estaban Edmund y Patricia, con expresión prudentemente serena.

—Espero que sea importante —dijo Caleb sin soltar a Lucinda.

—El inspector Spellar acaba de avisar de que Ellerbeck ha muerto durante la noche —explicó Edmund—. No llegó a recobrar la conciencia.

—Demonio —exclamó Caleb—. Esto significa que de él no obtendremos ninguna respuesta.

—Yo lo maté —susurró Lucinda, aturdida—. Era sólo una dosis fuerte de un somnífero, pero, combinada con el daño que ya le había hecho la fórmula, bastó para matarlo. Que Dios me ayude. Lo supe en el mismo momento.

—Cállate —dijo Caleb, agarrándola con más fuerza—. En todo caso, habría muerto al cabo de uno o dos días.

—Sí, pero no por mi culpa.

Caleb lanzó una mirada rápida y elocuente a Edmund y Patricia, que desaparecieron sin decir palabra, cerrando la puerta con sumo cuidado.

Con delicadeza, Caleb acompañó a Lucinda hasta el par de sillas que había frente a la chimenea. La sentó suavemente en una y él tomó asiento a su lado. Extendió el brazo, tomó la mano de ella en la suya y entrelazó sus dedos con los de ella.

Estuvieron un buen rato ahí sentados, mirando el fuego, las manos apretadas.

Por fin habló Caleb.

—La otra noche tenías razón cuando me decías que, en los próximos años, habría momentos como éste. Momentos en los que resulta difícil aceptar los resultados de nuestras acciones.

—Sí —dijo ella.

—Sólo seré capaz de hacer este trabajo si sé que siempre voy a tenerte a mi lado. Cásate conmigo, Lucinda.

—Oh, Caleb —dijo ella con dulzura—. ¿Llegarías al extremo de casarte conmigo sólo para asegurarte de que la agencia lleva únicamente el nombre Jones?

—Para casarme contigo caminaría entre las hogueras del infierno, Lucinda.

La invadió una tremenda sensación de certeza. Caleb no dudaría en hacer exactamente eso, pensó. Sin dudarlo ni un instante.

—Caleb —susurró.

Él se puso en pie, la levantó de la silla y volvió a cogerla en brazos.

—Un día te dije que no estaba nada convencido de que existiera algo como el amor porque no sabía definirlo —dijo con calma—. Pero ya sé qué es. Es la irresistible sensación que sentí la primera vez que te vi. Incluso antes. En el mismo instante en que vi tu nombre en el mensaje donde solicitabas mis servicios supe, no sé por qué, que te necesitaría hasta un punto que yo no era capaz de explicar. Te amo, Lucinda, te amo ahora y te amaré todo el tiempo que queda por delante.

Ella le rodeó el cuello con los brazos.

—Me enamoré de ti la primera vez que entraste en esta sala. Te amaré siempre. Y claro que me casaré contigo.

Lucinda se puso de puntillas y rozó ligeramente los labios de él con los suyos. Él la atrajo con fuerza y la besó, sellando el juramento solemne entre ambos. Se quedaron ahí un buen rato agarrados firmemente uno a otro.

47

Un mes después...

El ruido de las obras que se hacían abajo en los jardines era un fastidio, pero el día era demasiado hermoso para cerrar las ventanas.

Caleb estaba con Gabe sentados en el largo banco de trabajo del laboratorio. Juntos contemplaban el conjunto de notas, papeles, diarios y documentos sacados de la casa de Ellerbeck.

—Casi todo este material está relacionado con los experimentos botánicos de Ellerbeck —dijo Caleb—. Intentó trabajar con la fórmula, pero enseguida se notaría perdido. Lo mismo que le pasó a Thaxter. Por eso contrataron a Hulsey y su hijo.

—Supongo que sería esperar demasiado que encontrásemos un diagrama claro con la descripción de los diversos Círculos de la Orden y los nombres de los jefes —dijo Gabe examinando el montón de papeles.

—La Conspiración que hay detrás de este caso es muy eficiente cuando se trata de estrategia. Tan eficiente, de hecho, que, a mi juicio, el jefe y quizá sus cómplices más cercanos tienen determinado talento para los secretos y la planificación compleja.

—¿Talento para la estrategia? —Gabe parecía intrigado—. Tiene sentido.

—Maldita sea, necesitamos un registro más completo de los talentos de los diversos miembros de la Sociedad.

—Esto no será fácil. A decir verdad, estoy seguro de que sería imposible identificar los talentos siquiera de una mínima parte de los miembros. Esta organización ha existido en las sombras durante doscientos años. Todos, incluidos tú y yo, primo, estamos obsesionados con guardar secretos. Llevamos el hábito en la sangre.

Caleb se frotó la parte posterior del cuello y espiró con fuerza.

—Debo volver a trabajar en ese gráfico taxonómico psíquico.

—Lucinda tiene razón. No dispones de tiempo para hacerlo todo. Has de aprender a concentrarte en los objetivos más importantes.

En el pasillo exterior a la cámara sonaron pasos débiles. Se apoderó de Caleb una agradable sensación de expectación. Identificaría esos delicados botines de tacón alto en cualquier parte.

Se abrió la puerta. Lucinda entró majestuosa, llevando consigo la calidez del sol y una energía renovada. Sostenía una cajita en una mano. Caleb advirtió que parecía muy ufana.

—Buenas tardes, caballeros —dijo con tono alegre—. Un día precioso, ¿verdad?

Gabe sonrió.

—En efecto. Esta tarde parece estar de un humor excelente, señora Jones.

La boda se había celebrado hacía una semana. La lista de invitados había incluido a toda la familia Jones y a los residentes de Guppy Lane. La multitud había llenado el invernadero. Caleb tuvo la impresión de que los antiguos vecinos de Lucinda de Landreth Square estarían meses hablando de ello.

—Ya era hora de que vinieras, mi amor. —Caleb se puso en pie y cruzó la estancia hasta donde estaba ella. La besó saboreando el leve arrebato de satisfacción que solía acompañar a ese acto—. Los obreros han estado dándome la lata pidiendo instrucciones. Les he explicado varias veces que están construyendo tu invernadero, y que las indicaciones se las darías tú.

—Espero que hayan avanzado algo. —Lucinda se recogió la falda y corrió a la ventana a mirar—. Estupendo, el ala de las hierbas marcha muy bien.

Gabe dirigió una sonrisa a Caleb.

—Un invernadero es un regalo de boda de lo más inhabitual.

—No es nada comparado con el asombroso regalo que me ha hecho ella —dijo Caleb con gran emoción.

—¿Ella misma? —A Gabe le hizo gracia—. Qué romántico, primo. No sabía que te dejabas llevar por esas fantasías poéticas.

Lucinda se apartó de la ventana y se acercó a los hombres.

—Caleb no estaba refiriéndose a mi persona. Mi regalo de boda ha consistido en los Shute. Ellos han accedido muy amablemente a encargarse de esta casa. Por suerte, tienen ya cierta experiencia con un patrón excéntrico. En lo sucesivo, Caleb no deberá preocuparse por buscar personal nuevo cada primero de mes.

Gabe asintió.

—Esto explica la expresión de embeleso en su cara.

Caleb miró la caja que tenía Lucinda en la mano.

—¿Qué llevas ahí?

—Tarjetas nuevas para nuestra agencia. —Lucinda quitó la tapa—. Llevan impresos los nombres de los dos.

Gabe se rio entre dientes.

—Has ganado la batalla, ¿eh?

—Por supuesto —dijo ella, que sacó una cartulina de un blanco inmaculado y se la enseñó para que la leyera.

—«Jones y Jones.» —Gabe soltó una risotada—. Suena bien.

Caleb dirigió una sonrisa a Lucinda, deleitándose en la energía llena de vida, cálida, efervescente, que vibraba en el aire que la envolvía.

—Sí, así es —dijo Caleb—. Suena bien.